LES CAUSERIES

DU

JUGE DE PAIX

OU LES

CONTRAVENTIONS ILLUSTRÉES ET EXPLIQUÉES

AUX ENFANTS ET AUX GENS DU MONDE

PAR

LOUIS DE LAMY

AVOCAT, MEMBRE DE LA SOCIÉTÉ DE JURISPRUDENCE, MEMBRE CORRESPONDANT DE
L'ACADÉMIE DE LÉGISLATION, JUGE DE PAIX A VERFEIL (Hte-GARONNE)

> « Personne n'est censé ignorer la loi. »
> « Les lois de police et de sûreté obligent
> « tous ceux qui habitent le territoire.
> (ARTICLE 3 DU CODE CIVIL.)

PARIS

LIBRAIRIE CH. DELAGRAVE

15, RUE SOUFFLOT, 15

Les Jeudis de Villepreux, entretiens familiers d'un instituteur avec ses élèves sur l'économie politique, par M. H. Viel-Lamarre, secrétaire de l'Association polytechnique. 1 vol. in-12, broché... 1 25

F
3036

LES

CAUSERIES DU JUGE DE PAIX

OUVRAGES DU MEME AUTEUR

La magistrature cantonale. — Revision de la loi du 25 mai 1838.
La police judiciaire dans les campagnes, ouvrage honoré d'une souscription par le Conseil général de la Haute-Garonne, dans sa session d'août 1879, et recommandé par lui à MM. les maires, juges de paix et autres officiers de police judiciaire.

Chez M. Privat, libraire-éditeur, à Toulouse. — Prix : 3 fr.

Paris. — Imp. P. Mouillot, 13-15, quai Voltaire. — 22656.

LES CAUSERIES

DU

JUGE DE PAIX

OU LES

CONTRAVENTIONS ILLUSTRÉES ET EXPLIQUÉES

AUX ENFANTS ET AUX GENS DU MONDE

PAR

LOUIS DE LAMY

AVOCAT, MEMBRE DE LA SOCIÉTÉ DE JURISPRUDENCE, MEMBRE CORRESPONDANT
DE L'ACADÉMIE DE LÉGISLATION, JUGE DE PAIX A VERFEIL (H^te-GARONNE)

« Personne n'est censé ignorer la loi. »
« Les lois de police et de sûreté obligent
« tous ceux qui habitent le territoire. »
(Article 3 du Code civil.)

DEUXIÈME ÉDITION

PARIS

LIBRAIRIE CH. DELAGRAVE

15, RUE SOUFFLOT, 15

1883

DÉDICACE

C'est à vous, enfants des écoles primaires, que nous dédions ce livre. Vulgariser le droit pénal ; vous faire connaître, dès votre jeune âge, toutes les contraventions de police, nous a paru une œuvre vraiment utile. Pour vous en faciliter l'étude, nous nous sommes efforcé de donner à nos causeries une forme attrayante. Intéresser pour instruire, telle a été notre devise. Si notre modeste livre a le grand honneur d'être admis dans vos écoles, vous lirez attentivement les prescriptions qu'il renferme ; vous ferez mieux encore : le soir à la veillée, vous le lirez à vos parents, et vous apprendrez ainsi tous, en famille, à ne point nuire à autrui et à vous conformer aux lois de votre pays.

Vous n'imaginez pas, chers enfants, ce que les lois de police contiennent de dispositions intéressantes pour protéger l'*ordre*, la *liberté*, la *propriété*, la *sécurité individuelle*, la *santé publique*. Quand vous en connaîtrez les bienfaisantes prescriptions, vous admirerez avec quelle sagesse, semblable à une mère pleine de prudence, la loi a tout prévu, tout ordonné, pour le bien de tous.

Puisse l'enseignement des lois et règlements de police développer dans vos cœurs ces deux nobles sentiments : le *respect des droits d'autrui*, l'*amour de la justice*, et contribuer à faire de vous des hommes honnêtes et de bons citoyens.

LES

CAUSERIES DU JUGE DE PAIX

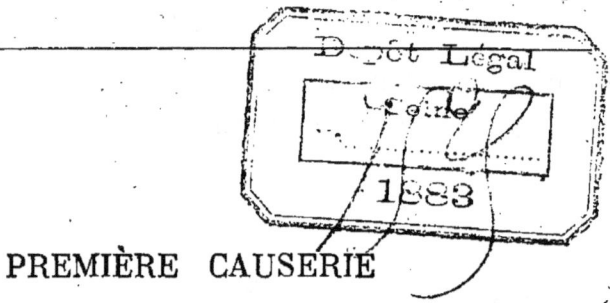

PREMIÈRE CAUSERIE

Incendiaire sans le vouloir.

Par une belle après-midi d'automne, M. Leduc était assis près de la fenêtre ouverte d'une grande pièce du rez-de-chaussée de sa maison, qui donnait sur la principale rue du village de Lergy.

M. Leduc avait exercé autrefois les honorables fonctions de juge de paix; mais, depuis plusieurs années, il était condamné, par de violents accès de goutte, à rester de longues journées dans son fauteuil. Cependant si ses jambes refusaient de le porter, sa tête était demeurée parfaitement saine et toujours au service de ceux qui avaient besoin de conseils.

Chacun des habitants de Lergy, en se rendant à son ouvrage ou en rentrant chez soi, saluait M. Leduc d'une manière tout à la fois respectueuse et amicale, car l'ancien magistrat jouissait de l'estime aussi bien que de l'affection de ses voisins, et, quand leurs occupations le leur permettaient, ils s'arrêtaient pour échanger quelques paroles avec lui.

Deux hommes vêtus de leurs habits du dimanche firent halte selon la coutume devant la fenêtre ouverte.

— Bonsoir, monsieur Leduc, dirent-ils.

Au ton dont furent accentuées ces simples paroles, il était facile de voir que ceux qui les prononçaient n'étaient pas de bonne humeur. L'un d'eux frappait de son bâton

A qui en avez-vous donc, voisin Allard?...

les pavés de la rue comme s'il voulait décharger sa bile contre eux.

— A qui en avez-vous donc, voisin Allard? dit M. Leduc, après avoir rendu aux deux nouveaux venus leur salut.

— A qui? Au juge de paix, parbleu! qui vient de nous condamner à l'amende, Grimaud et moi.

Le second personnage fit un signe de tête affirmatif.

— A quel sujet avez-vous été condamné? demanda M. Leduc.

— M. Thabaud prétend que j'aurais dû faire ramoner ma cheminée.

— Eh bien! c'est juste.

— Qu'est-ce que cela lui fait, puisque le feu n'y a pas pris?

— Ce n'est pas une raison.

— Le feu a pris dans celle de mon four, dit à son tour Grimaud, mais puisqu'il n'y a eu de dégâts que chez moi et que je les ai payés, bien entendu, cela ne le regardait pas non plus.

— Si vraiment; c'est la loi qui le veut ainsi.

— La loi! la loi! Je ne la connais pas, la loi.

— Vous devriez la connaître, car *nul n'est censé ignorer la loi;* telle est la première maxime du Code. Ce serait trop commode, vous en conviendrez, quand on l'a enfreinte, de pouvoir dire : — Comment! c'est défendu de faire telle ou telle chose? Je ne le savais pas! — La loi donc ordonne de nettoyer les fours et les cheminées des maisons ou usines *aussi souvent que cela est nécessaire.* Il y a plus, elle prescrit aux maires d'en faire la visite au moins une fois par an, afin de s'assurer que cette prescription de la loi a été exécutée.

Cette visite même doit être annoncée huit jours à l'avance, et si dans ce délai les cheminées ne sont pas ramonées, les maires peuvent faire procéder tout de suite, et *aux frais du propriétaire*, à leur ramonage. Ils ont même le droit, s'ils trouvent les cheminées dans un état de délabrement qui peut occasionner un incendie ou d'autres accidents, d'en ordonner soit la *réparation*, soit la *démolition*. Est-ce que le maire, M. Lebeau, n'avait pas prévenu de sa visite par affiches?

— Si; mais je ne suis que le locataire de la maison; c'était au propriétaire à faire ramoner.

— Non pas, l'entretien des cheminées est à la charge de ceux qui habitent la maison.

— Est-ce que je pouvais le deviner? Je n'ai loué que depuis six mois.

— Cela ne regarde pas le maire.

— Enfin, ce qu'il y a de sûr, c'est que M. Lebeau m'a cité devant le juge de paix pour contravention.

— Il a fait son devoir. Et vous avez été condamné?...

— A un franc d'amende.

— C'est le minimum de la peine, qui, dans ce cas-là, varie de un à cinq francs. Estimez-vous donc heureux d'en être quitte à si bon marché ; tirez de là une leçon, et une autre fois, continua M. Leduc en riant, quand le maire publiera un avis, ayez soin de vous y conformer. Au reste, le maire eût-il omis de prévenir les habitants par affiches ou autrement, le fait de n'avoir point nettoyé sa cheminée n'en serait pas moins punissable.

Un nouveau survenant s'était joint à Grimaud et à son compagnon, et, prenant part sans façon à l'entretien :

— Chacun doit faire comme il lui plaît dans de semblables circonstances, dit-il, et si j'étais à la place d'Allard, à la prochaine occasion, j'agirais encore à ma guise.

— Nul n'a le droit de faire une chose qui peut nuire à autrui, dit M. Leduc, et, si Allard recommençait, il encourrait une nouvelle amende, beaucoup plus forte que la première, et même il pourrait être condamné à *trois jours de prison*. C'est ce qui arrive toujours en cas de récidive.

— Mais moi, monsieur Leduc, dit à son tour Grimaud, j'avais fait ramoner la cheminée de mon four à poterie il n'y a pas encore un an....

— Et le feu y a pris?

— Oui.

— Que voulez-vous? Si votre cheminée a besoin d'être ramonée deux ou même trois fois par an, c'est à vous de le savoir et d'y veiller. La loi punit les négligences de cette sorte et elle agit sagement en cela, car ces négligences compromettent la sécurité de vos voisins et peuvent vous rendre *incendiaire sans le vouloir*. Aussi la contravention existe-t-elle par ce seul fait qu'il a été trouvé beaucoup de suie dans une cheminée.

L'incendie s'est ensuite communiqué à un tas de fagots.

— Il n'en est pas moins vrai qu'il est bien vexant, après avoir eu à payer les dégâts causés par l'incendie, de subir encore une amende. Comme je vous le disais, le feu a pris chez moi; des flammèches sont tombées sur une meule de paille qui était dans la cour; l'incendie s'est ensuite communiqué à un tas de fagots; puis à une char- rette et à d'autres instruments; de plus, les vitres ont éclaté sous l'influence de la chaleur. Il m'a fallu faire tout réparer. Si vous croyez que cela n'a rien coûté!..

Quelques habitants du village s'étaient joints aux premiers et semblaient assez disposés à prendre parti pour Grimaud.

— Qu'est-ce que vous diriez, fit M. Leduc en s'adressant à l'un d'eux, si la flammèche qui a allumé l'incendie, au lieu de tomber sur une meule appartenant à Grimaud, était tombée sur une meule à vous?

— Je dirais que c'est à celui qui a occasionné le dommage à le réparer.

— Sans doute, et la loi l'y condamne aussi. Mais ce n'est pas tout; vous diriez encore : — Le gouvernement devrait bien veiller à ce que ce qu'on possède ne soit pas exposé à devenir la proie des flammes! — Eh bien! le gouvernement, ou plutôt la loi, y veille. Elle ordonne de faire ramoner exactement les cheminées. Et même, comme elle sait que, si elle ne prononçait pas des peines contre ceux qui ne se conforment pas à ses prescriptions, il pourrait bien se faire qu'elles ne servissent à rien (la preuve, c'est qu'Allard n'a pas tenu compte des avertissements du maire), elle a ajouté : — Ceux qui n'obéiront pas à cette loi seront condamnés à une amende de *un à cinq francs*.

— Je comprends cela quand l'incendie a causé du dommage à quelqu'un, insista Grimaud.

— Quand on a causé du dommage à quelqu'un, c'est autre chose. D'abord, on doit réparer le dommage, ensuite l'amende prononcée est beaucoup plus forte et varie de cinquante à cinq cents francs. Ce n'est plus une *contravention*, c'est un *délit*. Cela n'est que juste, car il arrive souvent qu'on est impuissant à réparer le mal qu'on a causé. Ainsi l'incendie provenant de votre négligence peut amener des dégâts de plus de valeur que tout votre avoir. Ensuite, il peut détruire des objets que leur proprié-

taire estime au-dessus de l'argent : des papiers d'affaires.
des objets d'art, des souvenirs de famille, des meubles
auxquels il porte une sorte d'affection et que rien ne saurait remplacer pour lui. Mais, par-dessus tout, il peut en
résulter mort d'homme. Plus d'une fois on a vu des gens
périr dans un incendie, dû au mauvais état d'une cheminée ; d'autres contracter des maladies ou devenir fous par
suite de la frayeur qu'ils ont éprouvée. Vous voyez donc
que la loi ne saurait prescrire trop sévèrement des mesures propres à prévenir de si terribles accidents.

— C'est vrai, dit l'un des assistants, ce qui n'empêche que
c'est bien désagréable d'encourir une condamnation de ce
genre. Outre l'amende qu'on a à payer, il faut encore
acquitter les frais du jugement, qui montent toujours,
chacun le sait, plus haut que l'amende elle-même ; puis
quelquefois aller perdre sa journée à deux lieues de chez
soi, car il n'y a pas de juge de paix dans toutes les communes, et cela souvent, quand l'ouvrage presse. On ne
vous demande pas, pour vous faire comparaître, le moment qui vous convient : c'est assez naturel. De plus, ce
n'est pas amusant, quand on se pique d'être honnête,
et de ne faire du tort à personne, de se dire qu'on a été
appelé devant la justice.

— Oh ! les condamnations pour contravention n'entraî-
nent aucune flétrissure ; néanmoins, je suis de votre avis
et il vaut mieux ne pas s'y exposer.

— Mais comment faire quand on ne connaît pas la
loi ?.....

M. Leduc réfléchit quelques instants.

— Écoutez, mes amis, dit-il. Grâce à ma maudite goutte,
j'ai beaucoup de temps à moi ; je ne saurais mieux l'employer qu'à vous faire profiter des connaissances que j'ai
acquises dans l'exercice de mes fonctions de juge de paix.
De temps en temps, le dimanche, dans l'après-midi, je

réunirai ceux d'entre vous qui sont désireux d'être ren-
seignés sur les obligations que leur imposent les *lois de
police* et je les leur expliquerai. Amenez-moi vos amis,
vos enfants, car eux aussi peuvent se rendre coupables
d'infractions à la loi, dont ils ne sont pas responsables à
présent, il est vrai, mais dont les conséquences retombent
sur vous, et que d'ailleurs plus tard ils seraient exposés
à commettre par ignorance. Que dites-vous de ma proposition ?

— Que nous l'acceptons avec grand plaisir et avec reconnaissance, firent en chœur tous les assistants.

— Eh bien, donc, à dimanche prochain !

RÉSUMÉ

DÉFAUT D'ENTRETIEN DES FOURS, CHEMINÉES OU USINES
OU L'ON FAIT USAGE DU FEU.

Peine : Amende de un à cinq francs.
Circonstances atténuantes : admises.
Récidive : Emprisonnement obligatoire de trois jours au plus.
Texte de la loi : Article 471, numéro 1 du Code pénal.

IIᵉ CAUSERIE

Notions générales. — Crimes. — Délits, Contraventions. — Ce que c'est que le Code.

Le dimanche suivant, une douzaine d'habitants de Lergy étaient réunis dans la salle à manger de M. Leduc. Cette
pièce, à la fenêtre de laquelle se tenait ordinairement l'ancien juge de paix, était vaste et pouvait contenir une nom-
breuse assemblée.

La fenêtre était fermée, car la journée était pluvieuse. M. Leduc, les jambes enveloppées de couvertures, était assis dans son grand fauteuil près de la table, sur laquelle se voyait un livre dont la tranche était peinte de différentes couleurs.

Parmi les assistants on remarquait au premier rang Allard, Grimaud et ceux qui avaient pris part à l'entretien que nous avons rapporté. Les deux premiers avaient amené chacun leur fils, garçons de douze à quatorze ans.

M. Leduc promena un regard satisfait sur son entourage.

— Je suis content que vous vous soyez rendus à mon appel, dit-il. Cela me prouve que vous êtes de braves gens qui désirent s'éclairer sur leurs devoirs et ne veulent pas être exposés à y manquer par ignorance. Je m'efforcerai de vous donner toutes les explications nécessaires pour que pareille chose n'arrive pas, et même, quand je ne me ferai pas suffisamment comprendre et que vous aurez besoin d'un supplément de développements, ne vous faites pas scrupule de me le demander.

— Eh bien, monsieur Leduc, dit Allard, vous avez employé l'autre jour ces deux expressions, *contraventions* et *délits;* je voudrais bien savoir quelle différence vous faites entre elles.

— Les *contraventions* sont des fautes légères, commises *le plus souvent* sans intention de nuire. Elles sont jugées par le *Tribunal de simple police,* présidé par le juge de paix, résidant dans chaque chef-lieu de canton. Le Code pénal les punit :

1° D'une amende de un à quinze francs inclusivement;

2° D'un emprisonnement de un à cinq jours;

3° De la confiscation de certains objets saisis;

4° Parfois de l'insertion du jugement dans un ou plusieurs journaux

1.

Les *délits* sont des fautes plus graves, commises *presque toujours* avec l'intention de nuire. Ils sont jugés par le *Tribunal correctionnel* siégeant dans chaque chef-lieu d'arrondissement. Le Code pénal les punit de peines plus sévères, notamment d'un emprisonnement de six jours à cinq ans.

Les *crimes* sont des fautes très graves commises *toujours*

Cour d'assises.

avec l'intention de nuire. Ils sont jugés par la *Cour d'assises* qui les punit plus sévèrement encore que les délits, notamment des travaux forcés à temps ou à perpétuité, de la déportation ou de la peine de mort.

Le *Tribunal de police*, le *Tribunal correctionnel* et la *Cour d'assises* sont donc chargés d'appliquer le *Code pénal*.

Vous savez tous, mes amis, ce qu'on appelle le *Code*, C'est la réunion des lois en vigueur. Eh bien ! on a formé dans le Code plusieurs divisions, selon les matières auxquelles les articles qui le composent se rapportent. Les voilà toutes réunies en un seul volume, continua M. Leduc, en prenant le livre posé sur la table, et on a eu la précaution, afin d'y rendre les recherches plus faciles, d'en distinguer les différentes parties en variant les couleurs de la tranche. Voici en premier le *Code civil*, qui nous enseigne nos devoirs comme Français, comme citoyens et comme membres d'une famille ; — le *Code de procédure civile*, qui est l'ensemble des règles à observer devant les tribunaux pour obtenir justice ; — le *Code de commerce*, qui règle les opérations commerciales ; — le *Code de procédure criminelle*, qui fait connaître la procédure à suivre à l'égard de ceux qui ont commis des infractions donnant lieu à l'application d'une peine ; enfin, le *Code pénal*, qui, comme son nom l'indique, détermine les *peines* qui doivent être appliquées à ceux qui ont enfreint la loi.

Je n'ai pas besoin, mes amis, de vous dire que la loi est une chose sacrée, aussi sacrée que le drapeau de la patrie, sous les plis duquel nous ne devons faire qu'une seule famille ; mais voilà deux enfants, ajouta M. Leduc, désignant les jeunes garçons qui étaient venus avec leurs pères, qui ne comprennent peut-être pas encore la nécessité de la loi, et je voudrais leur dire quelques mots à ce sujet. Voyons, toi, Fernand, continua-t-il en s'adressant au jeune Allard, dis-moi si à l'école on te laisse toujours faire ce qui te plaît ?

— Non, bien sûr, répliqua Fernand en riant.

— As-tu la permission, par exemple, de sommeiller quand le maître explique la leçon, de rire avec les camarades, de faire voler des hannetons dans la classe, de pren-

dre des mouches et de les laisser s'enfuir après leur avoir
attaché un ruban de papier sous les ailes?

— Non, dit encore Fernand.

— Et pourquoi cela? — Pourtant, diras-tu, quand je
sommeille ou que je n'écoute pas la leçon, je ne fais de mal
qu'à moi-même. — Eh bien! d'abord on n'a pas le droit de
se faire du mal à soi-même. Tu es à l'école pour t'instruire,
afin plus tard de ne pas être un ignorant, inutile à toi
et aux autres, à charge peut-être à la société. On te
donne des leçons à apprendre, des devoirs à faire, tu es
tenu de t'acquitter de ces travaux. Ensuite, un écolier
inattentif est d'un mauvais exemple pour les autres.
Quand de plus il se livre pendant la classe à des occupations défendues, il donne à ses camardes des distractions;
il les empêche de profiter des leçons du maître; il leur
porte *préjudice*, par conséquent. Ces élèves perdront leur
temps, ils feront mal leurs devoirs, ils seront punis, et
cela par la faute de celui qui a été dissipé et paresseux.

Vous voyez donc qu'il est bon qu'il y ait une règle qui
interdise aux écoliers d'agir comme bon leur semble.

Eh bien, ce qu'on appelle *règle* à l'école, on l'appelle *loi*
dans le monde. L'homme étant destiné à vivre avec ses
semblables, il était nécessaire de déterminer les droits, les
devoirs, les intérêts de chacun. Si tous les hommes étaient
également bons, il n'y aurait presque pas besoin de lois:
tous comprendraient qu'ils doivent respecter les droits et
les intérêts des autres. Malheureusement, il n'en est pas
ainsi, et il a fallu prendre des mesures pour mettre les méchants hors d'état de nuire aux honnêtes gens. On a donc,
pour le bien général, établi des lois.

— Qui les a faites, monsieur, s'il vous plaît? demanda à
son tour Bernard, l'autre jeune garçon.

— Ce sont des hommes d'une grande sagesse et d'une
grande expérience, qui se sont inspirés, pour accomplir

leur tâche, des notions innées en nous du bien, du juste et du vrai. On a appelé ces hommes des *législateurs*. Tu sens toi-même, n'est-ce pas, sans qu'il ait jamais été besoin de te l'apprendre, qu'il ne peut être permis de faire du tort à personne, dans quelque circonstance que ce soit? Que commettre un vol, que tuer son semblable sont de grands crimes?

— Sans doute.

— C'est la *loi naturelle*, et les législateurs n'ont fait que la développer. Mais non seulement ils ont dû prévoir le cas où on ferait du mal sciemment et de propos délibéré, mais aussi le cas où l'on nuirait à autrui sans le vouloir. Ils ont donc formulé, dans chaque pays, des règles particulières à chaque action pouvant intéresser la société. Ces règles, après avoir été reconnues bonnes, ont été promulguées, établies par chaque gouvernement, et tous les citoyens soumis à ce gouvernement sont tenus de les observer. Elles ont toutes une raison d'être, quoique chacun ne soit pas en état de se rendre compte des motifs qui les ont fait adopter, car on ne sait pas toujours si l'acte auquel on se livre est ou non préjudiciable aux autres. C'est pourquoi il faut se soumettre aux lois sans les discuter.

IIᵉ CAUSERIE

(*suite*)

— Mais la loi ne nous défend pas seulement certaines actions, certains faits qui ont ou qui pourraient avoir des conséquences nuisibles, continua M. Leduc. Pour entretenir le bon ordre, et afin d'éviter que les intérêts particuliers et publics ne soient lésés, elle nous prescrit aussi des obligations auxquelles nous sommes tenus de nous conformer, sous peine d'amende ou d'emprisonnement. Les *règlements et lois de police* contiennent ces prescriptions.

— Mais, monsieur, interrogea Fernand, quand on ne connaît pas la loi, on ne peut être regardé comme coupable si on l'enfreint?

— Je répondrai à cela ce que j'ai déjà répondu l'autre jour et que je ne saurais trop répéter : *Personne n'est censé ignorer la loi*. En matière de contravention, qui est le sujet qui nous occupe spécialement, *aucune excuse* n'est admissible, sauf le cas très rare de force majeure, c'est-à-dire celui où il est matériellement impossible d'agir autrement qu'on ne l'a fait. Vainement voudrait-on faire valoir son ignorance de la loi ou des règlements de police; vainement affirmerait-on qu'on n'avait pas l'intention de nuire. Il suffit que la contravention ait été commise pour qu'elle soit punissable. La plus grande bonne foi ne saurait absoudre le contrevenant. Cependant lorsqu'il s'est toujours bien conduit, quand il est manifeste que la contravention n'a pas été commise méchamment, la loi permet au juge d'être très indulgent pour celui qui est en faute. Dans ce cas, il peut lui accorder le bénéfice des *circonstances atténuantes*. On appelle ainsi un ensemble de faits favorables à l'accusé, qui amoindrissent, *atténuent* sa faute. C'est précisément ce qui est arrivé l'autre jour pour Allard et pour Grimaud. Il faut donc, lorsqu'on est poursuivi devant un tribunal de justice répressive et qu'on se sent coupable, solliciter respectueusement, ou faire solliciter par le ministère de son avocat, l'indulgence du juge, qui, s'il reconnaît qu'il y a réellement des circonstances atténuantes en faveur du prévenu, ne manque pas d'user de la permission de ne pas se montrer trop sévère que lui laisse la loi.

— Mais lorsqu'il y a récidive, il ne peut y avoir de circonstances atténuantes? dit un des assistants.

— Je vous demande pardon; même lorsqu'il y a récidive, c'est-à-dire lorsque le prévenu a déjà subi une condamnation pour contravention (je donne cette explication pour Fernand et pour Bernard), la loi permet encore au juge d'appliquer la disposition de la loi qui a trait aux circonstances atténuantes; mais je ne vous conseillerai pas de vous y fier.

Relativement aux contraventions de police du reste, il faut, pour qu'il y ait *récidive*, qu'un premier jugement pour *contravention* ait déjà été rendu contre le prévenu dans la *même année* et dans le *même canton*.

Il en est tout autrement pour les délits et les crimes. Dans quelque lieu qu'ils aient été commis et jugés, celui qui en commet de nouveaux est considéré comme *récidiviste*.

— Puisque, ainsi que vous devez le reconnaître, continua M. Leduc, la loi est une chose si belle, si utile, si respectable, vous devez convenir aussi que ceux qui veillent comme des sentinelles vigilantes pour la faire exécuter méritent toute votre estime et tout votre respect.

Ce sont les *officiers de police judiciaire*, c'est-à-dire *hommes de bon office*, ainsi dénommés parce qu'ils ont pour mission, pour *office*, de faire régner, aussi bien dans les villes que dans les campagnes, et à l'aide de la loi, la salubrité, la sécurité publique, le respect de la propriété et d'autres biens encore, tout aussi précieux. Ils protègent vos parents, votre maison, vos champs; ils vous protègent vous-mêmes, en vous prémunissant contre une foule de dangers et d'accidents.

A la tête de chaque commune, est le *maire*, dont le devoir est de faire observer la loi, et en même temps d'être toujours prêt à rendre service à ses administrés. Il a sous ses ordres le *commissaire de police,* dans le chef-lieu de canton, ou bien simplement, dans les communes rurales, le *garde champêtre*, le *garde forestier*, qui remplissent des fonctions modestes mais utiles, puisqu'ils veillent sur les moissons et les bois ; au chef-lieu de canton est la *gendarmerie*, qui a pour mission d'arrêter les malfaiteurs, fût-ce au péril de la vie.

La police est donc une très belle et très utile institution, ne l'oubliez pas, mes enfants, poursuivit l'ancien juge de paix continuant de s'adresser particulièrement à la plus jeune partie de l'auditoire ; ne l'oubliez pas, malgré ce que vous entendrez dire quelquefois contre les personnes qui en exercent les fonctions. Il n'y a que ceux qui ont maille à partir avec elle qui aient intérêt à la dénigrer ou à la tourner en dérision.

Maintenant, ne perdons pas de vue que notre but pour l'instant est de nous instruire des obligations qui nous sont imposées par les lois et les *règlements de police*.

En parlant ainsi, M. Leduc prit le Code posé sur la table et l'ouvrit.

Nous avons parlé de l'obligation d'entretenir les cheminées en bon état, je vais vous lire le texte de la loi qui y a rapport :

« Code pénal, Article 471, n° 1.

« Seront punis d'amende, depuis un franc jusqu'à cinq « francs inclusivement, ceux qui auront négligé d'entre- « tenir, réparer ou nettoyer les fours, cheminées ou usines « où l'on fait usage du feu.

« Circonstances atténuantes : admises, s'il y a lieu. » C'est-à-dire que le juge peut les admettre ; la loi lui laisse toute liberté à cet égard.

« Récidive : Emprisonnement obligatoire pendant trois « jours au plus. »

Les dispositions sont les mêmes pour un grand nombre d'autres contraventions. Il est bien entendu pourtant que si quelque circonstance ou quelque accident, suite de la désobéissance à la loi, fait de l'infraction commise un *délit*, la peine devient plus forte et n'est plus alors appliquée par le *Tribunal de simple police*, autrement dit par le *juge de paix*, mais bien par le *Tribunal correctionnel*; je n'y reviendrai plus.

L'heure s'avançait; l'assemblée se sépara après avoir remercié cordialement M. Leduc et en se promettant de se réunir de nouveau le dimanche suivant.

RÉSUMÉ

Peines de police : Articles 464 à 1170 du Code pénal.
Circonstances atténuantes : Article 463 du même code.
Récidive : Article 483 du même code.
Texte des contraventions : Articles 471, 475, 479 du Code pénal; lois spéciales et arrêtés municipaux.

IIIᵉ CAUSERIE

Le voyageur blessé.

Un accident survenu la veille à Lergy servit ce jour-là de texte à l'entretien.

Vers onze heures du soir, comme un voyageur à pied allait pénétrer dans l'hôtel du Lion d'or, situé dans une rue transversale du village, une voiture en sortait. L'hôtel n'était pas éclairé; le voyageur n'avait entendu la voiture que trop tard, il lui fut impossible de se garer. Il se trouva pris entre la roue et l'un des jambages du portail de l'hôtel, et fut tellement meurtri qu'il dut renoncer à continuer son voyage et rester à Lergy pour se faire soigner.

Tous les habitants du village s'intéresssaient vivement à
cette affaire, d'autant plus que, selon la coutume, les choses avaient été fort exagérées et qu'on avait d'abord présenté le voyageur comme mort ou tout au moins comme
devant rester infirme pour le reste de ses jours. L'indignation était grande, parmi les visiteurs de M. Leduc, contre
le voiturier qui conduisait l'attelage.

Le voyageur n'avait entendu la voiture que trop tard.

— Ce n'est pas la faute du voiturier, dit l'ancien juge
de paix, quand il se fut fait rendre un compte exact de
l'affaire , puisqu'il avait éclairé sa voiture comme la
loi lui en faisait un devoir.

— C'est encore bien moins celle du voyageur, répliqua
l'un des assistants. Il faisait nuit noire; il a cru pénétrer
dans la maison, tandis qu'il s'engageait dans les remises.

— Ce malheur ne serait pas arrivé si l'entrée de l'hôtel avait été éclairée, reprit M. Leduc.

— Ah! ça, c'est vrai!

— C'est donc sur le maître de l'hôtel que doit retomber et que retombe la responsabilité.

— En effet, dit Grimaud, ; j'ai même entendu dire qu'on avait déjà dressé procès-verbal contre lui.

— Ce n'est que juste.

En ce moment, le regard de M. Leduc rencontra celui de Fernand.

— Tu veux me demander quelque chose, dit l'ancien magistrat au jeune garçon.

— Oui, monsieur, s'il vous plaît. J'ai souvent entendu prononcer ce mot, *procès-verbal;* je ne sais pas au juste ce que c'est.

— Un procès-verbal, en matière de police, est un écrit dans lequel un officier de police, garde champêtre, gardien de la paix, commissaire de police ou autre, énonce, soit comme l'ayant vu, soit à la requête d'un plaignant, soit sur la déclaration de témoins, un fait puni par la loi.

Un procès-verbal sert souvent de base à une accusation devant la justice; il peut être rédigé indifféremment sur papier timbré ou sur papier ordinaire.

M. Langrot n'ayant pas fait éclairer les abords de son hôtel, le père Mollard, le garde champêtre, a constaté cette omission par un procès-verbal et Langrot va être cité devant le juge de paix.

— Il était donc tenu de faire éclairer? demanda Allard.

— Sans doute. L'entrée d'un établissement du genre de celui qu'il tient étant très fréquentée, c'est de toute nécessité. Le propriétaire doit même avoir sa porte éclairée toute la nuit, depuis le coucher du soleil jusqu'à son lever, afin que les personnes qui s'y rendent, aussi bien que les chevaux et les voitures, ne soient pas exposés à se heurter les uns contre les autres. Autrement, comme vous le voyez par ce qui est arrivé hier, il peut se produire des accidents.

— Ah! c'est que les chandelles coûtent cher, dit un autre assistant, et quand le père Langrot les allume, il les éteint de bonne heure. C'est un gaillard qui entend l'économie.

— Belle économie ! Il va être forcé de payer l'amende, et par-dessus le marché la note des soins donnés au voyageur qui a été blessé par sa négligence.

— Mais, monsieur Leduc, il y a bien des villages où les aubergistes n'éclairent pas l'entrée de leur établissement, dit Grimaud. Ainsi, par exemple, à Caraman, d'où je viens...

— Caraman est un tout petit village, presque un hameau. Lergy est beaucoup plus important et, en outre, situé sur une grande route. Dans les petites localités l'éclairage n'est pas nécessaire, vu le nombre très restreint de personnes qui se rendent chez l'aubergiste ou chez le cafetier la nuit. D'ailleurs, c'est au maire, dans chaque commune, de discerner s'il y a lieu ou non de prescrire l'éclairage.

A défaut d'un arrêté du maire prescrivant l'éclairage, le juge de paix ne pourrait prononcer aucune condamnation contre l'aubergiste prévenu de n'avoir pas éclairé l'extérieur de son auberge. Mais vous n'ignorez pas que cet arrêté existe pour notre petite ville et qu'en conséquence M. Langrot, pour sa part, était tenu de s'y soumettre.

— Puisqu'on ordonne l'éclairage dans le but de prévenir les accidents, dit Allard, pourquoi ne le rend-on pas obligatoire, même dans les petites localités, les jours de marché et de foire? Dans ces occasions-là un village ressemble quelquefois à une grande ville; même foule sur les places et dans les rues; même agglomération dans les auberges : mêmes accidents à y redouter la nuit. Ainsi une fois, l'année dernière, à Caraman précisément, j'ai failli, à l'entrée de l'hôtel, être renversé, comme le voyageur d'hier, par un chariot qui en sortait.

— Quant à cela vous avez raison. L'intérêt de l'hôtelier devrait l'induire à prendre cette mesure, mais si cela ne suffit pas, il serait bon en effet qu'un arrêté municipal l'y forçât, au moins jusqu'à une certaine heure de la nuit, et cet arrêté le maire a le droit de le prendre.

Conclusion. — Si l'un de vous devient un jour cafetier ou aubergiste, qu'il se rappelle qu'il ne doit jamais laisser l'entrée de sa maison dans l'obscurité lorsqu'un arrêté municipal prescrit d'éclairer, sous peine, comme nous le disions l'autre jour, de subir une condamnation de un à cinq francs d'amende, avec emprisonnement de trois jours s'il y a récidive.

RÉSUMÉ

DÉFAUT D'ÉCLAIRAGE PAR LES AUBERGISTES ET AUTRES.
Un arrêté du maire est nécessaire pour rendre obligatoire l'éclairage.

Peine : Amende de un à cinq francs.
Circonstances atténuantes : Admises.
Récidive : Emprisonnement obligatoire de trois jours au plus.
Texte de la loi : Article 471, n° 3, du Code pénal.

IVᵉ CAUSERIE

Comment on éloigne les maladies épidémiques.

—Je ne serais pas fâché, monsieur Leduc, dit, un des dimanches suivants, un des visiteurs de l'ancien juge de paix, nommé Montin, de vous consulter sur un différend que j'ai eu

avec le maire, à propos du nettoyage de la rue. Il m'a déjà
menacé de dresser un procès-verbal contre moi, parce que,
dit-il, elle n'est pas bien entretenue et que je laisse croître
l'herbe devant ma propriété.

— C'est son devoir.

— Mais puisque je ne l'habite pas, ma maison, et que je
l'ai louée à Geloux, le serrurier; il n'a qu'à s'adresser à
lui.

— Non ; l'entretien de la rue regarde le propriétaire et non
le locataire ; c'est à vous de vous entendre avec Geloux.
Quand bien même un arrêté soumettrait les locataires à
l'obligation du balayage, les propriétaires ne seraient pas
complètement affranchis de cette responsabilité, car en
l'absence des locataires ils pourraient être déclarés responsables de la contravention.

— Ce n'est guère juste, je trouve.

— Je vous demande pardon. Supposez que votre
immeuble ne soit pas loué. A qui voulez-vous que le
maire s'en prenne pour faire balayer la rue, arracher l'herbe, ramasser la boue, les immondices?
C'est à vous, je vous le répète, de vous entendre là-des-
sus avec votre locataire, car *force doit toujours rester à la
loi*. Mais, *à défaut d'un arrêté du maire*, ordonnant le balayage et la propreté de la voie publique, il n'y a pas de
contravention encourue. Le maire peut, en outre, prescrire
le mode et les lieux de dépôts des immondices, fixer
l'heure et le jour auxquels les rues doivent être balayées.
Quant à l'enlèvement des neiges et des boues, c'est la commune qui en est chargée. Le maire ne peut en effet exiger
l'enlèvement des boues, des neiges et immondices aux
frais des propriétaires.

— C'est donc bien utile, monsieur, de nettoyer les rues,
que la loi s'en mêle? demanda Bernard.

— Rien n'est plus utile, mon ami. D'abord, les amas de boue

et de neige sont des obstacles à la circulation; c'est une
première raison pour les faire disparaître; mais ensuite,
et surtout, la propreté des rues est une garantie pour la
salubrité publique. Autrefois, au moyen âge, ce terrible
fléau qu'on appelait la peste avait le plus souvent pour
cause l'horrible saleté des villes et des villages, qui étaient

Autrefois, au moyen âge, ces terribles fléaux...

tous des foyers d'infection. Aujourd'hui encore, certaines
communes, qui ne sont pas assez soigneusement admi-
nistrées, sont beaucoup plus sujettes que d'autres à être
décimées par les fièvres, la dyssenterie, la petite vérole et
autres maladies épidémiques. C'est donc par une sage
précaution d'hygiène que la loi ordonne à chacun de
nettoyer la portion de la rue qui borde sa maison.
C'est ainsi qu'on arrive sans difficulté à maintenir tout

un village ou toute une ville dans un état satisfaisant.

— Toutes les mesures destinées à empêcher le retour de ces maladies sont très utiles, dit Allard, et il faudrait être déraisonnable pour s'en plaindre ; mais, l'été dernier, le maire de Blangis a ordonné l'enlèvement du fumier dans les cours des maisons de sa commune : il me semble qu'il a outrepassé ses droits.

— Non ; le maire, en certaines circonstances, peut prendre un arrêté pour défendre les dépôts de fumiers, même dans l'intérieur des habitations, et pour ordonner leur enlèvement immédiat. Il peut prescrire les mêmes mesures au sujet des eaux sales et stagnantes, amassées dans les cours et répandant des exhalaisons insalubres. A l'époque dont vous parlez, la petite vérole sévissait dans plusieurs villages des environs : le maire a agi sagement en prenant des moyens sanitaires propres à combattre le fléau. Le premier de tous, je le répète, est l'entretien d'une scrupuleuse propreté. Vous savez bien que si on ne les forçait pas à pratiquer cette qualité essentielle, un grand nombre de villageois croupiraient dans la plus révoltante saleté. Grâce à des arrêtés qui vous paraissen arbitraires, le maire de Blangis a réussi à conserver s commune dans un état sanitaire satisfaisant. Savez-vou bien qu'en 1854, lors d'une des dernières apparitions d choléra, la mortalité fut effrayante dans les habitation malpropres. C'est donc le devoir des maires de faire tou leurs efforts, en s'opposant aux amoncellements d'im mondices, pour empêcher les miasmes malfaisants de s produire ou de se conserver dans la commune qu'ils on à régir.

Si par exemple, à Lergy, chacun laissait s'amoncele des ordures devant sa porte ou s'y former des mare d'eaux croupissantes, des maladies se déclareraient bien tôt. Tandis qu'au contraire, comme chacun a soin de bie entretenir les alentours de sa maison, de les balayer, de les arroser l'été, notre village est considéré à bon droit comme l'un des plus sains à dix lieues à la ronde.

— Ça, c'est vrai qu'un peu plus seulement il aurait l'air d'un jardin, dit en riant Grimaud.

— Il n'y aurait pas de mal à cela, il n'y aurait pas de mal ! Plus votre village sera propre, soigné, plus vous l'aimerez, plus vous vous y plairez et plus la santé publique y sera bonne. En outre, en obéissant à un règlement auquel vous ne pourrez vous soustraire, puisqu'il est la loi, vous acquerrez de bonnes habitudes que vous reporterez chez vous, que vos femmes partageront, et qui contribueront par conséquent à rendre votre intérieur plus agréable. La propreté, a dit saint Augustin, est une demi-vertu.

RÉSUMÉ

DÉFAUT D'ENTRETIEN DES RUES.

Un arrêté est nécessaire pour rendre le balayage des rues obligatoire.

Amende : De un à cinq francs.
Circonstances atténuantes : Admises.
Récidive : Emprisonnement obligatoire de trois jours au plus.
Texte de la loi : Article 471, n° 3, du Code pénal.

Vᵉ CAUSERIE

Un accident.

— Eh ! mon Dieu ! que t'est-il donc arrivé, mon pauvre Fernand, dit M. Leduc, le dimanche suivant, en voyant entrer le fils d'Allard le front entouré d'un bandage.

Fernand se gratta la tête d'un air embarrassé, en prononçant quelques paroles inintelligibles.

— Il n'ose pas l'avouer, dit son père, et il a raison ; c'est honteux pour un garçon de son âge. Il aurait même bien voulu se dispenser de venir aujourd'hui avec moi, afin que vous ne sachiez pas ce qui s'est passé ; mais je ne l'ai pas permis : ce sera sa punition. Figurez-vous, monsieur Leduc, que, l'autre jour, à la sortie de l'école, lui et une demi-douzaine de ses camarades se sont avisés de grimper sur la charrette de Laurent Miraut, qui était devant sa porte, toute dételée depuis la veille. Ils ont voulu la manœuvrer ; je ne sais pas comment ils s'y sont pris, mais ce qui est sûr c'est que Fernand a reçu le brancard au beau milieu du front.

— Satanés enfants ! s'écria l'un des assistants ; ils sont toujours fourrés où ils n'ont que faire !

— Fernand et ses camarades ont eu tort, c'est incontestable, dit M. Leduc, mais aussi pourquoi Laurent Miraut avait-il laissé sa charrette devant sa maison ? Sa négligence est la première cause de l'accident. — Ce que j'en dis n'est pas pour t'excuser au moins, ajouta M. Leduc en s'adressant au jeune garçon ; tu n'avais pas besoin de monter dans cette charrette. Outre qu'il résulte toujours quelques horions de ces sortes de jeux, tu commettais une action blâmable en usant d'une chose qui ne t'appartenait pas. Mais, pour en revenir à Miraut, pourquoi a-t-il, je le répète, laissé sa charrette sur la voie publique ? Il y a un règlement qui s'y oppose, car les voies doivent toujours être parfaitement libres, à toute heure du jour et de la nuit. On ne doit pas laisser séjourner devant les maisons des voitures, des instruments aratoires, des tonneaux, caisses, ballots, pas plus que des amas de fumier, des piles de bois, des tas de pierres ou autres matériaux. Ces divers objets encombrent la voie publique et peuvent amener des accidents. Qu'une voiture vienne à passer et que le conducteur soit impuissant à la diriger ou à retenir les chevaux, voilà un malheur arrivé.

J'ai été témoin autrefois d'une catastrophe amenée par une négligence de ce genre. J'habitais alors une petite ville, traversée par la grande route, laquelle était fort resserrée en cet endroit. Le charron avait laissé devant sa maison des voitures à réparer ; une diligence arrive au grand galop

Une diligence arrive au grand galop...

et passe sur le timon d'une de ces voitures. Il n'en fallut pas davantage pour faire verser le lourd véhicule. Le postillon se démit un bras et plusieurs voyageurs furent blessés plus ou moins grièvement.

— Ce n'est pas toujours facile au charron de ne pas encombrer le devant de sa maison. Quelquefois, il a beaucoup d'ouvrage, sa cour est pleine ; il ne sait où mettre le surplus.

— Qu'il s'arrange comme il voudra : ce qui est sûr, c'est qu'il faut que la rue demeure libre. C'est comme le maréchal ferrant ! Souvent, il ferre ses chevaux devant sa forge. Eh bien, c'est défendu. Il ne lui est pas plus permis qu'aux autres d'encombrer la voie publique ; de même qu'il n'est pas permis au marchand de bestiaux d'y laisser stationner ses bêtes ; au boulanger ou à d'autres boutiquiers d'étaler leurs marchandises sur des tables au dehors ; au charcutier d'y faire griller un porc ou à l'épicier d'y brûler son café. Et sachez qu'on entend par voie publique les rues, les routes, les carrefours, les places publiques, à l'exception des halles.

— Cependant si le maire a donné la permission de déposer dehors des matériaux ou autre chose, il n'y a pas contravention, fit observer Allard.

— Mon ami, le maire ne peut donner cette permission, par la raison qu'il n'en a pas le droit. Un arrêté municipal qui permettrait de faire sur la voie publique un dépôt de quelque espèce que ce soit serait nul. Le maire tolère quelquefois certaines libertés, surtout dans les villages comme celui-ci, où les rues sont larges et rarement encombrées, mais il faut se garder de croire que cette tolérance puisse jamais constituer un droit. Le jour où, par suite de quelque circonstance intéressant l'ordre public, le maire croira devoir se montrer plus sévère, vous n'aurez pas la moindre raison légale à lui opposer. Il en sera de même s'il résulte quelque chose de fâcheux des facilités que vous prenez, et il est bon que vous sachiez que vous vous exposez, en en usant comme quelques-uns le font, à être condamnés à l'amende.

— Mais pourtant, dit Grimaud, il faut bien que les voitures s'arrêtent devant les maisons, quand ce ne serait que pour laisser ou prendre des marchandises, et même souvent on ne peut empêcher que ces marchandises restent quelques instants dans la rue.

— Pour cela c'est différent. Le dépôt de matériaux n'est pas punissable quand il est *nécessaire* ; mais il faut que la nécessité soit *urgente* et *momentanée*. C'est au juge à décider si le dépôt a été fait *par* ou *sans* nécessité et s'il a vraiment embarrassé la voie publique.

— Il y a encore des occasions où l'on est bien forcé de laisser des matériaux dehors : si vous faites faire des travaux de maçonnerie, creuser un fossé, relever un mur ; si votre maison a été détruite par un incendie, ou bien encore si le chemin est en contre-bas de votre champ et que les terres y descendent, comme cela est arrivé au printemps dernier à notre pièce du bois des Lauriettes. Il a bien fallu, bon gré mal gré, ce jour-là et le jour suivant, laisser la voie encombrée.

— Dans des cas semblables on doit éclairer les amas de matériaux, de pierres, de terre ou de débris qui séjournent sur la voie pendant toute la nuit, depuis le coucher du soleil jusqu'à son lever.

— Excepté cependant, dit un assistant, si cet amas est dans le voisinage d'un reverbère.

— Cela ne vous dispense pas d'y mettre des lanternes, car le réverbère peut venir à s'éteindre ou ne pas fonctionner par suite de quelque circonstance inattendue. Vous devez en outre prendre toutes les précautions nécessaires pour que le système d'éclairage que vous avez établi fonctionne bien toute la nuit. Si vos lanternes ne sont pas suffisamment alimentées en huile ou en chandelle, si un coup de vent vient à les éteindre, vous êtes en contravention, car il peut résulter du mauvais état du chemin ou de l'encombrement de la voie de graves accidents ; témoin ce pauvre M. Toussaint qui, revenant vers dix heures du soir de chez son frère, lequel demeure à Varlignon, est tombé dans le fossé creusé pour la construction de la maison qu'André Frisport faisait bâtir à l'entrée du village, et qui est resté là jusqu'au lendemain avec une jambe cassée.

— Le maçon a dit pour s'excuser qu'il n'avait pas allumé ses lanternes parce que la lune était dans son plein.

— Ce n'est pas une raison ; il peut survenir un orage ; la lune peut se voiler : c'est précisément ce qui est arrivé cette nuit-là. Il faut donc éclairer, même en temps de lune.

— Et si ces amas ne sont pas sur la voie publique, s'ils sont par exemple sur un terrain privé, dans un jardin longeant la voie publique, le propriétaire est-il tenu de les éclairer ? demanda Allard.

— La loi n'ayant pas prévu ce cas, le propriétaire des matériaux ou de l'amas n'est pas tenu d'y mettre de lanternes, à moins pourtant qu'un arrêté municipal ne l'ordonne ; car, en matière de police, lorsque le Code se tait, le maire peut prendre, dans la limite de ses attributions, les arrêtés qu'il juge utiles. Mais quand la loi s'est expliquée sur un sujet, le maire n'a qu'à veiller à l'exécution de ses prescriptions, sans pouvoir ni les restreindre ni les étendre.

RÉSUMÉ

EMBARRAS SUR LA VOIE PUBLIQUE ET DÉFAUT D'ÉCLAIRAGE DE MATÉRIAUX OU D'EXCAVATIONS

Amende : Un à cinq francs.
Circonstances atténuantes : Admises.
Récidive : Emprisonnement obligatoire de trois jours au plus
Texte de la loi : Art. 471, nº 4, du Code pénal.

VIᵉ CAUSERIE

Ce que c'est qu'un arrêté municipal.

Le jeudi qui suivit l'entretien que nous venons de rapporter, Fernand, en compagnie de deux ou trois camarades, parmi lesquels était Bernard, passait devant la maison de M. Leduc. Selon son habitude quand il faisait beau, l'ancien juge de paix était assis près de la fenêtre.

Fernand ne portait plus son bandeau; cependant, encore honteux de l'escapade de la semaine précédente, il aurait volontiers continué son chemin sans s'arrêter, mais M. Leduc ne lui en laissa pas le loisir.

— Bonjour, mon garçon, lui dit-il. Eh bien, comment va cette blessure? Mieux, je le vois.

— Oui, monsieur, merci ; répliqua l'enfant avec embarras.

— En effet, on n'aperçoit plus qu'une petite fente; elle sera bientôt fermée et ne laissera qu'une légère cicatrice, qui aura un double avantage, continua M. Leduc en riant : ce sera de t'apprendre, à toi, et à tes camarades quand ils la verront, à être plus modérés dans vos jeux. En même temps elle vous rappellera que les arrêtés municipaux et ordonnances de police sont utiles et qu'il faut s'y soumettre.

Vous vous demandez, j'en suis sûr, reprit M. Leduc, voyant des regards interrogateurs se lever sur lui, ce que j'entends par cette expression : *arrêtés municipaux?*

— Oui, monsieur ; vous l'avez déjà employée l'autre jour, dit Bernard ; ce n'est donc pas la même chose qu'ordonnances de police.

—Non, mon ami. Les *ordonnances de police* sont les

prescriptions inscrites dans le code ; les *arrêtés municipaux* sont des règlements faits par le maire et qui ne figu-
rent pas dans le Code pénal. Ce magistrat, placé à la tête
de la *municipalité* dans chaque commune, est spécialement chargé d'y maintenir l'ordre. Il a le droit de rendre
des arrêtés à cette fin, et on est tenu de les observer.

Les ordonnances de police sont les prescriptions inscrites dans le Code...

La *municipalité* est ce qui constitue le gouvernement
d'une commune. Elle se compose d'un *conseil*, élu par les
habitants, dont les membres s'appellent *conseillers municipaux* et ont pour président le *maire* de cette commune.

Le *Conseil municipal* vote les dépenses de la commune
et assiste le maire dans l'administration de la cité.

Le maire, lui, doit être dans sa commune comme un père

au milieu de ses enfants et veiller sur la cité dont il est le chef comme sur sa propre maison. Il doit s'efforcer d'y maintenir le bon ordre, et, selon l'expression de la loi, « *faire jouir ses administrés des avantages d'une bonne police* ».

Pour qu'il puisse y réussir, la loi lui a donné de grands pouvoirs. Assisté ou non du conseil municipal, il peut prendre, *dans la limite de ses attributions*, tel *arrêté*, faire tel *règlement* qu'il juge utile, et auxquels on doit obéir comme à la loi elle-même. Il est du reste dans l'intérêt de chacun d'observer scrupuleusement ces arrêtés, car la loi a confié à la vigilance du maire ce qui intéresse particulièrement la sûreté et le bien-être de ses administrés.

Les préfets ont également le droit de rendre des arrêtés, qui ont force de loi. Ces arrêtés, appelés *préfectoraux*, concernent tout le département, tandis que ceux du maire ne concernent que sa commune.

— Alors, monsieur, dit Bernard, les maires sont les maîtres de faire tout ce qui leur plaît dans une commune ?

— Non, mon ami ; leur pouvoir n'est pas indéfini ; je l'ai dit et je le répète, ils ne peuvent statuer que *dans les limites de leurs attributions*, c'est-à-dire sur les objets pour lesquels ils sont autorisés par la loi ; la loi, n'ayant pu entrer dans tous les détails des choses, les leur a laissées à régler. C'est ainsi que le maire, *dans le but de maintenir l'ordre et la tranquillité publics*, comme la loi le lui ordonne, peut :

Défendre de jouer de l'argent aux cartes dans les cafés ou autres lieux publics ;

Fixer les heures de la nuit après lesquelles les auberges, cafés et autres lieux publics doivent être fermés ;

Interdire toute espèce de musique, vocale ou autre dans les cafés ;

Défendre aux boulangers, en pétrissant le pain pendant

la nuit, de pousser des cris pouvant troubler la tranquillité des habitants;

Défendre l'ouverture d'un bal public;

Défendre de parcourir les rues masqué ou travesti;

Déterminer la place des divers marchands dans le marchés;

Arrêter l'heure où les marchés commenceront ou finiront, etc, etc.

Dans le but de prévenir les incendies, le maire peut:

Prescrire des rondes de nuit pour prévenir les tentatives d'incendie;

Interdire l'emploi du chaume et des roseaux dans les toitures;

Défendre de fumer, dans les temps de sécheresse, sur les chemins bordés de maisons;

Interdire les coups de fusil, de pistolet ou autres armes à feu; de pétards, fusées et pièces d'artifice quelconque;

Défendre de sonner les cloches en temps d'orage;

Défendre d'allumer du feu dans les rues et dans les champs, à une certaine distance des habitations.

Dans le but de *prévenir les maladies épidémiques et contagieuses*, il peut:

Prescrire l'enlèvement des fumiers et autres matières répandant des exhalaisons insalubres;

Prescrire de curer les fossés et d'en retirer tout ce qui peut les encombrer et mettre obstacle au cours de l'eau;

Prescrire le mode de construction des fosses d'aisance;

Défendre de laisser couler dans la rue du sang et des eaux grasses;

Exiger l'enfouissement à une profondeur déterminée des animaux morts et des matières corrompues;

Défendre aux bouchers d'introduire dans les villes, pendant les grandes chaleurs, des bestiaux abattus en dehors, etc, etc.

Dans le but de *prévenir les accidents, le maire peut encore :*

Prohiber la circulation des chiens à certaines époques et ordonner de pourvoir d'une muselière ceux qui sont dans les magasins, boutiques ou autres lieux ouverts au public ;

Défendre aux conducteurs de voitures de donner à manger à leurs chevaux sur la voie publique ;

Défendre la chasse au tir et au fusil sur les terrains voisins des habitations ;

Interdire le pacage des bestiaux sur les terrains communaux ;

Fixer l'intervalle entre les départs des voitures publiques ;

Interdire accidentellement le passage dans un endroit dangereux ;

Prescrire aux habitants de tenir leurs portes fermées pendant la nuit, ou de les tenir fermées après certaines heures.

Pour prévenir la disette d'eau, il peut : Prendre des mesures pour la conservation des eaux d'une fontaine, en ordonnant par exemple qu'elle ne sera ouverte que de telle heure à telle heure ;

Défendre d'employer l'eau des fontaines publiques à abreuver les animaux, à laver le linge...

VIIe CAUSERIE

Le baigneur obstiné.

M. Leduc en était là de son énumération, qui avait été coupée à plusieurs reprises par les questions et les remarques des jeunes garçons formant son auditoire, lorsqu'il fut interrompu tout à coup par un grand bruit de pas et de voix, partant de l'extrémité de la rue. Tous portèrent les yeux de ce côté : ils virent un groupe formé d'une vingtaine de personnes, autour duquel couraïent des gamins, et qui venait dans leur direction.

M. Leduc s'était soulevé de son fauteuil pour voir ce qui causait cette agitation. Le groupe continuait à s'avancer, grossissant à chaque pas, et l'ancien juge de paix s'aperçut alors qu'en tête marchaient deux hommes qui en portaient un autre.

— Un accident ! s'écria-t-il. Qu'est-ce que ce peut être? Allez voir, dit-il aux enfants.

Ceux-ci s'élancèrent vers les survenants, qui s'arrêtèrent bientôt devant une maison située à peu de distance de celle de M. Leduc. Cette maison était habitée par une veuve qui vivait là péniblement du fruit de son travail, avec son fils, garçon de quatorze à quinze ans, assez mauvais sujet, que l'ancien juge de paix connaissait bien pour le voir toujours errer dans la rue.

C'était lui qu'on apportait ; M. Leduc le devina à la douleur de la pauvre veuve, qui était sortie de sa maison en voyant la foule s'y amasser et qui se jeta avec ses cris déchirants sur le corps de son fils. Elle fit entrer les porteurs dans sa maison, et les jeunes émissaires que M. Leduc avait envoyés aux nouvelles revinrent vers lui pendant que la foule se dispersait peu à peu.

— C'est Eustache Lompart qu'on rapporte chez sa mère, lui dirent-ils.

— Je le vois bien, fit M. Leduc, mais que lui est-il arrivé?

— Il s'est noyé, dit Bernard, à cet endroit dangereux de la rivière, près du moulin.

Le maire! ah bien, oui, le maire!

— Où le maire avait fait défense de se baigner? Mais est-il mort réellement?

— Je ne sais pas. Il est tout pâle et a les yeux et la bouche fermés; sa tête était renversée en arrière et il ne faisait pas le moindre mouvement. M. Lallier, le médecin, est près de lui; il avait l'air très inquiet.

3

— Puisqu'il est entré dans la maison, c'est qu'il croit qu'il y a encore de l'espoir.

— Jules aussi était là, reprit Bernard. Il nous a dit qu'il avait fait tout son possible pour empêcher Eustache de se mettre à l'eau, qu'il lui avait rappelé l'arrêté du maire et montré l'écriteau qui portait défense de se baigner. Eustache lui a répondu en ricanant : — Le maire ! ah bien, oui, le maire ! Si on faisait attention à ses arrêtés, on n'aurait jamais de bon temps ! Le maire ! je m'en moque !

— Et vous voyez où ce beau mépris de l'autorité l'a conduit ; à la mort, peut-être. J'espère pourtant qu'on l'en tirera. Il faut que j'aille voir ce qu'en dit le docteur et m'informer si je peux être utile à la pauvre mère. S'il guérit, comme je me plais à le croire, j'aime à penser qu'il obéira plus volontiers aux arrêtés municipaux, et qu'il comprendra qu'ils n'ont d'autre but que le bien-être et la sécurité de ceux qu'ils concernen ; qu'ils les protègent contre leur imprudence, leurs entraînements, et préviennent ainsi les accidents qui les menacent.

Tout en parlant, M. Leduc se débarrassait de ses couvertures avec l'aide de Bernard, qui venait de sauter par la fenêtre pour être plus vite près de lui. Puis, ayant pris sa canne et son chapeau, il se dirigea vers la maison de la veuve, appuyé sur l'épaule du jeune garçon, pendant que Marianne, sa servante, tout étonnée de voir son maître sortir, le suivait des yeux du seuil.

Le médecin continuait à faire tous ses efforts pour rappeler Eustache à la vie. Un faible souffle qui venait de s'échapper des lèvres du noyé, lui donnait confiance et en même temps rendait un peu de courage à la pauvre mère. Elle remercia vivement M. Leduc de l'intérêt qu'il leur témoignait. Nous dirons tout de suite que, grâce aux soins et au dévouement de M. Lallier, les espérances de la veuve se réalisèrent. Son fils resta deux jours entre la vie et la mort, mais la jeunesse finit par l'emporter et on parvint à le sauver.

RÉSUMÉ

CONTRAVENTION AUX RÈGLEMENTS LÉGALEMENT FAITS PAR L'AUTORITÉ ADMINISTRATIVE ET MUNICIPALE.

Peine : Amende de un à cinq francs.
Circonstances atténuantes : Admises.
Récidive : Emprisonnement obligatoire de trois jours au plus.
Texte de la loi : Article 471, n° 15, du Code pénal.

VIIIᵉ CAUSERIE

Voirie.

Un fermier nommé Larcher, qui avait entendu parler des entretiens du dimanche, et qui avait un conseil à demander à l'ancien juge de paix, était venu se joindre à ceux qui composaient habituellement la réunion.

— Est-il vrai, monsieur Leduc, lui dit-il, que j'aie besoin d'une autorisation du maire pour faire réparer ma grange? On me l'a dit, mais je n'ai pas voulu le croire.

— Vous avez eu tort, mon ami; votre grange n'est-elle pas en bordure sur la rue qui passe derrière votre ferme?

— En effet.

— Eh bien, alors! vous ne pouvez y faire aucune réparation sans en avoir demandé la permission.

— Pourquoi cela?

— Pourquoi? Pour plusieurs raisons. D'abord il peut y

avoir un plan d'alignement d'après lequel vous seriez tenu de reculer votre mur; puis, si l'ancien alignement est conservé, l'autorité doit s'assurer que vous restez dans cet alignement et que vous n'anticipez pas sur la voie publique. Il faut aussi qu'elle surveille les travaux afin de voir s'ils sont établis avec solidité.

— Je suis le premier intéressé à ce qu'il en soit ainsi.

— C'est possible, parce que vous êtes un homme raisonnable, qui comprenez que, quand on élève ou qu'on répare un bâtiment, il est plus avantageux que les travaux soient exécutés dans de bonnes conditions de durée. Si chacun vous ressemblait on n'aurait pas eu besoin de rendre cette ordonnance. Mais tout le monde ne pense pas comme vous. Il en est beaucoup qui, dans de semblables circonstances, ne voient que l'intérêt du moment et suivent les lois d'une économie mal entendue. En outre, parmi ceux qui font bâtir, beaucoup ne sont pas capables de surveiller des travaux de construction et de se rendre compte exactement si le maçon accomplit sa tâche en conscience. Il est donc bon que l'autorité vérifie que le bâtiment qu'on construit ou qu'on répare n'est pas destiné à s'écrouler sur les passants.

— En effet, je comprends. Eh bien ! j'irai à la mairie chercher cette autorisation.

— C'est par écrit qu'il faut la demander, ne l'oubliez pas.

— Bon ! je me la ferai donner. Merci, monsieur Leduc, des renseignements que vous m'avez fournis.

— Il faudra donc, moi aussi, dit Allard, que je demande autorisation au maire pour faire réédifier la portion de ma ferme qui donne sur la rue?

— Non, pour cette autorisation-là, il faudra vous adresser au préfet.

— Au préfet?

— Oui; la grande rue de Lergy dépend de la *grande voirie*, tandis que la rue sur laquelle est bâtie la grange de M. Larcher dépend de la *petite voirie*.

— Qu'appelez-vous donc grande et petite voirie?

— On entend par voirie en général l'ensemble des *voies* de communication tant par terre que par eau.

La voirie se divise en *grande* et en *petite voirie*, laquelle se divise à son tour en *voirie urbaine* et en *voirie rurale*.

La *voirie urbaine* comprend les rues, quais, places, passages, ruelles et impasses des villes et des bourgs.

La *voirie rurale* comprend les chemins ruraux appartenant aux communes et les rues des villages.

— Eh bien! interrompit Allard, la grande rue de Lergy fait partie de cette voirie-là.

— Écoutez jusqu'au bout.

— La *grande voirie* comprend les routes nationales, départementales et stratégiques, les chemins de fer et les *rues de villages qui sont le prolongement des routes nationales et départementales*. Notre grande rue se trouve dans ce cas.

— C'est vrai.

— Par exception. toutes les rues de Paris rentrent dans la grande voirie, qui comprend encore les cours d'eau navigables ou flottables, les quais des villes sur les rivières navigables, les ponts, bacs et bateaux publics, les ports maritimes, etc.

Toute personne qui veut construire, réédifier, exhausser, embellir ou réparer des murs, de face ou de clôture, donnant sur la voie publique, doit donc préalablement être nantie d'une permission, émanant du maire si les travaux qu'il veut exécuter sont sur des chemins de petite voirie, émanant du préfet s'ils bordent des chemins de grande voirie. Cette personne ne peut pas non plus, sans permission, établir des balcons sur sa façade, des perrons ou des bancs devant sa porte, ces balcons pouvant, jusqu'à un certain point, compromettre la sûreté publique, de même que ces perrons et ces bancs peuvent entraver la circulation.

— Et si on néglige de demander cette autorisation?

— On est traduit devant le juge de paix pour les infractions aux règlements intéressant la petite voirie, et, pour celles qui regardent la grande voirie, devant un tribunal spécial, appelé *Conseil de préfecture,* siégeant dans chaque chef-lieu de département et présidé par le préfet.

Il est du reste facile de ne pas s'exposer à ce désagrément, car, en supposant que la personne qui fait construire ignore les dispositions de la loi, l'entrepreneur des travaux les connaît, lui; aussi une peine est-elle prononcée contre les maçons, charpentiers, artistes ou ouvriers qui commencent à construire ou à réparer avant d'avoir demandé la permission à l'autorité compétente, ou du moins avant de s'être assuré que celui qui les emploie en est muni. Il en est de même si les travaux qu'il entreprend sont en saillie sur l'alignement.

— Il n'y a guère de danger qu'un maçon s'expose à ne pas suivre cet alignement.

— Il ne le connaît pas toujours ; comme je vous le disais tout à l'heure, il peut y avoir un plan de redressement ou d'élargissement qui n'est pas encore en voie d'exécution. Dans ce cas, les travaux entrepris dans l'ancien alignement seraient démolis.

—Vous parliez tout à l'heure, monsieur Leduc, dit Grimaud, de l'obligation imposée aux maires de s'assurer que les bâtiments qu'on construit ne menacent pas la vie des passants : il y a au bout du village, sur le chemin de Morlang,

une vieille masure qui pourrait bien un de ces jours écraser quelqu'un si on ne s'empresse de la démolir. Les enfants
vont souvent jouer par là, j'ai toujours peur qu'il n'arrive
quelque catastrophe.

— Vous avez raison, mon ami, et je sais que le maire
a déjà signifié à la mère Morel, à qui cette masure appar-

Une vieille masure qui pourra bien écraser quelqu'un.

.ient, d'avoir à la mettre à bas, ou bien à la faire réparer
sans retard.

— Il en a donc le droit?

— Le droit et le devoir, comme chaque fois qu'il s'agit
l'un édifice longeant la voie publique menaçant ruine, et
compromettant par conséquent la sécurité générale. Il a
envoyé, il y a quelques jours, un maçon et un charpentier
pour constater l'état du bâtiment. Ceux-ci lui ont fait leur

rapport, et c'est sur ce rapport qu'il a envoyé signification à la propriétaire.

— Et si elle refuse d'obéir ?

— Elle sera condamnée à l'amende par le juge de paix, qui ordonnera immédiatement la démolition de la masure aux frais de la contrevenante.

— J'imagine que la mère Morel va en vouloir à M. Lebeau ; elle tenait à cette bicoque.

— C'est fâcheux, répliqua en souriant M. Leduc, mais vous conviendrez que le devoir du maire est de faire passer l'intérêt public avant l'intérêt privé, au risque de froisser quelques convenances particulières et de mécontenter la veuve Morel.

RÉSUMÉ

INFRACTION AUX RÈGLEMENTS DE PETITE VOIRIE. — REFUS DE DÉMOLIR UN BATIMENT MENAÇANT RUINE.

Peine : Amende de un à cinq francs.

Circonstances atténuantes : Admises.

Récidive : Emprisonnement obligatoire de trois jours au plus.

Texte de la loi : Article 471, n° 5, du Code pénal. Edit de Henri IV de décembre 1607. Déclaration de loi du 16 juin 1693. Loi des 16-24 août 1790, art. 1er.

IXe CAUSERIE

A travers champs.

—Monsieur Leduc, je vous amène mon garçon Léon, dit Larcher un dimanche, pour que vous lui fassiez la leçon comme aux autres. N'a-t-il pas failli se faire dresser procès-verbal l'autre jour, pour avoir traversé la pièce de terre de M. Champon, le long de la route de Sainte-Julia.

— Pourquoi passais-tu par là au lieu de suivre le chemin? demanda l'ancien juge de paix à l'enfant. Ne savais-tu pas que c'était défendu?

— Le champ n'était pas encore ensemencé, répondit Léon.

— Cela ne fait rien : du moment que la terre est *prépa rée*, c'est-à-dire fumée, labourée et hersée, c'est la même chose que si elle était ensemencée. Il n'est pas permis d'y passer. Par le seul fait qu'on y a mis les pieds, qu'on ait ou non causé du dommage, on est en contravention.

Il y a même des terrains qui sont regardés en tous temps comme des terrains ensemencés, parce qu'ils sont en état de production permanente. Telles sont les *prairies* et les *vignes*. A aucune époque de l'année, il n'est permis d'y passer.

— A moins pourtant, dit Bernard, qu'on ne suive un sentier?

— Le fait de suivre un sentier n'est pas une excuse, du moment que ce sentier traverse une prairie ou un plant de vigne, un terrain préparé ou ensemencé.

— Alors pourquoi les a-t-on faits?

— Ce sont les propriétaires ou ceux qui exploitent le terrain qui les ont pratiqués pour leur usage, et seuls ils ont le droit de s'en servir.

— Mais le chasseur?

— Le chasseur, pas plus que toi ou moi, n'a le droit de parcourir des terrains préparés ou ensemencés, et encore bien moins des terrains en rapport. Il ne peut passer que sur les terrains en nature de bruyère ou de lande. Quand la récolte est enlevée, c'est différent : le chasseur peut, et nous pouvons aussi, traverser les champs dépouillés sans commettre de contravention. Cependant le propriétaire a le droit, si l'on y cause du dégât, de demander des dommages et intérêts à celui qui en est l'auteur.

— Mais l'autre jour, monsieur, en allant voir ma grand'-mère à Moisieux, il m'a bien fallu passer dans les betteraves de M. Lardy, tant le chemin était en mauvais état.

— Ceci a été prévu par la loi. Il y a trois cas où il est permis de passer sur le terrain d'autrui :

1° Lorsqu'un champ n'est contigu à aucun chemin; il est dit *enclavé* et il est permis au propriétaire de ce champ de traverser le champ de son voisin, sauf à lui payer des dommages et intérêts s'il y commet des dégâts.

2° Quand un chemin est vraiment *impraticable,* et c'est le cas dont tu parlais. Alors tout voyageur, qu'il soit à pied, à cheval ou en voiture, peut passer sur le champ adjacent, car il faut avant tout que ce voyageur puisse poursuivre sa route.

3° Quand il s'agit de *travaux publics,* construction de routes, de ponts, de chemins de fer.

Alors les ouvriers et voituriers sont admis, tant que cela est nécessaire et pour économiser le temps et les frais de transport des matériaux, à traverser les terrains préparés ou ensemencés, sauf toujours par les entrepreneurs *à payer des dommages et intérêts* au propriétaire du champ.

Or, si l'on n'a pas le droit, à ces exceptions près, de traverser un terrain ouvert, il est défendu aussi, et à bien plus forte raison, d'en traverser un qui est clos. J'ai pourtant connu un petit garçon qui ne se faisait pas faute d'agir ainsi, dit M. Leduc avec un regard malicieux à Fernand, qui se sentit rougir jusqu'aux oreilles. S'il rencontrait une barrière, il sautait par-dessus pour traverser le champ ou la prairie que fermait cette barrière, afin d'abréger le chemin de l'école

— Dame! quand on est pressé, dit Léon, qui, il faut bien le dire, ne se faisait pas grand scrupule d'agir de même.

— Ce n'est pas une raison pour rattraper le temps qu'on

Il sautait par-dessus pour traverser le champ ou la prairie.....

a passé à muser ou à paresser en faisant du tort à ceux dont on traverse la propriété.

— Monsieur Leduc, dit Fernand, très confus, j'ai fait cela autrefois, c'est vrai; mais je ne le ferai plus jamais, je vous assure.

— Je le sais, mon garçon, dit le juge de paix avec bonté, et tu auras raison, car la loi punit ces escalades de *trois journées de travail* ou de *trois jours d'emprisonnement*.

— Une journée de travail! s'écrie Bernard. Quel travail? Voilà une singulière condamnation!

— On entend par cette expression, mon ami, le *prix* d'une journée de travail, prix qui varie selon les départements entre 50 centimes et 3 francs, et qui est fixé tous les ans par le Conseil général.

— Ah! maintenant, je comprends.

— Le voyageur donc (et par voyageur il faut entendre dans ce cas toute personne passant) qui se permet de *déclore* un champ est condamné à l'amende, sans préjudice du dommage causé au propriétaire du champ. Je ne saurais trop vous le répéter, mes enfants, respectez le bien d'autrui, non seulement parce que la loi inflige un châtiment à ceux qui, de manière ou d'autre, y portent atteinte, mais surtout par probité, par sentiment d'honneur et de délicatesse, et quand même la loi ne vous en ferait pas une obligation.

— Mais pourtant lorsque le chemin est trop mauvais? dit Bernard, espérant venir ainsi au secours de son ami.

— Si le chemin est réellement *impraticable* (et c'est là une question que le juge de paix seul est appelé à décider), le voyageur pourra *déclore le champ*, et s'il a été forcé pour cela de briser une barrière, les frais de réparation de cette barrière seront mis à la charge de la commune, qui n'a pas entretenu son chemin en bon état, si le chemin est communal. De même ce sera elle qui aura à payer le tort fait au propriétaire du champ.

RÉSUMÉ

PASSAGE SUR LE TERRAIN D'AUTRUI PRÉPARÉ OU ENSEMENCÉ.

Peine : Amende de un à cinq francs.
Circonstances atténuantes : Admises.
Récidive : Emprisonnement obligatoire de trois jours au plus.
Texte de la loi : Article 471, N° 13, du Code pénal.

CHAMP DÉCLOS PAR UN VOYAGEUR.

Peine : Amende de trois journées de travail ou trois jours d'emprisonnement.

Circonstances atténuantes : Non admises.

Récidive : Renvoi devant le tribunal correctionnel. Peine double ; soit six journées de travail ou six jours d'emprisonnement.

Texte de la loi : Article 41 du Code rural.

X° CAUSERIE

Une douche par la fenêtre.

Un des jours de la semaine suivante, Mme Grimaud, en habits du dimanche, se rendait au marché ; elle portait au bras un panier contenant des œufs et des poulets. Comme elle passait devant la maison de l'épicier, une masse d'eau de savon vint s'abattre sur son bonnet, au grand détriment de ses rubans neufs. C'était Mme Barillet qui, en terminant sa toilette, avait jugé à propos de vider sa cuvette par la fenêtre.

La fermière entra toute ruisselante et fort en colère, cela se conçoit, dans la boutique, se plaignant amèrement de l'accident dont elle venait d'être victime et qu'elle qualifiait un peu sévèrement de guet-apens.

Elle voulait absolument faire venir le père Mollard, le garde champêtre, pour dresser procès-verbal contre Mme Barillet, disant avec raison qu'elle était maintenant dans l'impossibilité de se rendre à Morlang, ou du moins d'y arriver à une heure convenable pour vendre ses denrées, puisqu'elle était forcée de rentrer d'abord chez elle afin de changer de vêtements.

On ne pouvait nier la vérité de ces assertions et Mme Barillet, pour désarmer le juste courroux de Mme Grimaud, ne vit pas de meilleur parti à prendre que de lui faire de sincères excuses de son étourderie. En outre, voulant réparer autant qu'il était en elle le dommage dont elle était cause, elle acheta à la fermière la paire de poulets et les trois douzaines d'œufs que celle-ci portait au marché. Elle y joignit même un coupon de ruban pour remplacer celui qui ornait le bonnet avarié. Mme Grimand ne voulait pas d'abord accepter ce présent ; elle y consentit cependant, sur les instances de l'épicière, et en signe de bonne amitié,

C'était Mme Barillet qui, en terminant sa toilette...

finit-elle par dire ; de sorte qu'elle se retira tout à fait réconciliée avec l'auteur de sa mésaventure, et que même son premier soin, en rentrant chez elle, fut d'envoyer un fromage de sa façon à Mme Barillet pour la remercier de son cadeau.

Le dimanche suivant, on causa de cet incident chez M. Leduc, car Mme Grimaud l'avait raconté tout au long à ses voisines et à son mari.

— Ma foi! dit le maître de la maison, je n'aurais pas été fâché que Mme Barillet reçût une petite leçon; non que j'aie pour ma part à me plaindre d'elle, mais afin d'apprendre aux femmes de Lergy à ne pas lancer, comme elles le font sans cesse, leurs eaux ménagères ou de toilette dans la rue, ou bien à arroser les fleurs de leurs fenêtres et de leurs balcons sans se soucier d'atteindre les passants.

— Si encore c'était de l'eau propre! s'écria l'un des assistants.

— Eau propre ou eau sale, ce n'est guère plus agréable à recevoir et, dans tous les cas, c'est également défendu.

— Que voulez-vous donc qu'on en fasse, monsieur Leduc?

— Qu'on les verse dans le ruisseau et non qu'on les y lance comme on le fait le plus souvent. Et encore faut-il qu'on les fasse couler, à l'aide d'un balai, si cela est nécessaire de manière à ce qu'elles ne se répandent pas sur la voie et n'y forment pas des cloaques dont les émanations peuvent compromettre la santé publique.

Il en est de même des eaux ayant servi à l'industrie, eaux de teinture ou autres, et à bien plus forte raison des eaux infectes, provenant des étables et des écuries, lesquelles eaux ne doivent jamais séjourner sur la voie publique.

— Oh! ça, c'est trop juste.

— Il est défendu aussi de lancer par les portes, les fenêtres, ou par-dessus les murs, des objets de nature à blesser ou à salir les personnes qui circulent dans la rue, ainsi que de placer sur la façade des maisons des objets qui, en tombant, peuvent causer des accidents, tels que des articles de commerce, des enseignes, des pots de fleurs, quand ils ne sont pas retenus par une balustrade ou autrement.

— Le fait est que de recevoir un pot de fleurs sur la tête...

— Dans ce cas-là, celui qui est cause de l'accident n'encourt pas seulement, comme dans une simple contravention, une amende de un à cinq francs, mais il est coupable d'un délit et on lui applique une peine beaucoup plus forte.

RÉSUMÉ

JET OU EXPOSITION AU-DEVANT DES ÉDIFICES DE CHOSES NUISIBLES ET D'IMMONDICES SUR QUELQU'UN.

Peine : Amende de un à cinq francs.
Circonstances atténuantes : Admises.
Récidive : Emprisonnement obligatoire de trois jours au plus.
Texte de la loi : Article 471, n°s 6 et 12, du Code pénal.

XIe CAUSERIE

L'occasion fait le larron.

Les habitants du village ordinairement si paisible de Lergy furent réveillés une nuit par un coup de feu tiré dans la rue. Ils mirent la tête à la fenêtre et virent au milieu de la chaussée M. Larcher, le fermier, qui, à demi vêtu, courait, le fusil en main, après deux hommes qui s'enfuyaient. Ces hommes, pour être plus libres de leurs mouvements, avaient abandonné précipitamment au milieu de la rue une brouette sur laquelle on apercevait des sacs de grain.

En quelques secondes, tout le village fut sur pied ; on se mit à la poursuite des fuyards, qu'on ne tarda pas à atteindre, et on reconnut en eux deux habitants de Lergy qui avaient la plus mauvaise réputation et qui la méritaient.

C'est par une étroite fenêtre du grenier que l'un d'eux, qui était extrêmement mince et fluet, avait réussi à s'introduire dans la maison. Une échelle, abandonnée près de là et aperçue par lui dans la soirée, lui en avait donné l'idée et lui en avait fourni le moyen. Une fois entré dans le grenier il s'était empressé de gagner la cour et d'ouvrir la porte de la rue à son complice. Ils avaient fait main

Une échelle abandonnée près de là...

basse sur deux sacs de blé qu'ils avaient eu l'audace de placer sur une brouette et de faire sortir par la grande porte. Le chien n'avait pu donner l'éveil, car les deux misérables avaient eu soin, la veille au soir, au moment où le valet d'écurie allait fermer la porte, d'attirer la pauvre bête au dehors par l'appât d'un morceau de viande et de le tuer.

Cependant, quelques précautions que les voleurs eussent prises, le fermier les entendit. Il se leva, appela son chien, et, celui-ci ne répondant pas, M. Larcher, armé de son fusil, s'élança dans la cour en toute hâte, et de là dans la rue. Voyant deux hommes s'enfuir en courant, il déchargea son arme sur eux, moins dans l'intention de les atteindre que dans celle d'éveiller les voisins et d'en obtenir de l'aide.

Comme on l'a vu, il avait réussi dans son dessein et les malfaiteurs avaient été arrêtés.

On commentait cet événement chez M. Leduc, le dimanche qui le suivit, lorsque M. Larcher entra dans la salle où se tenaient les séances ; il était furieux.

— Ah ! pour le coup, s'écria-t-il, c'est trop fort ! Ni vous, monsieur Leduc, ni aucun de ceux qui sont ici, ni personne, vous ne vous douteriez jamais ce qui m'arrive ! Figurez-vous que je viens de recevoir une assignation à comparaître, samedi prochain, devant le juge de paix.

— Au sujet du vol de l'autre jour, sans doute ? dit Grimaud.

— Oui ; mais devinez en quelle qualité ?

— En qualité de plaignant, bien entendu.

— Eh bien ! pas du tout ! En qualité d'accusé.

— Oh ! d'accusé !

— Oui, d'accusé, ou de prévenu si vous l'aimez mieux. Hein ? Qu'est-ce que vous pensez de cela, continua Larcher en s'adressant directement à M. Leduc, qui n'avait encore rien dit.

— J'attends que vous vous expliquiez, répliqua celui-ci.

— Mais puisque je vous dis que je suis appelé devant le juge de paix ; c'est assez clair, il me semble.

— Pourquoi y êtes-vous appelé ?

— Pour m'entendre condamner à l'amende, sous prétexte que c'est de mon échelle que les voleurs se sont servis pour faire leur coup.

— Que voulez-vous ? La loi défend de fournir des armes aux voleurs.

— De leur fournir des armes ! Ce n'est pas moi qui les leur ai fournies. C'est bel et bien eux qui les ont prises !

— Vous ne les leur avez pas mises dans les mains, c'est sûr, mais vous les leur avez fournies, vous ou vos gens, par négligence. S'ils n'avaient pas trouvé là une échelle si à propos, ils n'auraient peut-être pas pensé à pénétrer chez vous, car ils n'en auraient pas eu la facilité. Il y a un vieux proverbe qui n'a pas tort, surtout quand on l'applique à certaines personnes, et qui dit : *L'occasion fait le larron.* Afin, précisément, de ne pas donner cette occasion aux gens malhonnêtes, la loi fait défense de laisser dans les rues, les champs et sur les chemins, même dans les cours ou les hangars couverts, des objets dont peuvent abuser les voleurs, et, ceci non seulement de nuit, mais même de jour.

— De jour aussi ! fit Grimaud ; mais si ces objets n'ont été abandonnés qu'un instant ?

— Dans ce cas, c'est différent ; c'est au juge à apprécier s'il y a ou non contravention.

— Ainsi mon chien a été tué, reprit Larcher avec la même animation, j'ai failli être volé de deux hectolitres de grain, mon échelle a été confisquée, et par-dessus le marché il faut que je paie l'amende ! Je le répète, c'est un peu fort !

— Quand vous serez de sang-froid, mon ami, répliqua M. Leduc, vous conviendrez que c'est très juste. Pour vous en rendre compte, vous n'avez qu'à vous figurer que c'est avec l'échelle d'un autre, celle de Grimaud par exemple, qu'on a pénétré chez vous. Vous n'aurez pas assez de paroles pour vous plaindre de sa négligence ; vous direz qu'il est responsable du dommage que vous avez éprouvé et vous ne trouverez pas mauvais que le juge de paix lui envoie une assignation. Qui sait même si vous ne réclamerez pas contre lui toutes les sévérités de la loi !

M. Leduc prononça ces paroles d'un ton tout à la fois si bonhomme et si malicieux que le rire courut sur toutes les lèvres et que Larcher lui-même ne put s'empêcher de faire comme les autres.

— C'est égal... commença-t-il.

— Écoutez, mon bon voisin, reprit l'ancien juge de paix lorsque la gaieté générale fut calmée, je regrette beaucoup ce qui vous arrive ; mais vous avez trop de bon sens et de droiture pour ne pas reconnaître que la loi qui vous atteint aujourd'hui est une loi de protection, dont vous aurez plus souvent à bénéficier qu'à souffrir. Le juge, très certainement, réduira l'amende au minimum, c'est-à-dire à un franc ; vous la paierez en vous promettant de mieux surveiller vos gens à l'avenir, afin qu'ils ne se laissent pas aller à des négligences qui les rendent en quelque sorte, complices des malfaiteurs, puisqu'elles permettent à ceux-ci de commettre des actions dont vous ou d'autres pouvez être victimes. Ainsi donc, enfermez bien, non seulement vos échelles, mais encore vos fourches, vos barres, vos bêches, vos coutres de charrue et tous les instruments d'agriculture enfin dont pourraient se servir les voleurs pour faire un mauvais coup.

RÉSUMÉ

ABANDON SUR LA VOIE PUBLIQUE D'OBJETS, INSTRUMENTS OU ARMES DONT PEUVENT ABUSER LES VOLEURS.

Peine : Amende de un à cinq francs. Confiscation desdits objets.

Circonstances atténuantes : Admises.

Récidive : Emprisonnement obligatoire de trois jours au plus.

Texte de la loi : Article 471, n° 7, du Code pénal.

XIIe CAUSERIE

Au cabaret.

Comme bien d'autres campagnards, plusieurs habitants de Lergy fréquentaient assidûment le cabaret, et ce lieu était souvent le théâtre de scènes de désordre.

Un soir que les têtes étaient échauffées plus encore que de coutume, autant par le jeu que par le vin, un journalier, nommé François, se prit de querelle avec une autre pratique habituelle du cabaretier, un terrassier appelé Mathias, au sujet d'un coup douteux au bezigue.

Le plus grand nombre des témoins donnaient tort à François, mais celui-ci ne voulait pas se rendre à leur arbitrage. Il apostropha son adversaire des noms de tricheur, lâche, chenapan, brigand, mouchard, etc., etc. En vain ses camarades essayèrent-ils de le calmer, ils ne purent y parvenir. Le journalier continuait à accabler d'injures Mathias, qui, du reste, lui répondait dans le même langage.

— Je ne veux pas de dispute ici, dit le marchand de vin, intervenant ; je n'ai pas envie que mon établissement soit signalé à la police.

— Alors il ne faut pas recevoir de canailles comme ce Mathias, riposta François.

— Canaille toi-même ! répliqua celui-ci.

— Oui, canaille ! canaille et voleur par-dessus le marché ! Avec ça que je ne sais pas que c'est toi, l'autre jour, qui a volé l'âne de la mère Annette, à preuve que tu es allé le vendre au marché de Varlignon.

— Moi ! s'écria Mathias.

— Oui, toi ; à preuve encore que le lendemain tu m'as montré deux pièces d'or toutes neuves.

— Est-ce que l'on ne peut pas avoir deux pièces d'or sans les avoir volées? C'est M. Lauret qui me les avait données, pour ces travaux de jardinage que j'ai faits chez lui le mois dernier. Mais je suis bien bon de me justifier. Ah! tu prétends que je suis un voleur! eh bien, ça ne se passera pas comme ça! Je ne suis pas un voleur, je le

— Oui, canaille! canaille! et voleur par-dessus le marché!

prouverai; mais toi tu es un diffamateur et je te poursuivrai en justice pour t'apprendre à lancer de pareilles accusations.

Quelques jours après, en effet, François était assigné à la requête du procureur de la République, sur la plainte de Mathias, devant le tribunal correctionnel de l'arrondissement.

— Les séances au cabaret ont presque toujours de fâcheux dénouements, dit M. Leduc à la réunion du dimanche, lorsque, selon la coutume, on parla devant lui de cet événement.

— Mais pourquoi François a-t-il été cité devant le tribunal correctionnel et non devant le juge de paix? demanda Grimaud.

— Si François n'avait employé envers son camarade que des expressions grossières, telles que celles dont par malheur les gens mal élevés ou pris de vin se servent si souvent entre eux ; si, par exemple, il l'avait appelé simplement drôle, lâche, polisson, mouchard, brigand... mots qui, aux termes de la loi, qualifient l'injure simple, il aurait été condamné à une amende de *un à cinq francs* seulement, pour avoir injurié verbalement; mais dans l'affaire qui est en cause, il s'agit de *diffamation*. François ne s'est pas contenté d'appeler Mathias canaille, voleur, brigand, ni même d'affirmer qu'il avait volé, ce qui eût été l'*injure grave;* il a précisé le fait dont il chargeait son camarade et prétendu qu'il avait dérobé et vendu l'âne de la mère Annette; que lui, François, en avait des preuves; c'est bien une autre chose! En parlant comme il l'a fait devant témoins, et dans un lieu public, il a cherché à déconsidérer Mathias, à lui enlever la réputation, l'honneur, la bonne opinion que les autres avaient de lui. Si ses propos avaient rencontré des oreilles crédules, ils pouvaient causer à celui qui en était l'objet un préjudice considérable, peut-être même le faire arrêter. C'est là ce qu'on appelle la diffamation. Ce qui la distingue de l'injure grave, c'est que justement on précise son accusation de manière à ne laisser aucun doute dans l'esprit des personnes devant lesquelles on parle. Ceux qui se sont rendus coupables d'injures graves ou de diffamation sont traduits, ainsi que je vous le disais tout à l'heure, non devant le tribunal de simple police, mais devant le Tribunal correctionnel. Ils ont commis un délit et sont passibles d'une peine beaucoup plus sévère que quand l'injure a été simple. Pour la diffamation, cette peine peut aller jusqu'à un emprisonnement d'un an et une amende de deux mille francs. En outre la personne offensée, quand l'accusation formulée à son égard lui a fait du tort dans ses affaires ou son commerce, peut demander, sous forme de dommages-intérêts, une somme d'argent à celui dont elle a à se plaindre.

— Oui, si par exemple on a affirmé qu'un marchand vendait à faux poids ou qu'il livrait des marchandises frelatées, dit Bernard, et qu'on ait ainsi tenté de lui enlever ses pratiques?

— C'est cela.

— On est encore condamné pour diffamation plus sévèrement que vous ne le dites, monsieur Leduc, remarqua Grimaud ; ainsi l'année dernière Lacour, le marchand drapier, l'a été à six mois d'emprisonnement et à mille francs d'amende pour avoir mal parlé de M. Dubray.

C'est que à cette époque M. Dubray était maire de Lergy. En plein conseil municipal, en effet, Lacour s'étai écrié : — Notre maire est un voleur ! il met dans s poche les fonds destinés aux chemins vicinaux ! — c qui, par parenthèse, était encore plus absurde qu'in jurieux, car les fonds des chemins de la commune ne sont pas à la disposition du maire, et il ne pourrait s'en emparer quand il le désirerait. Le fait est que Lacour en voulait tout simplement à M. Dubray, parce que celui-ci venait de prendre un arrêté, fort utile du reste et désiré par tout le monde, pour le redressemen de la rue. Le nouveau plan s'opposait à ce que le marchand drapier rebâtit sa maison comme il l'entendait C'est pourquoi il tenait ses propos injurieux contre le maire dans les cabarets, les cafés et autres lieux publics,

prétendant même avoir des preuves de ce qu'il avançait.
Comme il y a toujours et partout des imbéciles ou des
gens mal intentionnés, prêts à accueillir les méchants
propos contre l'autorité, Lacour avait réussi à former une
sorte de cabale contre M. Dubray. Or, si on outrage le
maire, ou tout autre fonctionnaire public, depuis le préfet
jusqu'au garde champêtre et au gendarme, *dans l'exercice de leurs fonctions*, la peine est beaucoup plus forte
que lorsqu'on outrage de simples particuliers. Cela est
juste, car ceux qui représentent la loi et l'autorité doivent
être respectés, et on ne saurait les attaquer sans porter
atteinte à la paix et à la tranquillité publiques.

L'*insulte grave* envers *un fonctionnaire*, pendant l'exercice de ses fonctions, bien entendu, par exemple contre un
juge quand il siège à l'audience, fait encourir une amende
de vingt-cinq francs à deux mille francs et une condamnation à l'emprisonnement qui varie de huit jours à un
an. La *diffamation* est encore plus sévèrement punie :
l'emprisonnement dans ce cas peut aller jusqu'à dix-huit
mois et l'amende jusqu'à trois mille francs.

— Pourtant, demanda à son tour Larcher, si le fait
qu'on avance vous a été raconté par une autre personne ?

— N'importe ; on n'a pas le droit de répéter ce qui est
injurieux ou diffamatoire, même quand il s'agit des
morts, car alors leurs parents ont le droit de vous poursuivre devant les tribunaux.

— Pourtant, si ces faits sont vrais, il n'y a pas diffamation ?

— On doit s'abstenir de les raconter, sous peine d'être poursuivi en justice. Ainsi il n'est pas permis de dire à un individu,
même s'il s'est rendu coupable d'un vol il y a quelques
années, qu'il est un voleur ; cependant, si on est poursuivi pour ce fait, le juge peut ne pas vous condamner,

4

s'il voit que vous n'avez pas eu l'intention de nuire. D'ailleurs, il faut bien dire que ces cas sont rares. Celui contre lequel on lance une accusation n'a garde ordinairement, s'il a commis l'action qu'on lui reproche, d'avoir recours à la justice, dont il pourrait éveiller les soupçons.

— Mais enfin, insista Grimaud, si on sait quelque chose de mal sur une personne, si on apprend qu'elle a commis une action coupable, un abus de confiance, un crime, ne peut-on pas en informer ceux qui ont intérêt à le savoir?

— Dans ce cas, c'est bien différent : on doit porter ce fait à la connaissance du procureur de la République de l'arrondissement ou de tout autre officier de police judiciaire, tel que le juge de paix de son canton, le commissaire de police, le commandant de la brigade de gendarmerie, ou le maire de sa commune. Il est du devoir de tous, en effet, d'éclairer la justice. D'ailleurs, remarquez-le, pour qu'il y ait injure grave ou diffamation, il faut que l'insulte soit *publique*, c'est-à-dire commise dans un lieu public. Il faut de plus qu'on ait l'intention de nuire. C'est ce qui est arrivé précisément pour le cas qui nous occupe. Non que François soit précisément un méchant homme, mais il a agi sous l'empire du vin. Je conclurai donc en vous conseillant de mettre le pied le moins souvent possible dans un endroit où l'on est exposé à proférer des paroles qu'on regrette le lendemain, et qui peuvent vous faire encourir des peines sévères, entachant votre honneur. Car il ne s'agit plus là, comme je vous l'ai dit, de simple contravention, mais bien de délit, et la condamnation qu'on subit alors est inscrite dans le *casier judiciaire*, sorte de dossier où l'on garde note de toutes les infractions à la loi pénale, qui plus tard peuvent être invoquées contre vous en d'autres circonstances.

RÉSUMÉ

INJURES SIMPLES.

Peine : Amende de un à cinq francs.
Circonstances atténuantes : Admises.
Récidive : Emprisonnement obligatoire de trois jours au plus.
Texte de la loi : Article 471, n° 11, du Code pénal.

XIIIᵉ CAUSERIE

A l'abreuvoir.

Le temps devenu plus doux permettait à M. Leduc d'aller faire de temps en temps un petit tour de promenade sur la route. Un jour qu'il se dirigeait vers l'extrémité du village, où était situé l'abreuvoir, il vit venir à lui deux chevaux qui en sortaient. Ils étaient conduits par un jeune garçon, monté sur l'un d'eux, et dans lequel il reconnut Léon Larcher.

L'enfant aurait bien voulu esquiver la rencontre du juge de paix, mais il n'y avait pas moyen. Il continua donc son chemin et, en passant devant M. Leduc, il se contenta de le saluer respectueusement sans s'arrêter.

Mais celui-ci, devinant son intention :

— Où vas-tu donc ainsi? lui dit-il après lui avoir rendu son bonjour, et en prenant le cheval par la bride.

— Je rentre chez nous, dit le jeune garçon avec embarras.

— Et tu viens de conduire les chevaux à l'abreuvoir?

— Comme vous voyez, monsieur Leduc.

— Est-ce que c'est ton père qui t'en a donné l'ordre?

— Non, monsieur Leduc.

— Ou te serait-il poussé par hasard de la barbe au menton depuis dimanche dernier ? continua l'ancien juge de paix d'un ton malicieux,

— Pourquoi cela ? balbutia Léon.

— Oh ! tu sais bien ce que je veux dire. Tu sais bien que si ton père te voyait, il serait mécontent, et cela pour deux

Ils étaient conduits par un jeune garçon...

raisons : d'abord, parce qu'il est défendu aux garçons d ton âge de mener des chevaux à l'abreuvoir ; ensuite, parc qu'il sait bien que tu en es incapable.

— Il se trompe, monsieur Leduc, vous voyez bien qu je le peux.

— Tu le peux, grâce à ce que tes chevaux sont tr' paisibles en ce moment ; mais que la moindre cho vienne à les effrayer, est-ce là la main d'un enfant de treiz à quatorze ans qui sera capable de les maîtriser, qui les empêchera de s'emporter, de briser les devantures des boutiques, de se jeter sur les passants, d'écraser les enfants?

C'est pour cette raison que la loi défend aux garçons *ayant moins de dix-huit ans* de conduire des chevaux à l'abreuvoir. Les femmes ne peuvent jamais se charger de cette besogne; la loi le leur défend d'une façon absolue.

— La loi se mêle donc de tout? dit l'enfant avec humeur.

— Oui, mon ami, la loi se mêle de tout, comme tu dis, quand il s'agit de la sécurité des individus. C'est ainsi qu'elle défend qu'on mène les chevaux à l'abreuvoir *après le coucher du soleil*, ou qu'on les y envoie seuls. Ils doivent être accompagnés d'un homme, qui ne peut en mener plus de *deux* à la fois, l'un de monture, l'autre à la main. Il n'y a que les maîtres de poste qui jouissent à cet égard d'un privilège spécial. Ils peuvent envoyer à l'abreuvoir jusqu'à *quatre chevaux* sous la conduite d'un même postillon. Cela vient de ce qu'ils sont chargés d'un service public et que leurs chevaux doivent toujours être à la disposition des voyageurs.

Certainement la loi se mêle de tout. C'est pourquoi elle s'oppose encore à ce qu'on prenne de l'eau à l'abreuvoir ou qu'on y lave du linge; à plus forte raison qu'on y jette des ordures. L'abreuvoir est fait pour le besoin des bestiaux, et non seulement on ne doit pas prendre l'eau qui leur est destinée, mais encore on ne doit rien y mêler qui puisse leur être nuisible ou leur déplaire.

Tu as donc désobéi à la loi en menant toi-même les chevaux à l'abreuvoir, et si le père Mollard t'avait vu, il aurait pu dresser contre toi un procès-verbal. C'eût été ton père qui eût payé l'amende que tu avais méritée, parce que, n'ayant pas encore toi-même vingt et un ans, il aurait été déclaré

4.

responsable de ton infraction à la loi. Seulement, il aurait bien pu, à son tour, te faire payer les frais qu'il aurait été forcé d'acquitter d'une manière qui n'eût pas été tout à fait de ton goût.

C'est pourquoi rentre au plus tôt chez tes parents, ajouta M. Leduc, en lâchant la bride du cheval et ne t'avise plus de te livrer à pareille escapade.

RÉSUMÉ

CONDUITE DE BESTIAUX A L'ABREUVOIR PAR DES FEMMES OU DES ENFANTS DE MOINS DE 18 ANS ET INFRACTIONS AUX AUTRES RÈGLEMENTS CONCERNANT LES ABREUVOIRS.

Peine : Amende de un à cinq francs.
Circonstances atténuantes : Non admises.
Récidive : Non prévue par la loi.
Texte de la loi : Déclaration du roi du 28 avril 1782. — Ordonnance du 21 décembre 1787.

XIV° CAUSERIE

Ban de vendanges.

— Voilà une chose que je ne peux pas croire, monsieur Leduc, dit Bernard, en arrivant un dimanche chez l'ancien juge de paix. Comment ! nous, dont la vigne est mieux exposée que les autres et dont les raisins mûrissent plus tôt, nous ne pouvons pas vendanger plus tôt aussi !

— J'ai dit à Bernard qu'il fallait attendre la publication du *ban de vendanges*, fit Fernand.

— Et tu as eu raison.

— Le ban de vendanges ; qu'est-ce que c'est que cela ?

— C'est un arrêté ou une proclamation, rendu par le maire, qui fixe le jour où doit commencer la récolte du raisin pour les vignes non closes, dans toute la commune.

— Chez nous, à Caraman, où nous demeurions l'année dernière, poursuivit Bernard, il n'y avait pas de ban de vendanges : on commençait sa récolte quand on voulait.

— Il y a des communes en effet où cet usage n'est plus en vigueur, mais dans celles où il existe il faut s'y conformer.

— Pourtant, insista Bernard, M. Larcher a déjà fait vendanger une partie de ses vignes sans attendre cette publication.

— Parce que ses vignes sont *closes*; dans celles qui sont, comme les siennes, entourées de murs, de haies, de palissades ou de fossés, les propriétaires sont libres de cueillir leur raisin quand ils le jugent à propos.

— Pourquoi cette différence?

— C'est facile à comprendre. Si chacun vendangeait quand il lui plaît, les gens malhonnêtes pourraient, sous prétexte de faire leur récolte, venir couper le raisin du voisin et le porter avec le leur au pressoir.

— C'est vrai et c'est précisément ce qui arrivait quelquefois chez nous; ainsi, il y avait un homme qui faisait toujours plus de vin proportionnellement qu'il n'avait de vigne. On a pourtant fini par le prendre en flagrant délit de vol de raisin.

— Lorsque les vendanges ont lieu dans toute la commune en même temps, la surveillance est bien plus facile à exercer. Tout en travaillant, chacun peut avoir l'œil sur ses voisins et s'assurer qu'il ne commet pas de soustraction. C'est pourquoi on a décidé que tout le monde commencerait sa récolte le même jour et que ce jour serait choisi et annoncé par le maire. Maintenant, comme d'un autre côté on a reconnu aussi que cet usage présentait quelques inconvénients, surtout pour les pays de grand rapport, on y a généralement renoncé. Mais ici, où il subsiste encore, on serait condamné à une amende de *six à dix francs* si on vendangeait avant la publication du *ban de vendanges*.

— Même quand on n'aurait rien pris à personne?

— Si on avait cueilli du raisin ne vous appartenant pas, ce ne serait plus une contravention, mais un vol. On serait puni alors beaucoup plus sévèrement. La défense de vendanger avant les autres est une simple mesure de prudence.

— Maman qui est allée justement ce matin dans notre vigne cueillir du raisin pour notre dîner! s'écria Fernand d'un air consterné.

— Elle en avait parfaitement le droit, mon ami, dit en souriant M. Leduc. Le ban de vendanges ne s'applique qu'au raisin destiné à *la fabrication du vin*. Il laisse les propriétaires libres d'entrer dans leurs vignes quand ils le veulent et d'y cueillir du raisin pour les besoins du ménage.

— A la bonne heure! Je suis bien aise de savoir que maman n'était pas en contravention!

RÉSUMÉ

CONTRAVENTIONS AU BAN DE VENDANGES.

Peine : Amende de six à dix francs. (Un arrêté municipal est nécessaire.)

Circonstances atténuantes : Admises.

Récidive : Emprisonnement obligatoire pendant cinq jours.

Texte de la loi : Article 475, numéro 1, du Code pénal.

XVe CAUSERIE

Pas de lanterne.

Le dimanche suivant, Larcher arriva chez M. Leduc d:
fort mauvaise humeur.

— Qu'avez-vous donc? lui demanda l'ancien juge de
paix.

— J'ai que cet imbécile de Rougeot, mon valet de
ferme, m'attire encore des désagréments.

— Comment cela?

— Hier au soir, en revenant de la foire de Sainte-Julia,
il n'a pas allumé sa lanterne. Les gendarmes l'ont rencontré et mis en contravention.

— C'est fâcheux, sans doute.

— Mais ce n'est pas tout.

— Qu'y a-t-il encore?

— Il y a que la plaque de la voiture où est inscrit mon
nom n'était pas en très bon état. Voilà déjà quelque temps
qu'elle a reçu un horion qui en a enlevé quelques lettres.

— Oh! oh!

— De sorte qn'ils ont dressé double procès-verbal et
que c'est moi qui suis responsable de la négligence de
Rougeot.

— Dites de la vôtre, mon ami; car enfin, s'il a eu tort
de ne pas allumer sa lanterne, vous avez eu tort, vous, de
ne pas faire réparer votre plaque.

Du reste, je vous dirai, si cela peut vous consoler, que
les contraventions relatives à la police des routes sont
extrêmement fréquentes. On peut même dire qu'elles le
deviennent davantage d'année en année. Cela tient à ce

qu'on voyage de plus en plus et que ces allées et venues perpétuelles exigent une surveillance et une sévérité plus grandes de la part de ceux qui sont chargés de maintenir l'ordre dans la circulation.

Voulez-vous que je vous donne le relevé exact de ces contraventions depuis l'année 1871 jusqu'à 1876. Je l'ai là précisément.

En parlant ainsi, M. Leduc ouvrit un dossier placé sur la

Les gendarmes l'ont rencontré et pris en contravention.

table et dans lequel se trouvaient divers papiers. Il en prit un :

— En 1871, dit-il, il y a eu 39,086 contraventions relatives au roulage ; — en 1872, 106,811 ; — en 1873, 122,096 ; — en 1874, 127,566 ; — en 1875, 106,681 ; — en 1876, 122,017.

— Cela ne m'étonne pas, dit Allard ; il y a tant de choses auxquelles il faut penser, on a bientôt fait d'être en contravention.

— Eh! sans doute, les prescriptions à observer sont très nombreuses, mais c'est une nécessité de s'y soumettre, car elles sont fort utiles pour prévenir les accidents. Non seulement toute voiture circulant sur la voie publique doit être éclairée la nuit, mais encore il est expressément recommandé, pour celles qui ne portent qu'une lanterne, que cette lanterne soit placée *à droite* et *à l'avant* de la voiture. Elle doit rester allumée depuis le coucher jusqu'au lever du soleil, même par le clair de lune le plus brillant, car, ainsi que je vous l'ai déjà dit, la lune peut se cacher par moments et laisser la route dans l'obscurité.

Toutes les voitures, du reste, quelles qu'elles soient, sont soumises à l'éclairage, voitures publiques ou particulières et voitures de charge; les lanternes des voitures publiques doivent même être munies de réflecteurs. Seuls peuvent circuler sans être éclairés les chariots et voitures servant aux travaux de l'agriculture, mais seulement lorsque ces chariots se rendent des champs à la ferme et de la ferme aux champs, ou bien encore lorsqu'ils transportent les récoltes au lieu où elles doivent être conservées ou manipulées; par exemple, le blé au grenier ou les vendanges au pressoir.

— Ma foi! dit Allard, j'ai bien failli être pris un jour. Ma lanterne avait été éteinte par un coup de vent; je n'avais pas d'allumettes, j'étais bien embarrassé. Par bonheur, une personne de ma connaissance vint à passer. Cela se trouvait d'autant mieux, qu'un kilomètre plus loin je rencontrai un gendarme en tournée.

— Il ne vous aurait pas fait un procès-verbal, dit Bernard. Ce n'était pas votre faute si votre lanterne s'était éteinte.

— Oh! ils n'entendent pas de cette oreille-là, répliqua Allard en riant. Ils auraient dit que c'était de ma faute si je n'avais pas d'allumettes, ce qui était un peu vrai

— Il faut aussi, reprit M. Leduc, que les conducteurs de voiture observent les règlements concernant leur *direc tion* et leur *chargement*.

Ainsi, la loi oblige tous les conducteurs à *se ranger à droite* à l'approche d'une autre voiture, en laissant libre à celle-ci au moins *la moitié de la chaussée*. Cette loi concerne *toutes* les voitures sans exception Quant au chargement, cela s'entend de la largeur des objets qu'on peut y placer. Cette largeur ne peut pas excéder *deux mètres cinquante*, à moins d'un *permis* spécial, signé du préfet ou du sous-préfet, et qu'on doit se faire délivrer lorsqu'on a à transporter des objets d'un très grand volume. Cette dernière obligation ne concerne pas non plus les voitures d'agriculture quand elles ne vont que de la ferme aux champs, et vice versa.

Ces prescriptions sont fort sages, vous en conviendrez, et établies pour le bien de tous. Voilà un cocher qui, comme Rougeot, n'a pas allumé sa lanterne. Il fait nuit noire, une voiture arrive en sens opposé. Qu'arrivera-t-il ? Elle va accrocher la première, peut-être se briser contre elle. — Un roulier refuse de prendre sa droite et de céder comme il le doit la moitié de la chaussée à un autre. Comment celui-ci passera t-il ? — La négligence, la désobéissance ou l'entêtement des conducteurs compromet, non seulement la sécurité des autres voyageurs, mais aussi la leur propre, ce qui devrait au moins les rendre plus sages.

Heureusement pour eux et pour les autres, reprit M. Leduc avec malice, que les gendarmes sont là qui demandent au contrevenant son nom, sa profession et son domicile, et qui dressent contre lui un procès-verbal d'après lequel il sera condamné à payer une amende qui lui apprendra une autre fois à être plus attentionné.

XVIᵉ CAUSERIE

A quoi servent les plaques des voitures.

— Je vous accorde bien volontiers, monsieur Leduc, dit Larcher, que la police a raison d'exiger que les voitures soient éclairées, qu'on prenne sa droite sur la route et que les conducteurs ne laissent pas aller leurs bêtes à l'aventure, mais la plaque, à quoi sert-elle ?

— A établir quel est celui qui s'est rendu coupable de contravention. La loi exige que toute voiture circulant sur les routes nationales, départementales, chemins vicinaux de grande communication, soit munie d'une *plaque métallique,* placée en avant des roues, du *côté gauche* de la voiture, et portant *les noms, prénoms et profession du propriétaire,* avec la désignation de *la commune* qu'il habite, plus celles *du canton* et du *département.* Il est bien difficile alors de tromper la police.

— Mais je l'avais, ma plaque !

— Oui ; seulement, ainsi que vous en convenez vous-même, plusieurs lettres en étaient effacées, et la loi dit formellement que l'adresse qui y est portée doit être *lisible ;* — lisible, vous entendez. Elle dit de plus que les prénoms et qualifications ou profession du propriétaire doivent être écrits *en toutes lettres,* en caractères ayant au moins *cinq millimètres* de hauteur, et que la plaque ne pourra être remplacée par une estampille. Vous voyez qu'elle a tout prévu.

— Il me semble, monsieur, dit Bernard, qu'on ne doit pas être autant puni quand la plaque de la voiture est en mauvais état que quand il n'y en a pas du tout ?

— En effet, mon ami ; l'absence absolue d'une plaque

5.

n'est pas le fait d'une négligence comme celui d'une plaque usée où endommagée ; c'est le fait d'un mauvais vouloir prémédité, et celui qui en est reconnu coupable est condamné à une amende *de six à quinze francs ;* tandis que celui dont la plaque est illisible le sera au plus à *cinq francs.*

— Et si la plaque porte un *faux nom?* demanda Fernand.

— Oh! cela devient tout à fait grave, car alors ce n'est plus le fait de la négligence, d'une économie mal entendue ou même d'un mauvais vouloir sans motif. C'est une tromperie qu'on ne peut commettre que dans une intention coupable. L'amende peut alors aller jusqu'à *deux cents francs,* et il y est joint un emprisonnement *de six jours à six mois.*

Il en est de même si le conducteur d'une voiture en contravention donne un *faux nom* et un *faux domicile.*

— Mais, monsieur, dit Bernard, les charrettes et chariots de chez nous, qui vont dans les champs porter du fumier, chercher de l'herbe, ramasser des gerbes au temps de la moisson, n'ont pas de plaque. Nous sommes donc en contravention?

— Non, mon ami; ces voitures, appelées *voitures d'agriculture,* jouissent d'un privilège analogue à celui qui les dispense de l'éclairage et de la soumission à l'ordonnance réglant la largeur du chargement. Elles n'ont pas besoin de plaque, du moment qu'elles ne servent qu'à transporter des matières de la ferme aux champs, ou bien qu'elles ramènent des produits récoltés du lieu où ils ont été recueillis jusqu'à celui où le cultivateur les dépose pour les conserver et les manipuler. Cela se conçoit : ces voitures ne sortent pas du périmètre dans lequel elles sont connues, elles et leur propriétaire.

Sont aussi exemptées de la plaque : 1° les voitures particulières destinées au transport des personnes, mais étrangères à un service public ; ce qu'on appelle *voitures de maître,* coupés, cabriolets, calèches, tilburys ; — 2° les malles-poste et autres voitures appartenant à l'adminis-tration des postes ; — 3° les voitures d'artillerie, chariots et fourgons appartenant aux départements de la guerre et de la marine.

Mais les charrettes ou carrioles qui vont au marché, à moins qu'elles ne soient spécialement destinées au trans-port des personnes, doivent porter la plaque.

— Ces prescriptions, après tout, dit Grimaud, ne sont pas bien difficiles à observer et je vous remercie, mon-sieur Leduc, de les avoir fait connaître à ces enfants. Plus tard, ils ne seront pas exposés à se mettre en contraven-tion, faute d'informations suffisantes.

— Et qu'ils n'oublient pas surtout, dit Larcher, que le propriétaire de la voiture est toujours responsable des amendes, dommages et intérêts, frais de réparation ou autres prononcés contre toute personne préposée par lui à la conduite de sa voiture. C'est ainsi que je devrai payer moi-même l'amende que le juge de paix prononcera con-tre Rougeot, si celui-ci ne la paye point.

— Bah ! bah ! voisin, vous en avez bien le moyen, dit le juge de paix.

Cette allusion à l'état prospère de ses affaires rendit au fermier toute sa bonne humeur.

RÉSUMÉ

VOITURES NON MUNIES DE PLAQUE.

Peine : Amende de six à quinze francs.
Circonstances atténuantes : Admises.
Récidive : Non prévue.
Texte de la loi : Loi du 30 mai 1851 ; articles 3 et 7. Décret du 10 août 1852 ; article 16

CONTRAVENTIONS PAR LES ROULIERS, CHARRETIERS, AUX RÈGLEMENTS CONCER-
NANT LE CHARGEMENT ET LA DIRECTION DES VOITURES. — DÉFAUT D'ÉCLAI-
RAGE.

Peine : Amende de six à dix francs et emprisonnement facultatif de un à trois jours.

Circonstances atténuantes : Admises.

Récidive : Emprisonnement obligatoire pendant cinq jours.

Texte de la loi: Article 475, numéros 3 et 4, du Code pénal. —
Loi du 30 mai 1851. — Décret du 10 août 1852.

XVIIᵉ CAUSERIE

La police des routes,

— Pendant que nous y sommes, dit M. Leduc le dimanche suivant, je vais vous entretenir des ordonnances
spécialement relatives au roulage. Il est fort utile de les
connaître, car elles sont toujours en vigueur, quoique le
roulage par *voie de terre*, comme on dit en parlant des
routes, et par opposition aux chemins de fer, ait bien
moins d'importance maintenant que les transports se
font presque tous par voie ferrée. Il est rare, en effet,
aujourd'hui de rencontrer sur les routes des files intermi-
nables de charrettes comme on en voyait autrefois.

Ces voitures sont soumises aux mêmes règlements que
toutes les autres quant à l'éclairage, à la direction, au chargement et à la plaque désignant le propriétaire. Elles doivent aussi observer les mêmes prescriptions de prudence,
telles que celle qui ordonne de ralentir le pas en certains
endroits. Tout voiturier ou conducteur, je vous le répète,
est en contravention s'il ne se range pas *à sa droite* à
l'approche d'une autre voiture ; si, aussitôt que le soleil se
couche, il n'allume pas un falot ou une lanterne fixée

à droite et à l'avant de la voiture. Ainsi, il y aurait contravention à la loi si une personne, placée dans l'intérieur de la voiture, portait elle-même la lanterne allumée.

Le voiturier est encore en contravention s'il marche derrière sa voiture, car il doit se tenir constamment à côté de ses chevaux, guides en mains, pour les diriger. Il lui est défendu aussi de stationner, que sa voiture soit attelée ou non, tant sur la route, qu'à la porte d'une maison, d'un cabaret, voire même s'il surveillait son attelage du seuil de l'établissement. Il lui est défendu surtout de s'endormir dans sa voiture, car pendant ce temps le cheval, n'étant pas dirigé, pourrait aller se jeter sur une autre voiture.

Ces mesures, du reste, sont aussi utiles aux conducteurs eux-mêmes qu'à ceux qu'ils peuvent rencontrer, car on en a vu plus d'un, qui s'était ainsi endormi, être mené par son cheval tout droit à la rivière. Il y a peu de temps, vous avez pu lire dans le journal le récit de ce qui était arrivé à un voiturier endormi. Il avait à traverser le chemin de fer à niveau et s'était laissé aller au sommeil. Arrivé au passage, le cheval franchit la première barrière; puis, au lieu de gagner l'autre côté, il tourne à gauche, enfile la voie ferrée et la parcourt bien tranquillement. La pauvre bête se croyait sur la grande route. Tout à coup se montre un train. Le sifflement de la vapeur réveille le conducteur, qui n'a que le temps tout juste de s'élancer sur le talus, où on le retrouva le lendemain matin avec une jambe cassée. Quant à la voiture et au cheval, ils avaient été broyés.

— Oui, je me rappelle bien cela, dit Allard; le malheureux a été sévèrement puni de sa négligence.

— N'y a-t-il pas encore un ordre à observer pour les voitures de roulage? demanda Grimaud, au bout de quelques instants.

— Oui ; lorsque plusieurs voitures marchent à la suite les unes des autres, elles doivent être distribuées en convois, de quatre voitures au plus, pour celles à quatre roues et attelées d'un seul cheval, de deux voitures au plus, si l'une d'elles est attelée de plus d'un cheval.

L'intervalle d'un convoi à l'autre est prescrit aussi et ne peut être moindre de cinquante mètres.

La pauvre bête se croyait sur la grande route.

Il est défendu de laisser conduire par un seul conducteur plus de quatre voitures à un cheval, si elles sont à quatre roues, et plus de trois voitures à un cheval, si elles sont à deux roues. Chaque voiture attelée d'un cheval doit avoir un conducteur ; toutefois, une voiture dont le cheval est attaché derrière une voiture attelée de quatre chevaux au plus n'a pas besoin d'un conducteur particulier.

Il ne peut être attelé aux voitures servant au transport des marchandises plus de cinq chevaux, si elles sont à deux roues, et plus de huit si elles sont à quatre roues.

On ne peut jamais, non plus, mettre plus de cinq chevaux à la file.

— Et les voitures particulières sont-elles soumises à un règlement quant au nombre des chevaux qu'on peut y atteler? demanda Larcher.

— Oui ; ce nombre ne doit pas dépasser trois, pour les voitures à deux roues, et six, pour les voitures à quatre roues.

La largeur des colliers des chevaux de trait est aussi déterminée ; elle n'excédera pas quatre-vingt-dix centimètres.

La loi règle en outre la longueur des essieux des voitures, et ceci concerne toutes les voitures et non pas seulement celles de charge. Ils ne pourront avoir plus de deux mètres cinquante, et le moyeu ne dépassera pas leur extrémité de plus de six centimètres.

— Et même, dit Allard, d'après ce que j'ai entendu dire au forgeron, il est défendu d'employer des clous à tête de diamant. Tout clou de bande sera rivé à plat et ne pourra, lorsqu'il sera fixé à neuf, former une saillie de plus de cinq millimètres.

— Oui, car la saillie des moyeux, dit le Code, y compris celle de l'essieu, n'excédera pas de plus de *douze centimètres* le plan passant par le bord extérieur des bandes.

RÉSUMÉ

CONTRAVENTIONS A LA POLICE DE ROULAGE CONCERNANT LE NOMBRE DE VOI TURES FORMANT UN CONVOI ET LEURS CONDUCTEURS, — L'INTERVALLE D'UN CONVOI A UN AUTRE, — LE STATIONNEMENT ILLICITE, — LA CONDUITE DES VOITURES.

Peine : Amende de six à dix francs et emprisonnement obligatoire de un à trois jours.

Circonstances atténuantes : Admises.

Récidive : L'amende peut être portée à quinze francs et l'emprisonnement à cinq jours.

Texte de la loi : Loi du 30 mai 1851. Décret du 10 août 1852.

XVIIIᵉ CAUSERIE

Le Tour de France.

Bernard avait un frère, son aîné de quelques années,
qui, ayant terminé depuis plusieurs mois son apprentissage, venait de commencer son *tour de France*, c'est-à-
dire un voyage de ville en ville, avec séjour dans les plus
importantes. Ce voyage devait avoir pour double résultat
de lui permettre de se perfectionner dans le métier de
serrurier, qu'il avait choisi, et aussi de contribuer à l'instruire aussi bien qu'à lui former le jugement en lui faisant voir du monde et du pays.

René était parti de Lergy le pied léger et le cœur
joyeux, mais il n'avait pas tardé à éprouver des ennuis.
En arrivant à Sᵗ-Miron, petite ville distante d'une douzaine de lieues, il s'était adressé, pour obtenir de l'ouvrage, à *un bureau de placement*. Celui qui le tenait, abusant de l'inexpérience du pauvre garçon, et sous prétexte de le mettre en relation avec des patrons payant
mieux que d'autres, lui avait extorqué quinze francs.
Par le fait, il l'avait adressé à une maison qui ne lui con-
venait sous aucun rapport.

Le jeune homme, en écrivant à son père, lui avait fait
part de ce fâcheux incident, sans penser toutefois qu'il
pût avoir aucun recours contre le placeur ; mais lorsque
Grimaud fut allé porter la lettre à M. Leduc :

— René a le droit d'attaquer cet homme, dit l'ancien juge

de paix, et le placeur sera condamné, non seulement pour s'être fait payer des renseignements qui n'ont pu servir, mais aussi pour avoir exigé de l'argent d'avance. Ceci est formellement interdit à ceux qui tiennent des bureaux de placement.

— Eh bien, je vais écrire bien vite à René, dit Grimaud. Ce n'est pas à cause des quinze francs, quoique, pour un ouvrier qui vient de terminer son apprentissage,

Abusant de l'inexpérience du pauvre garçon...

une somme de quinze francs ait son importance, cela ne se trouve pas dans le pas d'un âne; mais c'est surtout pour apprendre à ce malhonnête homme à abuser de la position de ceux qui s'adressent à lui.

— Pourquoi aussi René l'a-t-il fait? dit Bernard.

— Il ne pouvait guère agir autrement, répliqua M. Leduc. Quand un ouvrier arrive dans une ville pour exercer un métier, comment veux-tu qu'il trouve de l'ouvrage s'il ne connaît personne? A qui s'adresser? Il perdrait un temps

5.

précieux à courir d'un atelier à l'autre, et les jours s'écouleraient sans qu'il parvînt à son but. *Les bureaux de placement* ont été institués pour lui venir en aide, à lui et à ceux qui se trouvent dans des cas anologues, tels que les employés, commis, domestiques. Ces bureaux sont des intermédiaires fort utiles entre ceux qui cherchent de l'ouvrage et ceux qui en ont à donner, car les chefs d'établissements, patrons, maîtresses de maison y ont recours de leur côté ; et, pour éviter que les personnes qui s'y adressent soient exploitées par ceux qui les tiennent, ces bureaux sont placés *sous la surveillance de la police.*

D'abord on ne peut en ouvrir aucun sans une *autorisation municipale*, et cette autorisation n'est accordée qu'à des *personnes honnêtes* ou du moins réputées comme telles.

Ce n'est pas tout : la police oblige ceux qui tiennent un bureau de placement à avoir *des registres*, sur lesquels sont inscrits les noms des ouvriers, domestiques ou employés en quête d'une place.

Ils doivent avoir en outre un *tarif fixe,* lequel est soumis à l'approbation de l'autorité, et, ainsi que je vous le disais tout à l'heure, ils ne peuvent recevoir *aucune somme à titre d'avance.*

— Je suis bien aise de savoir tout cela, s'écria Grimaud. Et à quoi ce coquin sera-t-il condamné ?

— La peine, quand on ne se conforme pas aux règlements relatifs aux bureaux de placement, est une amende *de un à quinze francs* ou bien *un emprisonnement de un à cinq jours.* L'amende et l'emprisonnement peuvent être cumulés.

— Je ne serais pas fâché qu'il en fût ainsi dans ce cas-là.

— Je ne sais si vous aurez cette satisfaction, dit en souriant M Leduc, mais je ne saurais vous en vouloir de tenir à poursuivre en justice celui dont vous avez à vous plaindre. Ce qui encourage souvent les abus, c'est l'impunité que trouvent ceux qui les commettent, car peu de personnes, le premier moment de colère passé, se soucient beaucoup de se faire rendre justice. En dénonçant ce placeur infidèle, vous rendrez service à de pauvres jeunes gens cherchant une place, comme René, et vous empêcherez qu'ils ne soient dupés à leur tour.

RÉSUMÉ

INFRACTIONS AU DÉCRET QUI RÉGIT LES BUREAUX DE PLACEMENT.

Peine : Amende de un à quinze francs ou emprisonnement de un à cinq jours.
Circonstances atténuantes : Admises.
Récidive : Quinze francs d'amende et cinq jours de prison.
Texte de la loi : Décret des 25 mars et 6 avril 1852.

XIXᵉ CAUSERIE

Le passeport des ouvriers.

— Le livret de votre fils était en ordre pour son voyage ? demanda M. Leduc au bout de quelques instants.

— Oh ! certainement. Il a été signé par le maire et par son patron de Blangis, chez lequel il avait fait son apprentissage.

— Qu'est-ce donc, s'il vous plaît, que ce *livret* dont vous parlez ? demanda Fernand.

— C'est, répondit l'ex-magistrat, une sorte de petit registre, délivré à la mairie, moyennant la somme de vingt-cinq centimes, jamais davantage, et dont sont tenus de se munir les ouvriers et ouvrières qui veulent travailler dans les manufactures, usines, mines, carrières, chantiers, ateliers et autres établissements industriels.

— Et tous les ouvriers ont un livret semblable?

— Tous, excepté pourtant ceux qui se livrent aux travaux agricoles, aussi bien que les domestiques et les ouvriers travaillant chez eux. Les chefs d'établissement qui prendraient un ouvrier sans livret s'exposeraient à une amende *de un à quinze francs* et même à un *emprisonnement de un à cinq jours.*

— Pourquoi cette nécessité pour les ouvriers d'avoir un livret?

— Tu vas le comprendre. Les ouvriers sont exposés à changer souvent d'atelier ou même de lieu de résidence, suivant les nécessités du métier qu'ils exercent. S'ils n'avaient pas de livret, les patrons ne sauraient jamais à qui ils ont affaire. Puisqu'on leur confie de l'ouvrage, il faut bien que l'ouvrier, de son côté, présente certaines garanties, qui prouvent qu'il sait en effet le métier qu'il prétend exercer. D'un autre côté, le livret est pour l'ouvrier un passeport qui lui sert à se faire connaître, car il y est inscrit son nom, ses prénoms, son âge, le lieu de sa naissance, son signalement et sa profession. Il dit en outre s'il travaille habituellement pour un ou pour plusieurs patrons à la fois, ou bien s'il est attaché à un seul établissement. Enfin, il porte le nom et l'adresse du chef d'atelier chez lequel il a travaillé en dernier lieu.

—Alors les ouvriers qui ne sont pas habiles doivent avoir de la peine à se placer.

— Pourquoi cela?

— Parce que le patron doit mettre sur le livret s'il est ou non content de l'ouvrier.

— Non; cela lui est formellement défendu. Il ne peut y écrire aucune *note favorable ou défavorable* au possesseur du livret. Il doit seulement y porter la mention des *avan-*

ces faites par lui à l'ouvrier, mais il ne faut pas que cette somme dépasse *trente francs*. Autrement, le patron serait coupable de contravention. Lorsque l'ouvrier quitte son patron et qu'il s'est complètement libéré, celui-ci doit inscrire sur le livret l'*acquit des engagements*. Lorsque l'ouvrier reste son débiteur, il peut y porter le montant des sommes par lui avancées.

— Et ce livret, demanda à son tour Bernard, ne sert-il à l'ouvrier que dans ses rapports avec celui qui l'emploie?

— Non; il doit le présenter *à toute réquisition* des agents de l'autorité; c'est pour cela que je l'appelais tout à l'heure son passeport.

— Il ne doit pas être bien difficile, reprit Fernand, de fabriquer un faux livret. Voilà René, par exemple, qui est à dix lieues d'ici. Son livret est visé par M. Lebeau; mais qui, à Sᵗ-Miron, connaît la signature de M. Lebeau ou celle de son patron de Blangis?

— Il aurait tort d'essayer de ce moyen, car celui qui *fabriquerait* ou *falsifierait un livret,* ou même qui sciemment ferait usage d'un *livret faux,* serait puni d'*un emprisonnement de six mois à trois ans.* De même s'il s'était fait délivrer un livret sous un autre nom que le sien, ou s'il avait fait usage d'un livret ne lui appartenant pas, il encourrait *un emprisonnement de trois mois à un an.*

— Dame! c'est un faux, dit Bernard.

— Sans doute, et de plus ceux qui agissent ainsi ont presque toujours commis quelque mauvaise action et ils cherchent ainsi à dépister la police.

— Oh! alors, dit Fernand en riant, il n'y a pas de danger que René cherche à se procurer un livret par ce moyen; il n'a aucun méfait à cacher, lui.

RÉSUMÉ

INFRACTIONS AUX RÈGLEMENTS CONCERNANT LES LIVRETS D'OUVRIERS.

Peine: Amende de un à quinze francs ou emprisonnement de un à cinq jours.

Circonstances atténuantes : Non admises.

Récidive : Non prévue par la loi.

Texte de la loi : Loi des 9 frimaire an XII, — 14 mai 1851, — 22 juin 1854, — 30 avril 1855. — Article 153 du Code pénal.

XX° CAUSERIE

Il y a fagot et fagot.

— Mais, monsieur Goupil, je vous assure que je n'en savais rien.

— Vous n'en saviez rien ! Vous aurez de la peine à me faire croire cela, par exemple !

— C'est pourtant la pure vérité. J'envoyais mon garçon ramasser du bois mort ; je ne me serais jamais douté qu'il montât dans les arbres pour abattre des branches, comme vous m'avez dit que vous l'avez vu faire.

— Si je l'ai dit, c'est que c'est vrai.

Cette conversation se tenait un dimanche matin, à la porte d'une chaumière située sur les confins du village, entre la veuve Bedel, qui habitait la maison, et le garde forestier de la commune de Lergy. Celui-ci portait d'une main un bâton en forme de crochet et de l'autre tenait par le bras un garçon de quinze à seize ans, le fils de la veuve et qu'on appelait Guillot.

Aux pieds de ce dernier était une grosse falourde de branchage qu'il venait de laisser tomber.

— Il n'est pas défendu de faire des fagots, balbutia-t-il en réponse aux dernières paroles du père Goupil.

— Il y a fagot et fagot, répliqua celui-ci. On ne doit pas les faire avec autre chose qu'*avec le bois mort, ramassé par terre et tombé naturellement de l'arbre.*

— Je ne savais pas.... commença Guillot.

— Tu ne savais pas? essaye de dire que tu ne savais pas! Avec ça que c'est la première fois, n'est-ce pas, que je t'y prends, à grimper dans les arbres comme un écureuil;

Il n'est pas défendu de faire des fagots...

et que je ne t'ai pas déjà menacé de procès-verbal? Si je ne l'ai pas encore fait, c'est à cause de ta mère; la pauvre femme est déjà assez malheureuse d'avoir un mauvais sujet comme toi pour fils! Mais aujourd'hui je t'ai surpris avec le *crochet* que voilà; tu comprends que ça ne peut pas se passer ainsi. Qui dit que tu ne t'en es pas servi, de ce crochet, pour casser des branches vertes que tu vas déposer dans quelque coin et que tu viens reprendre un peu plus tard quand les feuilles sont séchées. Je connais ça!

Me diras-tu aussi que tu ne sais pas que c'est défendu, ou me soutiendras-tu que je ne te l'ai pas vu prendre, ce crochet, dans la touffe de genièvre où tu l'avais caché?

Mais comment se fait-il, poursuivit le garde, en s'adressant à la veuve, qui continuait à pousser des gémissements et des exclamations, comment se fait-il, mère Bedel, que vous ne vous en soyez pas aperçue? Vous ne vous étonniez donc pas que votre garçon vous apportât tous les jours de si gros fagots?

— Eh! mon Dieu non! au contraire; je le félicitais de ce qu'il employait bien son temps.

— Oui, joliment; à vous attirer une assignation.

— Ah! mon bon monsieur Goupil, dit la femme en pleurant, vous ne voudriez pas faire condamner une pauvre veuve à l'amende. Je vous jure qu'il ne recommencera plus. Emportez son crochet, mais ne le poursuivez pas en justice.

— Certes oui, je l'emporte son crochet, et quant au procès-verbal, que voulez-vous, je ne peux pas me dispenser de le faire. J'en suis fâché pour vous, mère Bedel, mais il faut que j'accomplisse mon devoir.

Et le garde forestier s'éloigna, laissant la mère en larmes et le fils très penaud.

En poursuivant son chemin vers la mairie, où il devait faire son rapport, le père Goupil fut rejoint par Bernard et Fernand, qui se rendaient chez M. Leduc. Ils lui demandèrent ce que c'était que le crochet qu'il portait.

Le garde le leur expliqua en leur faisant le récit de son expédition.

Arrivés chez M. Leduc, les deux jeunes garçons à leur tour lui racontèrent ce qu'ils venaient d'apprendre.

— Je comprends bien, monsieur, dit Fernand en terminant, que Guillot ait eu tort s'il s'est servi de son crochet pour briser des branches; mais s'il les a seulement secouées pour faire tomber les rameaux secs, quel mal y a-t-il à cela ? Puisqu'il est permis de récolter le bois mort, pourquoi ne serait-il pas permis de le faire tomber du haut de l'arbre ?

— D'abord, à proprement parler, il n'est pas absolument permis de récolter le bois mort. Pour qu'il puisse être ainsi, il faut avoir sur les bois et forêts un *droit d'usage*, consistant à pouvoir prendre le bois sec et gisant à terre.

Les *usagers*, c'est-à-dire les habitants de la commune qui ont ce droit, ne peuvent, en aucun cas, se servir de *crochet*, ou de *serpe*. Il est bien entendu encore que le droit de prendre le bois mort ne donne pas celui d'enlever un arbre abattu par le vent ou endommagé par un accident quelconque.

Si on permettait à l'*usager* de monter sur les arbres pour secouer les rameaux avec ou sans crochet, il serait à craindre que, même sans mauvaise intention, en faisant tomber le bois mort, on n'attaquât aussi les branches tenant encore à l'arbre. L'hiver, par exemple, il n'est pas toujours facile de distinguer le bois vert de l'autre, sans compter que par la gelée il casse très facilement. De plus, et comme vous l'a dit le père Goupil, et ainsi que le faisait peut-être Guillot, on pourrait briser des branches vertes pour venir les chercher quelques jours après, quand elles ont l'air de s'être détachées de l'arbre toutes seules. Eh bien, cette manière d'agir causerait un préjudice considérable aux particuliers, à la commune ou à l'État ; car, si on laissait faire les gens, ce ne serait pas une branche par-ci par-là qui serait cassée, mais une quantité énorme ; et les arbres mourraient les uns après les autres, la sève s'échappant par les déchirures de l'écorce, comme le sang d'une personne blessée s'échappe par les entailles faites à sa peau.

RÉSUMÉ

ENLÈVEMENT DE BOIS MORT AVEC LE CROCHET OU FERREMENT.

Peine : Amende de trois francs.
Circonstances atténuantes : Non admises.
Récidive : Amende doublée (six francs).
Texte de la loi : Article 80 du Code forestier.

XXI° CAUSERIE

Une des richesses de la France.

— Ceux qui se serviraient d'une hache ou d'une scie pour abattre des branches, et qui les emporteraient, seraient sans doute condamnés, aussi bien que ceux qui se servent de crochets, remarqua Fernand.

— Ils le seraient même plus sévèrement.

« Toute personne, dit la loi, qui sera trouvée dans les bois et forêts, hors des routes et chemins ordinaires avec serpe, cognée, hache, scie ou autre instrument de même nature, sera condamnée à une amende de dix francs et à la *confiscation* desdits instruments. »

Il est en outre défendu d'y faire entrer des voitures ou des animaux de charge. L'introduction des chèvres, des brebis et des moutons est aussi prohibée d'une façon absolue. Ces animaux, en broutant, détériorent considérablement les bois; en outre, l'odeur qu'ils répandent est très préjudiciable aux arbres en général.

Du reste, il est bon que je vous le dise pendant que nous y sommes: il n'y a pas que dans les bois que l'entrée des chèvres soit interdite. Le propriétaire d'une chèvre trouvée dans le champ d'autrui pourra être condamné à une amende de la valeur de *trois journées* de travail ou à un emprisonnement de *trois jours*. Et lorsque la chèvre aura fait du dommage aux arbres fruitiers ou autres, haies, vignes, jardins, l'amende et la prison seront doublées.

Mais revenons à ce qui nous occupait tout à l'heure :

Toute personne dont les voitures, bestiaux, animaux de

Ces animaux, en broutant...

charge ou de monture seront trouvés dans les forêts hors des routes et chemins ordinaires sera condamnée :

Par chaque voiture trouvée dans les bois de dix ans et au-dessus, à une amende de *dix francs ;*

Par chaque voiture trouvée dans les bois au-dessous de dix ans, à une amende de *vingt francs;*

Par chaque tête de bétail non attelée :

Un franc pour un cochon;

Deux francs pour une bête à laine;

Trois francs pour un cheval ou une autre bête de somme;

Quatre francs pour une chèvre;

Cinq francs pour un bœuf, une vache ou un veau.

L'amende, vous le voyez, est proportionnée au dommage que les animaux peuvent causer aux arbres. C'est pourquoi cette amende sera doublée si les bois ont moins de dix ans, sans préjudice, s'il y a lieu, des dommages et intérêts que pourra réclamer le propriétaire du bois.

— Et les volailles? demanda Fernand.

— La loi ne les a pas comprises dans l'énumération.

— Et si un berger conduit son troupeau dans une forêt, lui fait-on payer l'amende à tant par tête?

— Non; il est alors passible d'une amende de *quinze francs*, sans préjudice toujours des dommages et intérêts.

Quant à couper des arbres dans les bois et forêts, je n'ai pas besoin de vous dire que c'est formellement défendu. La coupe et l'enlèvement d'arbres donne lieu à des amendes qui seront déterminées selon la circonférence de l'arbre et selon son essence ou espèce.

Il faut d'abord que vous sachiez que les arbres des forêts, administrativement parlant, sont divisés en deux classes.

La première comprend : les chênes, hêtres, charmes, frênes, érables, platanes, pins, sapins, mélèzes, châtaigniers, aliziers, noyers, sorbiers, cormiers, merisiers et autres arbres à fruits.

La seconde classe se compose des ormes, tilleuls, bouleaux, trembles, peupliers, saules et de toutes les espèces non comprises dans la première classe.

La loi est plus sévère pour celui qui coupe ou mutile des arbres de la première classe que pour ceux qui mutilent des arbres de la seconde, car ils ont plus de valeur.

Celui qui aura coupé des arbres de la première classe, ayant deux décimètres de tour, sera puni d'une amende de un franc, par chacun de ces deux décimètres. Cette amende s'accroîtra ensuite progressivement de dix centimes par chacun des autres décimètres.

De combien alors sera l'amende pour un arbre de cinquante centimètres de circonférence? demanda M. Leduc en s'interrompant et en s'adressant à Fernand.

Celui-ci hésita quelque temps; il ouvrait la bouche pour répondre, mais Bernard, devinant sans doute dans ses yeux que son calcul n'était pas exact, lui souffla tout bas :

— Deux francs trente.

— C'est cela, dit M. Leduc sans avoir paru s'apercevoir de ce petit manège.

Il continua :

— Si les arbres de la seconde classe ont deux décimètres de tour, l'amende sera de cinquante centimes par chacun de ces deux décimètres et s'accroîtra ensuite progressivement de cinq centimes par chacun des autres décimètres.

— D'où mesure-t-on ces arbres? demanda Bernard.

— La circonférence d'un arbre est toujours mesurée à un mètre du sol.

— Et pour les arbres qui n'ont pas deux centimètres de tour?

— La coupe de ces arbres sera punie d'une amende de *dix* francs pour chaque charretée et par bête attelée; — de *cinq* francs par chaque charge de bête de somme, et de *deux* francs par chaque fagot, fouée ou charge d'homme.

Il pourra en outre être prononcé contre le coupable un emprisonnement de *cinq* jours au plus.

— Et si on n'a fait que mutiler l'arbre sans le couper? demanda Bernard.

— Ceux qui dans les bois et forêts auront écorcé ou mutilé des arbres, qui en auront coupé les principales branches, ou qui l'auront *éhouppé*, c'est-à-dire qui en auront enlevé la cime, seront punis comme s'ils les avaient abattus par le pied.

Maintenant, s'il s'agit d'arbres semés ou plantés dans les forêts depuis moins de cinq ans, la peine sera une amende de trois francs par chaque arbre, quelle qu'en soit la grosseur, et en outre un emprisonnement d'un mois au plus.

— Une punition si sévère pour des arbres gros comme le doigt! s'écria Léon.

— C'est que la destruction des semis et des plantations nuit extrêmement aux forêts et que la loi doit veiller soigneusement à leur bon entretien. C'est une des richesses de la France. Je n'ai pas besoin de vous dire à combien d'usages de première nécessité est employé le bois. Mais ce que vous ne savez pas, c'est qu'on évalue à 1,800,000 *hectares* l'étendue des *bois communaux* en état de production dans notre pays, et leur revenu annuel à *cinquante millions*.

— Oh! je comprends alors combien il est utile de ne pas laisser mutiler les arbres.

— Quant *aux forêts de l'État*, continua M. Leduc, elles occupent une superficie de 1,091,541 hectares et leur bon entretien n'est pas moins important, car elles donnent un revenu de *quarante millions*.

— Tous ces bois réunis, dit Bernard, qui était très fort sur le calcul, et qui s'était mis à crayonner vivement sur un petit carnet où, d'après l'ordre de son père, il portait le résumé des causeries avec l'ancien juge de paix, tous ces bois réunis forment un ensemble de 2, 891, 541 hectares.

La France, ayant un peu plus de 52,000,000 d'hectares, il s'ensuit que les forêts en représentent là dix-septième partie.

— Bravo! dit M. Leduc.

— De plus, continua le jeune garçon, la France comprenant quatre-vingt-cinq départements, cette dix-septième partie peut être évaluée à la surface de cinq départements environ.

— Bravo ! bravo ! répéta le juge de paix ; et encore, continua-t-il, là-dedans ne sont pas compris les bois appartenant aux particuliers, qui forment aussi un chiffre considérable. Vous conviendrez donc qu'il serait vraiment dommage de laisser se perdre de pareilles richesses, qui ne profiteraient à personne, puisque, en usant sans ménagement des arbres, on les ferait périr. Il était donc très utile que la loi empêchât les dilapidations.

RÉSUMÉ

ABANDON D'UNE CHÈVRE DANS LE CHAMP D'AUTRUI.

Peine : Amende de trois journées de travail ou de trois jours d'emprisonnement.
Circonstances atténuantes : Non admises.
Récidive : Peines doublées.
Texte de la loi : Article 18 du Code rural. Loi du 23 thermidor an IV.

PRESCRIPTIONS FORESTIÈRES. — INTRODUCTION DE VOITURES ET BESTIAUX DANS LES BOIS ET FORÊTS. — COUPE ET MUTILATION D'ARBRES.

Peine : Amende indéterminée.
Circonstances atténuantes : Non admises.
Récidive : Peines doublées, renvoi au-dessus de quinze francs devant le tribunal correctionnel.
Texte de la loi : Articles 146, 147, 192, 194, 196, 198 du Code forestier.

XXIIᵉ CAUSERIE

Ce que produisent encore les forêts.

— Ce n'est pas seulement le bois vert qu'on n'a pas le droit de récolter dans les forêts, dit Grimaud, qui venait d'arriver. Je me rappelle que, il y a quelques années, un habitant de Caraman avait entrepris de tirer je ne sais quel produit des glands du chêne. Il les faisait ramasser par des gamins. La commune s'y est opposée et lui a fait un procès qu'il a perdu.

— On ne peut en effet enlever des forêts, sans permission, des pierres, sable, minerai, terre, gazon, bruyère, genêts, herbages, feuilles vertes ou sèches, glands, faînes ou autres essences.

— Pourquoi donc cela, monsieur? demanda Fernand.

— Parce que tous ces produits ont leur utilité. Les feuilles, les herbes forment une sorte d'engrais qui augmente la fertilité du sol; et quant aux autres matières, elles se vendent et forment par conséquent un revenu pour l'État ou pour la commune. Si on les emporte sans les payer, on leur fait du tort et en même temps à tous les contribuables. Ainsi, lorsqu'un marchand achète à l'État ses bois sur pied, pour les débiter et les vendre, il lui est expressément défendu d'abattre, de ramasser ou d'emporter des glands et des faînes, sous peine d'une amende qui varie de *vingt* à *soixante francs* par chaque charretée enlevée; de *dix* à *trente francs* par chaque charge de bête de somme et de *quatre* à *douze francs* par chaque charge d'homme.

Si on enlève sans autorisation du sable, des pierres, du minerai, de la terre, du gazon, de la tourbe, de la bruyère, des genêts, des herbages, des feuilles vertes ou mortes, de la mousse, des ronces, des glands, des faînes et autres fruits ou semences des bois et forêts, ou encore des engrais existant dans le sol, on pourra être condamné à des amendes qui seront ainsi fixées :

Par charretée ou tombereau, *dix* à *trente* francs par chaque bête attelée;

Par charge de bête de somme, *cinq* à *quinze* francs;

Par chaque charge d'homme, *deux* à *six* francs.

Un emprisonnement de *trois* jours pourra en outre être prononcé contre le contrevenant.

— Mais les fraises, demanda Fernand, peut-on les ramasser?

— Oui; cependant, il faut prendre garde en les cueillant de porter préjudice aux plantes.

— Si on coupe des herbages sans les emporter, demanda à son tour Bernard, est-on en contravention?

— Oui, mon ami; le seul fait de couper, par exemple, de la bruyère, d'amasser des glands, de réunir des feuilles mortes en tas, de mettre du gazon dans un panier, de la terre dans un tombereau, constitue une contravention, quand bien même on n'emporterait ni la bruyère, ni les glands, ni les feuilles, ni le gazon, ni la terre. Il faut dire, d'ailleurs, qu'il en est dans ces occasions de même que lorsqu'on brise des branches vertes pour venir les chercher quelque temps après. Ce n'est pas sans intention d'en tirer parti qu'on s'est donné la peine de réunir ces diverses matières et souvent ce n'est pas sans avoir causé du dommage au bois qu'on l'a fait.

Respectez donc, mes enfants, les bois de l'État, des communes, des particuliers, au même titre que vous respectez les moissons et tout ce qui vient dans les champs. Gardez-vous bien quand vous y jouez, de mutiler les arbres, de casser les branches, de les faire plier pour vous fabriquer une balançoire; abstenez-vous même d'emporter de la mousse, du gazon, du sable. Rappelez-vous que la loi le défend et que vous devez obéissance à la loi.

RÉSUMÉ

AUTRES PRESCRIPTIONS FORESTIÈRES. — ENLÈVEMENT SANS PERMISSION DE PIERRES, GAZON, GLANDS, ETC., DANS LES BOIS ET FORÊTS.

Peine : Amende indéterminée.

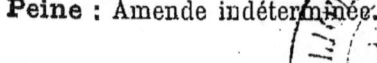

6

Circonstances atténuantes : Non admises.
Récidive : Peines doublées.
Texte de la loi : Article 57, 144 du Code forestier.

XXIIIᵉ CAUSERIE

Droits usagers au pâturage et au panage ou glandage.

— Cependant, dit Allard, dans certains pays et à certaines époques, il est permis de mener les bestiaux paître dans les bois ?

— En effet; il y a un grand nombre de villages, ceux des pays de montagnes principalement, qui possèdent en commun de vastes forêts. Les familles pauvres de ces villages ont, sur ces propriétés communales, divers droits, appelés *droits d'usage au pâturage, au panage et à la glandée*, c'est-à-dire qu'il leur est permis de faire paître les bestiaux dans les bois, à des époques déterminées, et aussi d'y mener les porcs manger les glands tombés.

Ceux qui possèdent ces droits *usagers* ne peuvent en user que pour les animaux servant *à leurs besoins* et non pour ceux dont ils font le commerce.

— C'est trop juste, dit Larcher, puisque ces droits sont concédés à ceux qui ne sont pas assez riches pour posséder des pâturages en propre.

— De plus, poursuivit M. Leduc, ils sont assujettis à certains règlements et à certaines obligations.

Ainsi, les habitants des *communes usagères*, comme on dit, ne peuvent conduire eux-mêmes leurs bestiaux dans les bois, ni les faire conduire par des gardiens à eux. Quand la saison est venue, la loi veut que tous les animaux d'une commune, dont les usagers ont droit au *pâturage*, au *panage* et à la *glandée*, soient réunis en un ou plusieurs troupeaux, selon leur nombre. Chacun de ces troupeaux est sous la garde d'un ou de plusieurs pâtres, choisis par l'*autorité municipale*.

— Et si l'un des usagers agit différemment?

— Il sera condamné à *deux francs* d'amende par tête de bétail, et le pâtre sera passible, pour une première contra-

Porcs à la glandée.

vention d'une amende de *cinq* à *dix francs*. La loi défend, en outre, expressément, le mélange des troupeaux : « Les « porcs et les bestiaux de chaque commune ou section de « commune, dit-elle, formeront un troupeau particulier « et *sans mélange de troupeaux* avec ceux d'une autre « commune. A cet effet, tous les animaux le composant « seront *marqués* et chacun portera *une clochette*. » Les propriétaires qui contreviendraient à cette prescription seraient condamnés à payer *trois francs* par tête de bétail non marqué, et *deux francs* pour chacun de ceux qui ne seraient pas munis de clochette.

— Pourquoi est-il si utile que les troupeaux ne se mélangent pas?

— Parce que, s'il se commet quelques dégâts, on sait au juste quel est le berger, et par suite quelle est la commune qu'on doit regarder comme responsable, ce qui ne serait pas possible si tous les troupeaux étaient confondus.

— Je ne peux pas m'empêcher, dit Allard, d'admirer comment la loi a pensé à tout, a prévu tous les cas et a tout sagement ordonné, même dans les choses qui, au premier abord, semblent de si peu d'importance.

— C'est qu'aussi le Code n'a pas été l'affaire d'un jour. Il est le résultat du travail accumulé des siècles. Les hommes sages de tous les temps et de tous les pays y ont apporté le fruit de leurs observations et de leur expérience, et c'est encore une des raisons qui doivent nous engager à respecter la loi, comme je l'ai dit bien souvent, même quand nous ne la comprenons pas.

RÉSUMÉ

INFRACTIONS AUX RÈGLEMENTS SUR LE PATURAGE, LE PANAGE ET LA GLANDÉE.

Peines : Amende de deux, trois, dix francs, selon les cas.
Circonstances atténuantes : Non admises.
Récidive : Renvoi devant le tribunal correctionnel. Emprisonnement de cinq à dix jours.
Texte de la loi : Article 72, 73, 75, 78 du Code forestier.

XXIVᵉ CAUSERIE

Le cimetière de Lergy.

Depuis quelque temps la commune de Lergy était fort émue d'une décision que venait de prendre le Conseil municipal. Il s'agissait de trouver un nouvel emplacement pour le cimetière. Cette mesure rencontrait beaucoup d'opposition.

Après de longues discussions, le Conseil municipal avait choisi pour cette destination une petite colline située à un demi-kilomètre des dernières maisons du village.

— Quelle idée ont-ils eue là! disait à cette occasion Grimaud, qui, ainsi que la plupart des habitants de Lergy, était tout mécontent de voir déplacer le cimetière. Penser que nos morts ne seront plus à côté de nous ; cette idée me chagrine.

— J'ai comme vous le respect de ceux qui ne sont plus, répondit M. Leduc, auquel Grimaud s'adressait, mais cette mesure était indispensable; l'ancien cimetière était devenu trop petit.

— On n'avait qu'à l'agrandir du côté du chemin des Aubrays.

— Oui; mais alors il se fût trouvé dans un fonds, ce qui est une mauvaise condition pour un cimetière. Il doit toujours, au contraire, occuper un terrain *élevé* et exposé au *nord;* car il importe à la salubrité publique que l'air en soit renouvelé continuellement: de même il est nécessaire que les murs qui l'entourent aient au moins *deux mètres* d'élévation, afin que les émanations ne se répandent pas au dehors. En outre, l'ancien cimetière aurait empêché Lergy de s'étendre de ce côté.

6.

— Oh! il y avait encore de la place.

— Pas déjà tant; la loi veut que les cimetières soient éloignés de 35 *à* 45 *mètres des habitations.*

D'ailleurs, le village prend de l'importance tous les jours, et, même en agrandissant notre cimetière, comme vous le proposez, il serait devenu bientôt insuffisant. Sachez qu'il faut, pour bien faire, que le terrain qui lui est destiné soit *cinq fois* plus considérable au moins que l'espace nécessaire pour y déposer le nombre présumé des morts qui peuvent y être enterrés pendant une année.

— Cinq fois ! Pourquoi cinq fois ?

— Parce que, aux termes de la loi, les anciennes fosses ne peuvent être rouvertes pour de nouvelles sépultures que *de cinq ans en cinq ans.*

On a calculé qu'il fallait cet espace de temps pour que les corps fussent arrivés à un état tel qu'on pût, sans crainte des émanations malsaines, remuer les terres où ils ont été ensevelis.

— Autrefois, dit Larcher, on n'y regardait pas de si près ; on enterrait jusque dans les églises.

— En effet; mais cette coutume constituait un grand danger pour les villes. Elle avait pour conséquence de contribuer à multiplier les germes de ces terribles maladies dont je vous ai déjà parlé, qu'on désignait sous le nom de *peste,* et qui faisait alors de si fréquentes et de si désastreuses apparitions. C'est donc une très sage mesure que celle qui est actuellement en vigueur et qui défend les inhumations dans les églises, temples, synagogues, hôpitaux, chapelles publiques; enfin, dans tout édifice où les citoyens se réunissent pour la célébration de leur culte, aussi bien que dans l'enceinte des villes et bourgs.

De même, dans ce temps-là, on entassait les morts portés au cimetière dans des fosses étroites et peu profondes, qui n'opposaient qu'un obstacle insuffisant à la sortie des

miasmes pestilentiels. Maintenant les dimensions sont cal-
culées de manière à ce qu'il n'en soit plus ainsi et ces dimensions sont obligatoires. En cas d'infraction au règlement, il y a lieu à l'application d'une peine de simple police.

— Et quelles sont ces dimensions?

— Chaque inhumation doit avoir lieu dans une fosse
séparée, ayant *un mètre cinquante à deux mètres* de profondeur, sur *quatre-vingts centimètres* de large, qu'on
remplit ensuite de terre *bien foulée*.

Ces fosses sont distancées les unes des autres *de trente à
quarante centimètres* sur les côtés et *de trente à cinquante*
de la tête aux pieds.

— Oh! la loi a tout prévu.

— Il est défendu de se faire enterrer dans les églises, c'est
possible, dit Allard, mais on n'est pas obligé pour cela cependant de se faire enterrer dans le cimetière, témoin le père
de M. Dubray, notre ancien maire et notre député actuel,
qui a été enterré dans sa propriété.

— On a le droit de le faire, mais c'est à condition que
cette propriété soit éloignée *de 35 à 45 mètres* des villes
et bourgs.

De plus, il faut avoir soin de faire une déclaration
au maire de la commune où l'on se propose d'inhumer;
autrement, on encourrait une amende de un à cinq francs.
En outre, si on négligeait cette formalité, on pourrait
être condamné à l'exhumation, c'est-à-dire à faire déterrer
le cercueil, *et à la transmission du corps* dans le cimetière
de la commune.

— Alors on ne doit pas pouvoir bâtir à proximité des
cimetières?

— Non; à moins d'autorisation spéciale, on ne peut éle-
ver aucune habitation ni creuser aucun puits, à moins de
cent mètres des cimetières. On n'a pas même le droit de
réparer les édifices existants.

— Vous disiez tout à l'heure, monsieur Leduc, dit à son tour Larcher, qu'il fallait une permission pour pouvoir inhumer chez soi. Eh ! il en faut toujours des permissions. J'ai bien été obligé d'en obtenir une, il y a deux ans, quand ma belle-mère est morte, pour la faire enterrer dans le cimetière commun. Je vous demande un peu pourquoi.

— J'ai déjà dit, mon ami, que toutes les ordonnances de police avaient leur raison d'être. Encore une fois, s'il n'y avait que des honnêtes gens, on pourrait en supprimer la plus grande partie. Mais par malheur il n'en est pas ainsi, et celle dont vous avez l'air de vous plaindre a plusieurs buts. La permission d'inhumer n'est généralement donnée que sur la présentation d'un certificat, signé par le médecin chargé par la municipalité de visiter la personne morte et de constater son décès. Cette visite a pour objet de prévenir les inhumations précipitées, car les signes de la mort ne sont pas toujours faciles à reconnaître ; beaucoup s'y trompent, et, sans cette formalité, on pourrait être exposé à ensevelir une personne, non pas morte, mais plongée dans un état cataleptique, c'est-à-dire d'insensibilité momentanée, ayant toutes les apparences de la mort. Cette visite est donc fort utile. Elle l'est encore en ce qu'elle permet au médecin de s'assurer que la mort de la personne à inhumer est naturelle, qu'elle n'est pas le résultat d'un crime : d'un empoisonnement, par exemple, ou de blessures et de mauvais traitements qui ont hâté sa fin. Vous voyez qu'il n'y a pas lieu de se plaindre d'une mesure qui ne peut avoir d'autre effet que d'empêcher un assassin de cacher son crime, ou un imprudent de commettre un meurtre involontaire en enterrant une personne encore vivante. La loi est même tellement précise à l'égard de l'autorisation à obtenir pour les enterrements, — autorisation délivrée par le maire sur papier libre et sans frais, — que le curé qui procéderait

à une inhumation sans s'être fait remettre le permis d'inhumer serait passible d'une amende de un à cinq francs.
Lorsqu'un médecin n'a pas été désigné par la municipalité
pour procéder à cette visite, le maire, aux termes de la
loi, doit, avant de délivrer l'autorisation, se transporter
auprès de la personne décédée pour s'assurer de sa mort,

J'étais au cimetière avec Grujet, le peintre...

et l'inhumation du défunt ne pourra avoir lieu que *vingt-
quatre heures après son décès.*

— Je comprends cela, dit le fermier ; mais croiriez-vous,
monsieur Leduc, qu'il m'a fallu encore une autorisation
pour faire inscrire sur la tombe de la pauvre femme une
petite phrase que sa fille désirait y voir placer? J'ai même
failli être condamné à l'amende pour cela. J'étais allé au
cimetière avec Grujet, le peintre, et il commençait à

prendre ses mesures pour la dessiner, quand le gardien est arrivé. Nous nous sommes bien vite entendus, c'est vrai. Il m'a dit qu'il fallait, sous peine d'amende et de destruction de l'inscription, obtenir *un permis du maire*. Je suis allé en chercher un ; mais en quoi était-ce nécessaire ?

— En ce qu'une inscription, même inoffensive, peut devenir une occasion de trouble, et par conséquent doit être interdite. C'est au maire qu'il appartient de savoir s'il doit la permettre ou la défendre. Quelquefois il suffit d'un mot, si ce mot par exemple a une signification politique, pour faire naître des scènes de désordre ; et les maires, étant chargés de veiller à ce qu'il ne se commette dans les cimetières aucun acte bruyant ou inconvenant, doivent prendre les mesures nécessaires pour que ces actes ne puissent avoir lieu.

Ainsi, mes enfants, ajouta M. Leduc en s'adressant à la partie la plus jeune de l'auditoire, ne vous livrez pas à la dissipation quand vous passerez dans les lieux de sépulture. Nous devons le plus grand respect à la mémoire des morts. Songez que là, sous la terre que vous foulez aux pieds, reposent les restes mortels de vos parents et de vos amis ; qu'ils ont vécu de la même vie que vous ; qu'ils ont été justement honorés et respectés ; qu'ils dorment d'un sommeil éternel et qu'un jour viendra où vous irez dormir à côté d'eux. Donc, ne portez jamais vos jeux du côté du cimetière. Vos cris, vos plaisanteries et vos éclats de rire ne doivent pas y être entendus. Ils forment un complet désaccord avec les pensées sévères qui doivent occuper l'esprit dans ce lieu, et de plus ils blessent les sentiments de ceux qui ont fait une perte récente et cruelle, et qui viennent visiter la tombe d'une personne bien-aimée.

RÉSUMÉ

CONTRAVENTION A LA POLICE DES CIMETIÈRES ET DES INHUMATIONS.

Peine : Amende de un à cinq francs.
Circonstances atténuantes : Admises.
Récidive : Emprisonnement obligatoire pèndant trois jours au plus.
Texte de la loi : Décret du 23 prairial an XII. — Décret du 4 thermidor an XIII. — Décret du 7 mars 1808. — Ordonnance du 6 décembre 1843, article 77 du Code civil.

XXVᵉ CAUSERIE

Le jardin de M. Leduc.

C'était un jeudi de février ; pendant un certain temps, les entretiens du dimanche avaient été suspendus, M. Leduc, pris d'un redoublement de goutte, s'étant vu forcé de garder le lit. Il allait mieux depuis quelques jours et était comme de coutume assis dans sa salle à manger, lorsque Marianne introduisit Bernard et Fernand.

— Monsieur Leduc, dit ce dernier, le père Bidou, que vous employez ordinairement, est malade et par conséquent il ne pourra venir écheniller votre jardin comme il s'y était engagé ; voulez-vous que nous le remplacions ?

— Vous êtes donc libres, mes amis ?

— Oui ; nous nous sommes dépêchés de faire nos devoirs et M. Peyraud nous a permis de venir ce matin. Tantôt nous devons aller avec lui et avec les autres élèves de l'école *écheniller* les haies des chemins dépendant de la commune ; mais en attendant nous pouvons débarrasser votre jardin des nids de chenilles, si vous y consentez.

— Bien volontiers, mes enfants, et vous remercierez de ma part votre instituteur de vous avoir donné la permission de me rendre ce service. Ce matin, en apprenant la maladie du père Bidou, j'étais assez en peine de savoir qui je chargerais de sa besogne, car c'est bientôt le 20 *février* et l échenillage doit être terminé avant cette date.

— Oh ! il n'y a que deux jours que l'arrêté a été affiché, dit Bernard.

— Ce n'est pas une raison. Bien que la loi qui prescrit l'échenillage soit tout à l'avantage des agriculteurs, leur négligence est généralement si grande à cet égard que le maire est tenu de leur rappeler chaque année par des affiches ou autrement le texte de la loi ; mais quand même il omettrait de remplir cette formalité, le code est là, et il faut procéder à cette opération, averti ou non. Il ferait beau voir, ajouta en riant M. Leduc, que moi, qui me pique de connaître la loi et même de donner des leçons aux autres, je me laissasse condamner pour contravention.

— Comme M. Pichaud, le faïencier, l'a été l'année dernière, répliqua Bernard, riant aussi.

— Il prétendait, reprit Fernand, que chacun peut agir chez lui comme bon lui semble et que personne n'avait le droit de le forcer à écheniller si cela ne lui plaisait pas.

— Il pourrait avoir raison dans d'autres cas, mais dans celui-ci il y a des motifs pour qu'il ne lui soit pas permis d'agir à sa guise. Les chenilles qui naîtront dans son jardin, si les arbres n'en sont pas échenillés, ne se contenteront pas de faire du ravage chez lui ; elles donneront naissance à des papillons, qui iront au loin déposer leurs œufs, desquels œufs sortiront des myriades de chenilles, qui rongeront les bourgeons des arbres et détruiront la verdure de tout le pays.

— C'est vrai, et il faut que M. Pichaud ne soit guère raisonnable pour ne pas comprendre cela.

—D'autant plus que, ainsi que je l'ai fait remarquer déjà, force reste toujours à la loi, et que, non seulement il a été condamné à l'amende, mais que de plus l'échenillage de son jardin a été opéré malgré lui et à ses frais. Dans le cas, en effet, où l'échenillage n'a pas été fait en *temps utile*, les maires, secondés par les gardes champêtres et les gendarmes, doivent faire écheniller *aux frais* du contrevenant lui-même.

— M. Pichaud disait que ce n'était pas à lui à écheniller, n'étant pas le propriétaire du jardin.

— N'importe ; c'est lui qui le cultive, qui en jouit ; c'est à lui de le faire écheniller. Néanmoins, dans ce cas là, le propriétaire du jardin aurait été responsable de l'échenillage, si son fermier avait positivement refusé de se conformer à la loi.

Comme le temps était très doux pour la saison, M. Leduc, qui se sentait assez bien, avait suivi, appuyé sur sa canne, les deux jeunes gens dans le jardin, et continuait à causer avec eux, tout en les regardant travailler.

— Monsieur, est-ce qu'on est obligé d'écheniller aussi les *arbres des forêts ?* demanda Fernand, perché en ce moment au haut d'une échelle, à l'aide de laquelle il pouvait atteindre les branches d'un grand pommier, honneur du jardin de l'ex-juge de paix.

— Non, mon ami ; cette obligation ne concerne que les jardins, les vergers, les haies et les arbres fruitiers, tels que les poiriers, pommiers, etc.

— D'où vient cela ?

— D'abord il serait trop difficile et par trop coûteux de pratiquer cette opération dans les forêts ; mais il y a d'autres raisons qui la rendent inutile ou à peu près. Chaque essence d'arbre est attaquée par une chenille différente. La chenille du chêne ou de l'orme ne ronge pas les pommiers ou les poiriers ; comme c'est principalement au

7

point de vue des fruits que la loi sur l'échenillage a été faite et que les arbres des furêts n'en portent pas, il n'est pas nécessaire de les écheniller.

— Je comprends ; mais pourquoi la loi exige-t-elle que l'échenillage ait lieu avant le 20 *février ?*

— Belle question ! répliqua Bernard. Si les branches

Belle question ! Si les branches étaient garnies de feuilles...

étaient garnies de feuilles, pourrions-nous voir les nids, aussi facilement que nous le faisons en ce moment ; d'ailleurs les chenilles seraient écloses et allez donc courir après, sans compter qu'elles auraient commencé par ronger les bourgeons.

Tout en parlant, le jeune garçon enlevait d'un beau poirier des paquets d'une sorte de bourre blanche, attachée à quelques branches, contenant des œufs d'insectes, et les fourrait dans un grand sac dont il était muni.

— C'est vrai ; je n'avais pas réfléchi à cela, reprit Fernand. Pourtant si le temps était trop mauvais ?.. poursuivit-il.

— Ce n'est pas une excuse, répondit M. Leduc. Avant la date prescrite, coûte que coûte, il faut avoir procédé à l'échenillage.

L'opération entreprise par Bernard et Fernand ne fut pas bien longue, car le jardin n'était pas très grand. Lorsqu'elle fut terminée, les deux jeunes garçons se dirigèrent vers la cuisine, où brillait un bon feu.

—En voilà qui n'empêcheront pas vos poiriers et vos pommiers de fleurir au printemps, dit Fernand, en vidant le contenu de son sac dans la cheminée.

— Et qui n'iront pas non plus porter leurs œufs chez les voisins, ajouta Bernard.

— Voilà qui est bien, dit M. Leduc, car il ne s'agit pas seulement d'enlever les œufs des chenilles, les bourses et les nids des arbres, il faut encore les brûler sans retard ; autrement, il n'y aurait que la moitié de la besogne de faite. Seulement, il faut prendre grand soin, quand on a une grande quantité de nids à détruire et qu'on est obligé de les brûler dehors, de le faire dans un lieu où il n'y ait aucun danger de communiquer le feu aux arbres, aux maisons et même aux bruyères.

Maintenant, mes amis, continua M. Leduc, grâce à vous, voilà mes arbres en bon état. Allez maintenant écheniller de même les haies qui entourent le village, et cet été nos yeux, au lieu d'être attristés par la vue d'arbres rongés et dépouillés, seront réjouis par celle d'une fraîche verdure et de fruits appétissants.

RÉSUMÉ

DÉFAUT D'ÉCHENILLAGE DES HAIES, JARDINS ET VERGERS AVANT LE 20 FÉVRIER.

Peine : Amende de un à cinq francs.
Circonstances atténuantes : Admises.
Récidive : Emprisonnement obligatoire de trois jours au plus.
Texte de la loi : Article 471, n° 8, du Code pénal. Loi du 26 ventose an IV.

XXVIᵉ CAUSERIE

Le pigeon est-il gibier ?

— Vous allez me dire, monsieur Leduc, dit Larcher en arrivant un dimanche au rendez-vous, si je suis en contravention ou non. Vous savez quels ravages causent dans nos champs ces satanés pigeons. L'autre jour, j'en vois une cinquantaine au moins, qui s'étaient abattus sur une pièce de terre nouvellement ensemencée, près de chez nous et à moi appartenant. C'étaient ceux de la ferme du château. Je rentre à la maison, je prends mon fusil, je tire, j'en abats deux. Je vais pour les ramasser et les porter à ma femme. Le père Mollard, qui passait par là, m'en empêche. N'est-ce pas, pourtant, que j'étais dans mon droit ?

— Vous étiez dans votre droit de tuer ces pigeons, puisqu'ils ravageaient votre champ ; c'est le droit de légitime défense. Vous n'y étiez plus en vous les appropriant. On ne l'a, ce droit, que lorsque le maire a pris un arrêté pour prescrire de tenir les pigeons enfermés. Cela arrive, vous le savez, à certaines époques de l'année ; au temps des semailles et de la moisson, par exemple. C'est ce qu'on nomme la *fermeture des colombiers*. Or, notre maire n'a pas encore publié cet arrêté. Cette mesure est

prise dans l'intérêt de l'agriculture, car les pigeons constituent parfois un véritable fléau pour les campagnes.
Quand ils se jettent par bandes dans un champ nouvellement ensemencé, ils causent en effet au fermier de graves
dommages.

Pendant la fermeture des colombiers on a donc, non
seulement le droit de tuer ceux des pigeons qui sont en

Je vais pour les ramasser...

liberté en dépit des prescriptions, à condition pourtant
qu'ils viennent s'abattre sur votre terrain et ravager votre
récolte, mais encore ceux qu'on tue sont considérés comme
gibier, et le propriétaire du terrain, *le propriétaire seul*,
peut se les approprier. En tout autre cas, ainsi que je l ai
dit tout à l'heure, on ne peut tuer les pigeons que s'ils
sont surpris ravageant la *récolte vous appartenant*, mais
alors on ne peut les emporter. Je vous ferai en outre ob-

server qu'on n'a pas le droit de les poursuivre ; il faut les frapper *sur le lieu même du dégât*.

— Je ne vois pas quel mal on fait en ramassant une bête morte ?

— S'il était permis de faire usage des pigeons tués de cette manière, les gens malhonnêtes pourraient tirer sur ceux de leurs voisins, n'importe où ils se trouveraient (si personne ne les voyait, bien entendu), en prétendant que ces oiseaux ravageaient leur propriété. Allez donc leur prouver le contraire ! Au lieu que, du moment qu'on ne peut faire usage des pigeons, soit pour les manger, soit pour les vendre, les gens peu scrupuleux ne seront pas tentés de les tuer sans nécessité.

— C'est encore très sagement raisonné, je le reconnais. Eh bien ! maintenant je sais à quoi m'en tenir, je tuerai les pigeons quand ils me feront du tort, mais je ne serai plus tenté de les porter à ma femme pour qu'elle les mette à la broche, excepté lorsqu'on aura décrété la fermeture des colombiers, car alors ce sont eux qui seront en contravention.

RÉSUMÉ

DÉFAUT DE FERMETURE DES COLOMBIERS. — CHASSE AUX PIGEONS EN TEMPS PROHIBÉ.

Peine : Amende de un à cinq francs.
Circonstances atténuantes : Admises.
Récidive : Emprisonnement obligatoire de trois jours au plus.
Texte de la loi : Loi du 4 août 1789.

XXVIIe CAUSERIE

La bouteille de pétrole.

— Je regrette bien vivement ce qui s'est passé, monsieur Leduc, mais je vous demande un peu pourquoi on veut m'en rendre responsable ?

Est-ce ma faute si cette pauvre fille a cassé sa bouteille de pétrole, si le liquide s'est enflammé, et si elle a été brûlée en plusieurs endroits ?

— Sans doute, mon ami, c'est bien un peu votre faute, et vous n'auriez pas dû lui vendre du pétrole dans une bouteille en verre.

— J'en donne dans ce qu'on m'apporte. Ne faut-il pas que je fournisse à mes pratiques des bidons en métal !

— Non ; mais vous devez refuser de livrer, soit de l'huile de pétrole, soit de l'essence minérale, dans un vase qui peut se briser, puisque les ordonnances de police le défendent.

— Ce n'est pas la première fois que je le faisais et jamais on ne m'a dressé de procès-verbal pour cela.

— Il ne faut qu'une minute, mon ami, pour qu'une catastrophe se produise. On a commis cinquante fois une imprudence, et ce n'est qu'à la cinquante et unième qu'elle a des résultats funestes ; il n'en est pas moins vrai que le tort a été égal en les commettant. Si on avait exigé que vous vous soumissiez au règlement, on aurait eu raison et le malheureux événement de l'autre jour ne serait pas arrivé. En vous faisant payer l'amende que vous avez encourue pour vous être mis en contravention, peut-être empêchera-t-on qu'il ne se renouvelle. Pour ma part, je vous dirai même que je regarde ceux qui ne se conforment pas à ce règlement comme très coupables, puisque, par leur imprudence, leur désobéissance à la loi, ils compremettent leur vie et celle des autres.

Cette conversation avait lieu chez M. Leduc, entre lui et l'épicier Bancel. Deux jours auparavant une jeune couturière, nommé Rosalie, était venue acheter à celui-ci un demi-litre de pétrole dans une bouteille. L'épicier n'avait pas fait la moindre difficulté pour lui en livrer. La jeune fille, en rentrant chez elle, avait, très imprudemment il est vrai, posé sa bouteille sur le fourneau où cuisait le dîner de la famille. La bouteille était-elle déjà fêlée? Rosalie en la posant la heurta-t-elle? On ne sait; mais ce qu'il y a de certain c'est qu'une partie du liquide, s'en échappant, se répandit sur les charbons et prit feu instantanément. Ce qui restait dans la bouteille, s'enflammant à son tour au contact de la chaleur, fit éclater le verre, dont les débris furent lancés de tous les côtés. La malheureuse Rosalie se vit en un instant entourée de flammes. Elle poussa des cris perçants; sa mère accourut et eut la présence d'esprit d'arracher une couverture du lit et d'en envelopper sa fille. Les flammes furent alors éteintes, mais elles avaient déjà fait à la pauvre fille de profondes blessures, principalement au visage, et l'un de ses yeux même, disait-on, était perdu.

— C'est fort heureux encore que la mère de Rosalie se soit trouvée là, dit M. Leduc, lorsque l'épicier se fut retiré, très mécontent de ce que le juge de paix n'eût pas trouvé un moyen pour le soustraire à l'amende qu'il avait encourue. Oui, c'est très heureux, elle a sauvé la vie à sa fille; car si la malheureuse enfant eût été seule, elle n'eût pas manqué, ainsi que cela arrive presque toujours dans des accidents du même genre, de perdre la tête et de courir çà et là, ce qui ne sert qu'à activer la flamme.

— Mais aussi que faire? dit Bernard.

— Le meilleur moyen, dans un cas semblable, serait de se

jeter sur son lit et de se rouler sur les matelas pour comprimer les flammes ; mais il est rare qu'on conserve assez de sang-froid pour pouvoir le faire.

— Je voudrais bien, dit Larcher, qu'on défendît l'usage du pétrole, car il n'y a pas de jour, pour ainsi dire, où il n'arrive des malheurs. Écoutez ce que je viens de voir dans le journal de ce matin.

Il lut :

« Un épouvantable malheur vient de frapper la ville de***. Un épicier, ayant reçu deux fûts de pétrole, les transvasait dans sa cave avec son fils. La nuit les ayant surpris dans cette opération, ils prirent une lumière pour la terminer. A peine s'étaient-ils approchés du tonneau qu'une explosion se produisit ; le père fut renversé dans le liquide enflammé, qui s'était instantanément répandu dans toute la cave. Il parvint néanmoins à gagner l'escalier, ainsi que son fils, mais tous deux couverts de brûlures. La gendarmerie, aidée des plus proches voisins, organisa les premiers secours ; on boucha les ouvertures de la cave, et les pompiers qui arrivèrent aussitôt se rendirent promptement maîtres de l'incendie. Le danger paraissait conjuré ; trois pompiers étaient descendus dans la cave pour s'assurer que le feu y était éteint, lorsque tout à coup une nouvelle et formidable explosion se produisit. Une bonbonne d'essence, que l'on n'avait point aperçue, venait de sauter à son tour. Des jets de liquide enflammé atteignirent les malheureux pompiers, qui ne purent parvenir à se sauver, l'explosion ayant amené l'écroulement d'une partie de la voûte de la cave. Quand on eut réussi à déblayer l'escalier, on trouva les trois corps carbonisés. L'épicier, dont l'imprudence a causé cette catastrophe, a succombé à ses blessures après plusieurs heures d'horribles souffrances. Quant à son fils, on espère le sauver, mais on craint d'être obligé de lui amputer la main droite. »

7.

— Eh bien! est-ce que vous ne trouvez pas, monsieur Leduc, dit Larcher quand il eut terminé sa lecture, qu'une matière qui peut produire de pareils accidents devrait être prohibée?

— L'emploi du pétrole présente, il est vrai, certains dangers, mon ami, mais ces dangers seraient neutralisés presque complètement si ceux qui s'en servent prenaient les précautions que cet emploi exige. On ne saurait le prohiber, comme vous le demandez, sans porter préjudice aux classes modestes et laborieuses, car il présente de grands avantages dans l'éclairage sous le rapport de l'économie. Tout ce que l'autorité peut faire, afin de prévenir autant que possible les accidents, c'est d'établir des réglements auxquels doivent se soumettre les marchands qui vendent le pétrole et de prononcer des peines contre ceux qui y manquent. Presque tous les malheurs résultant de l'emploi de ce liquide viennent de ce que ces règlements ne sont pas suivis. Vous en voyez aujourd'hui la preuve. Si Bancel n'avait pas vendu du pétrole à Rosalie dans un vase fragile, ainsi que cela lui est défendu, ce vase ne se serait pas brisé et la pauvre fille n'aurait pas été brûlée affreusement.

Il en est de même dans la terrible catastrophe dont vous venez de nous faire le récit; elle n'a eu d'autre cause que la désobéissance de ceux qui en ont été les premières victimes.

— Comment cela?

— Une des prescriptions les plus importantes concernant le pétrole est celle qui défend de jamais déposer les récipients qui le contiennent dans la cave, mais qui ordonne au contraire de les placer dans un endroit tout spécial et éloigné des magasins et marchandises.

Une autre, non moins nécessaire à observer, est celle qui interdit les *transvasements après la chute du jour*. Si le malheureux marchand dont il est question s'était conformé à ces ordonnances, s'il n'avait pas placé le pétrole dans sa cave, s'il ne l'avait pas transvasé à la lumière, ce déplorable événement n'aurait pas eu lieu. Il n'est que le résultat de la désobéissance à la loi.

Du reste, les ordonnances relatives à la vente du pétrole sont nombreuses et minutieuses ; mais pour ne parler que de celles qui ont rapport à la vente au détail :

« Tout débitant de pétrole ou autre substance dangereuse est dans l'obligation d'adresser au maire de la commune où se trouve son magasin, ainsi qu'au préfet de l'arrondissement, *une déclaration* dans laquelle il désignera les quantités de liquide inflammable dont il veut s'approvisionner, le local qu'il lui destine, les procédés qu'il entend employer pour le conserver et le livrer à la consommation, enfin l'emplacement qu'il réserve dans sa boutique aux récipients qui doivent le contenir. De plus, ainsi que je vous le disais tout à l'heure, ces magasins ne peuvent être situés dans une cave, pour deux raisons : d'abord, parce que cet arrangement nécessite presque toujours l'emploi d'une lampe ou d'une chandelle, une cave étant rarement assez claire pour qu'on puisse y opérer les transvasements à la lumière du jour ; ensuite, parce que, si une explosion se produit dans une cave, elle compromet la sûreté de tous ceux qui habitent la maison.

« Le marchand de pétrole devra, en outre, conserver, dans le local même où a lieu la vente du pétrole, une quantité de *sable* ou de *terre*, proportionnée à la quantité d'huile qu'il possèdera, afin d'éteindre le plus promptement possible tout commencement d'incendie s'il venait à s'en produire dans son magasin. »

— Il serait plus simple d'y avoir une ou deux tonnes d'eau, dit Fernand.

— L'eau est impuissante à éteindre le pétrole enflammé, mon ami, il faut le couvrir avec de la terre, du sable, de

la cendre.; toutes choses qui empêchent l'action de l'air;
sans air, en effet, le feu ne tarde pas à s'éteindre.

M. Leduc reprit :

— Les récipients contenant ces liquides porteront en
caractères *très lisibles* cette inscription sur fond rouge : *essence inflammable*.

Il est encore formellement défendu aux débitants de
laisser ces liquides dans les récipients ayant servi à les
transporter, si ces récipients sont en *bois;* à moins qu'on
ne puisse les placer dans un magasin isolé de toute maison
d'habitation, et de tout bâtiment contenant des matières
combustibles, parfaitement ventilé et constamment fermé
à clef.

— Pourquoi ces précautions au sujet des fûts en bois?
demanda Fernand.

— Parce qu'ils sont imprégnés d'essence et que le voisinage en est extrêmement dangereux, puisqu'il pourrait
suffire de la moindre imprudence, comme par exemple
d'entrer dans le lieu où ils sont enfermés avec une lumière,
pour en déterminer l'explosion. Ces dernières prescriptions du reste n'ont plus guère d'application aujourd'hui,
car il est rare maintenant qu'on expédie le pétrole autrement que dans des bonbonnes de métal, qui ne présentent pas le même danger.

Enfin, il est défendu aux débitants, comme je le rappe-
lais tout à l'heure à Bancel, de livrer du pétrole dans des
vases autres que des *vases en métal*.

Ceux qui ne se conformeront pas à ces ordonnances seront passibles d'une amende de *cinq francs*, et en outre la
vente du pétrole pourra leur être interdite.

Voici maintenant, continua M. Leduc, quelques instructions données par le Conseil d'hygiène publique et qu'il
est fort utile de porter à la connaissance de tous.

— Qu'appelez-vous, monsieur, Conseil d'hygiène publique ? demanda Fernand.

— C'est une réunion de médecins, de savants et d'administrateurs qui ont pour mission de rechercher ce qui peut être utile ou nuisible à la santé, à la salubrité et à la sûreté publiques, et de conseiller les meilleures mesures à prendre dans l'intérêt de l'hygiène, celle-ci étant l'art, la science de conserver la santé.

Voici donc ces instructions, dit M. Leduc en prenant une feuille imprimée, dans un dossier qui était devant lui :

« L'huile de pétrole convenablement épurée, est à peu « près incolore.

« Le litre ne doit pas peser moins de 800 *grammes*. Elle « ne prend pas feu immédiatement par le contact d'un « corps enflammé. Pour constater cette *propriété essentielle*, « on verse du pétrole dans une soucoupe et l'on touche la « surface du liquide avec la flamme d'une allumette. Si le « pétrole a été *dépouillé des huiles légères très combusti-* « *bles*, non seulement *il ne s'allume pas*, mais si l'on y « jette l'allumette enflammée, elle s'éteint après avoir « continué à brûler pendant quelques instants. Toute huile « minérale destinée à l'éclairage qui ne soutient pas cette « épreuve *doit être rejetée* comme pouvant donner lieu à « un *danger sérieux*.

« L'huile de pétrole, alors même qu'elle ne renferme « plus les *essences légères*, dites *naphtes*, qui lui commu- « niquent la faculté de s'allumer au moindre contact de « la flamme, n'en est pas moins *une des matières les plus* « *combustibles que l'on connaisse*. Si elle imbibe des tissus « de lin, de coton ou de laine, son inflammation est singu- « lièrement exaltée; aussi son emmagasinage, son débit « exigent-ils une grande circonspection.

« L'huile de pétrole doit être conservée et transportée « dans des *vases de métal*. »

Suivent quelques recommandations relatives à l'emploi des lampes à pétrole:

« Une lampe, destinée à brûler du pétrole ou toute autre « huile minérale, ne doit avoir aucune fêlure, aucune ger- « çure, établissant une communication directe avec l'en- « ceinte où la mèche fonctionne. Le réservoir doit contenir « *plus d'huile* qu'on peut en brûler en une seule fois, « afin que la lampe ne puisse jamais être vide quand elle « brûle.

« Avant d'allumer une lampe, on doit la remplir *com-* « *plètement* et ensuite la fermer avec soin. Lorsque l'huile « est sur le point d'être épuisée, il faut éteindre et laisser « *refroidir* la lampe avant de la dévisser pour la remplir. « Si le verre vient à se casser, il faut éteindre immédiatement, « afin de prévenir l'échauffement des garnitures métal- « liques. Cet échauffement, quand il atteint une certaine « intensité, vaporise l'huile contenue dans le réservoir. « La vapeur peut prendre feu, déterminer une explosion « entraînant la destruction de la lampe et, par suite, l'é- « coulement d'un liquide toujours très inflammable et « souvent même déjà enflammé.

« Le sable, la terre, les cendres, le grès sont préférables « à l'eau pour éteindre les huiles minérales en combustion.

« En cas de brûlures, et avant l'arrivée du médecin, il « est très utile de couvrir les parties blessées avec des « compresses imbibées d'eau fraîche souvent renouve- « lées. »

— En cas de brûlures, dit Larcher, M. Lebeau fait employer, et cela avec succès, de l'huile sur de la ouate.

— On se sert de pétrole chez nous, dit Bernard; mais c'est maman qui prépare la lampe elle-même, et elle a toujours soin de la faire le matin, afin de ne pas l'ouvrir à la lumière.

— C'est une excellente précaution.

— Néanmoins, monsieur, je lui dirai tout ce que contient le papier que vous venez de nous lire.

— Tu auras raison, mon ami, à elle et à toutes les personnes de ta connaissance qui ont recours au même système d'éclairage. Recommande-leur expressément, par la même occasion, de ne point faire usage de ce qu'on appelle dans le commerce *essence minérale*, car on désigne ainsi l'huile de pétrole qui n'est point dépouillée des *huiles combustibles* dont il est question dans les instructions que je viens de vous lire. Elle est par conséquent beaucoup plus facilement inflammable que l'autre, et on doit soigneusement s'abstenir de l'employer.

RÉSUMÉ

ORDONNANCES CONCERNANT LA VENTE DU PÉTROLE AU DÉTAIL.

Peine : Amende de un à cinq francs. — Les magasins de vente en gros peuvent être fermés, et la vente au détail interdite par décision du préfet.

Circonstances atténuantes : Admises.

Récidive : Non prévue.

Texte de la loi : Décrets des 27 janvier 1872 et 19 mai 1873.

XXVIIIᵉ CAUSERIE

Un régiment de passage.

— Vous avez sans doute appris, monsieur Leduc, dit Grimaud, qu'un régiment passera par ici la semaine prochaine.

— Oui, c'est le 97ᵉ de ligne, à ce qu'on m'a dit. Il se rend à Toulouse.

— Et alors il va falloir loger les soldats ! s'écria Allard ;
en voilà une rude corvée !

— Je ne dis pas que ce soit absolument agréable, répliqua M. Leduc ; cependant chaque fois que j'ai eu ce devoir
à remplir je m'en suis acquitté de mon mieux. Les soldats
sont les défenseurs de la France, toujours prêts à risquer
leur vie pour elle, à faire respecter son nom. Ils la protè-

Pour ma part, je suis bien résolu à n'en rien faire.

gent, ils protègent nos biens et notre existence. Ils ont
droit à notre reconnaissance.

— Je respecte l'armée, monsieur Leduc, comme tout bon
citoyen doit le faire. Cependant, cela n'empêche pas
de trouver qu'il est dur d'être obilgé d'héberger la troupe.

— Pour ma part, je suis bien résolu à n'en rien faire
dit un jeune homme nommé Lefort, qui venait depuis

peu d'ouvrir une boutique de mercerie à Lergy. A Dru-
mont, où j'ai demeuré, jamais ce ne nous est arrivé.

— C'est que sans doute vous ne vous trouviez pas sur
une ligne de passage. N'importe, je suis curieux de savoir
comment vous vous y prendrez pour éluder la loi, qui est
formelle en cette matière et qui veut qu'en traversant
les villes, bourgs et villages les troupes soient logées chez
l'habitant, sans distinction de personnes.

— D'abord, je ne suis pas propriétaire.

— Le logement militaire étant *une dette de l'habitation*, c'est au locataire, s'il est seul dans la maison, à
l'acquitter.

— Ensuite, continua Lefort, je n'ai pas de place.

— S'il en est ainsi, il vous sera permis d'envoyer à l'auberge les soldats que vous aurez à coucher, en payant
pour eux, bien entendu ; les dépositaires des caisses publiques font ainsi.

Ils ne sont pas obligés à fournir le logement dans
les maisons qui renferment lesdites caisses : mais ils
sont tenus de le fournir ailleurs. La même exception a
lieu, avec même condition, en faveur des femmes seules.

— On vote des fonds pour l'entretien de l'armée, dit
Lefort. Pourquoi les soldats ne payent-ils pas leur lit à
l'auberge ?

— D'abord, comment voulez-vous que, dans le petit
nombre d'établisse ents de ce genre qu'il y a à Lergy, on
loge quatre ou cinq cents soldats ? Ensuite, cela constitue-
rait une dépense considérable pour le budget de la guerre.
Les troupes sont souvent obligées de se déplacer, soit pour
changer de garnison, soit au moment des grandes ma-
nœuvres, soit pour se rendre à l'endroit où l'on se bat.
Comment voudriez-vous que le gouvernement subvînt
aux frais que nécessitent ces déplacements si les habitants du pays qu'ils traversent ne s'y prêtent pas. Cela

ne leur coûte rien ou presque rien. Il est rare à la campagne qu'on n'ait pas un lit à donner à un parent, à un ami qui vient vous voir. C'est le soldat qui remplace ce parent ou cet ami.

— Sait-on au moins quand il viendra, ce régiment ? dit Lefort d'un ton un peu adouci.

— Oui ; avis en a été donné par le maire, comme c'est son devoir, et il a été affiché ce matin. Ils arriveront samedi prochain et repartiront le lundi suivant. Vous voyez que ce ne sera pas long. Je suis sûr que vous vous arrangerez pour trouver un endroit à leur donner chez vous et que vous les recevrez cordialement, en vous disant que vous seriez heureux, si vous étiez appelé sous les drapeaux, — ce qui pourrait bien arriver, car vous êtes encore jeune, — d'être reçu de même dans les lieux où vous seriez forcé de passer ou de séjourner.

— Mais comment sait-on ceux qu'on a à loger ?

— Aussitôt que les troupes sont arrivées, le maire délivre des *billets de logement*, en tâchant autant que possible de réunir dans le même quartier tous les hommes d'une même compagnie. Les chevaux sont établis dans des écuries, à portée du logement de chaque compagnie, toujours autant que possible. Le maire a soin de distribuer les soldats selon les ressources de ses administrés. Ceux qui possèdent une belle maison, bien meublée, logent les officiers. Ainsi on m'envoie ordinairement un capitaine, un adjudant, ou un chirurgien-major, parce qu'on sait que j'ai là-haut une chambre pourvue de tout ce qu'il faut, avec un lit dans la mansarde pour un domestique.

— Le colonel demeure ordinairement chez M. Lebeau, dit Allard.

— Oui, parce que la maison de M. Lebeau est très grande et qu'il a beaucoup de chambres à donner. Il faut trois chambres garnies pour le colonel; une cuisine, plus des lits pour trois domestiques.

Le lieutenant-colonel doit avoir deux chambres garnies, une cuisine, plus une chambre garnie et un lit pour deux domestiques.

Le quartier-maître trésorier a droit à deux chambres, dont une sans lit, plus une chambre avec un lit pour son domestique.

Le capitaine, l'adjudant-major et le chirurgien-major ont droit à une chambre garnie et à un lit pour leur domestique.

Le lieutenant et le sous-lieutenant, logés deux à deux, ont droit ensemble à une chambre à deux lits, et une chambre à un lit pour leur domestique.

Les adjudants, tambours, trompettes, les sergents-majors, les maréchaux de logis chefs, les conducteurs principaux ont droit chacun à un lit.

Les autres sous-officiers, soldats et ouvriers couchent deux à deux.

— Et qu'entend-on par chambre garnie? demanda Lefort.

— C'est une chambre pourvue des meubles nécessaires, c'est-à-dire contenant un lit, une table, une armoire ou une commode fermant à clef, au moins deux chaises, un porte-manteau, un pot à l'eau avec sa cuvette et deux serviettes par semaine.

Le lit des officiers doit se composer d'une paillasse, d'un matelas et d'un lit de plume, ou bien de deux matelas; plus, d'un traversin, de deux couvertures et d'une paire de draps, changée tous les quinze jours pendant l'été et de trois en trois semaines pendant l'hiver.

— Je croyais, dit Grimaud, que les officiers n'avaient de billets de logement que pour trois jours.

— C'est vrai, mais ils doivent néanmoins être établis

dans les conditions ci-dessus. Le délai de trois jours ex-
piré, ils se logent de gré à gré en indemnisant l'habitant.

— Et les soldats, demanda Lefort, que faut-il leur fournir ?

— Le lit des soldats, et sous-officiers doit se composer
d'une paillasse, d'un matelas ou d'un lit de plume, d'une
couverture de laine, d'un traversin et d'une paire de draps
changée tous les mois pendant l'hiver, et de trois en trois
semaines pendant l'été. Il doit y avoir dans la chambre
deux chaises ou un banc. J'ajouterai qu'officiers et soldats
ne doivent jamais être délogés de la chambre où ils ont
coutume de coucher.

— En voilà des détails !

— C'est afin que les soldats, en arrivant dans un village
après une longue marche, ne soient pas exposés à trouver
un lit insuffisant, dans lequel ils ne pourraient se reposer
des fatigues du jour et se mettre en état de reprendre leur
route le lendemain si c'était nécessaire.

— Est-ce qu'on est obligé de les nourrir? demanda Fernand?

— Non, mon ami; ils se nourrissent à leurs frais. Cependant, s'ils sont de passage, ils auront droit aux ustensiles nécessaires pour faire la cuisine et de plus *place au
feu et à la lumière.*

— Et si j'étais absent de chez moi, en voyage? dit Grimaud.

— Les habitants absents, répliqua M. Leduc, sont tenus
au payement des frais de logement, si l'autorité municipale les a mis à leur charge; de même, le maire peut envoyer d'office chez les aubergistes les militaires auxquels
on a refusé le logement. Il va sans dire que dans ce cas
l'habitant qui a refusé de loger les soldats sera condamné
à payer les frais, et, en outre, à l'amende.

— Allons, je vois bien, dit Lefort, qu'il faudra que je

fasse comme les autres ; mais je voudrais bien être plus vieux de quinze jours !

— Libre à vous de faire ce souhait, dit en riant M. Leduc.

RÉSUMÉ

REFUS DE LOGEMENT MILITAIRE

Peine : Amende de un à cinq francs.
Circonstances atténuantes : Admises.
Récidive : Emprisonnement obligatoire de trois jours au plus
Texte de la loi : Loi du 23 mai 1792.

XXIXᵉ CAUSERIE.

L'ivresse.

— Mais, monsieur Leduc, ce n'est pas ma faute ; le père Nivert est venu me demander à boire. Est-ce que j'ai vu, moi, qu'il en avait plus que de raison ? Je lui ai servi la chopine qu'il me demandait, je ne pouvais pas deviner qu'il allait tomber ivre-mort devant ma porte.

— Vous auriez dû vous en douter. Tous les consommateurs attablés dans votre salle ont remarqué l'état dans lequel il était. Pourquoi n'avez-vous pas fait comme les autres ?

— Dame ! aussi un marchand n'aime pas à renvoyer la pratique.

— Ah ! ah ! voilà donc la raison, la vraie ; vous avez eu peur de manquer l'occasion de gagner quelques sous. Eh bien ! vous avez mal calculé, voisin Mallou, ce que vous avez gagné ainsi, vous le perdrez, et bien au delà, en payant l'amende que vous avez encourue.

Elle est de un à cinq francs pour les contraventions de ce genre ; mais j'ai peur que, cette fois, elle ne soit plus

Tous les consommateurs ont remarqué...

forte, car il me semble que ce n'est pas la première fois que vous êtes condamné pour ce motif, et vous seriez alors en cas de récidive.

— Je ne vois pas quel grand mal j'ai fait en donnant un verre de vin à un homme, grommela Mallou.

— Mais vous avez manqué à l'obligation, imposée à

tous les cafetiers, cabaretiers, débitants de boisson, d'après
laquelle ils doivent refuser de servir à boire aux gens
ivres. Quelque intérêt que vous ayez à considérer le vice
de l'ivrognerie avec indulgence, vous ne pouvez pourtant
pas faire autrement que de reconnaître une chose : c'est
que ceux qui s'y livrent sans ménagement font courir un
danger à la société. Un homme pris de vin n'est plus maître de lui, il ne sait ce qu'il fait; et celui qui, ayant sa
raison, est l'être le plus doux et le plus inoffensif, peut,
quand il a bu, devenir emporté, violent et même criminel.
En lui donnant à boire outre mesure, vous devenez en
quelque sorte son complice, puisque vous avez contribué
à le mettre dans l'état d'exaltation sous l'empire duquel il
a agi.

Cette conversation se tenait un dimanche, un peu avant
l'heure où arrivaient ordinairement les habitués de M. Leduc, entre l'ancien juge de paix, assis à sa fenêtre, et un
cabaretier dont l'établissement était situé presqu'en face,
de sorte que, tout en faisant ses doléances, il pouvait avoir
l'œil sur ceux qui entraient chez lui ou qui en sortaient.

— La loi, continua M. Leduc, ne punit pas seulement
l'ivresse *manifeste* et *publique,* mais elle défend de recevoir dans les cafés, cabarets et autres lieux du même
genre les enfants au-dessous *de seize ans* et de leur servir
des boissons alcooliques. Il paraît pourtant que, il y a quelque temps, le garde champêtre a surpris chez vous le petit
Piolet, le garçon boucher, qui n'a pas plus de quinze ans,
en train de boire avec des garçons du même âge.

— Est-ce qu'il va falloir demander aux pratiques leur
acte de naissance? répliqua Mallou d'un ton bourru.

— Cette mesure est très prudente, continua M. Leduc,
sans paraître remarquer la réflexion du cabaretier, car
les boissons alcooliques, déjà dangereuses pour les hommes, ont l'effet le plus pernicieux sur les enfants, dont le

tempérament n'est pas encore formé, et, par humanité
aussi bien que par raison, vous devriez vous conformer à
cette sage loi de police. Qu'en dis-tu? fit l'ancien juge de
paix, en s'adressant à Bernard, qui venait d'arriver, pré-
cédant un peu son père, arrêté dans la rue par quelqu'un
qui avait à lui parler.

—D'abord, monsieur Leduc, répliqua l'enfant vous nous
avez déjà si bien prouvé à plusieurs reprises qu'on avait eu
de bonnes raisons pour établir les ordonnances dont vous
avez déjà eu occasion de nous parler, que je pense qu'il
doit en être de celle-ci comme des autres; mais je vous
dirai que cela ne m'importe pas beaucoup; car je n'ai pas
la moindre envie d'aller au cabaret, ni avant d'avoir seize
ans, ni après, je l'espère.

— Voilà un garçon qui sera une mauvaise pratique pour
vous, père Mallou, je le crains, dit M. Leduc en donnant
une tape amicale à Bernard. Tu as raison, mon ami, ajouta-
t-il; le cabaret est un endroit où on laisse sa raison, sa bourse,
son bon sens, son courage, toutes ses bonnes qualités, et
Mallou lui-même n'en disconviendra pas. Tu feras donc
bien de ne pas y mettre les pieds. Quand on y est entré
une fois, le pli est bien vite pris. On y retourne, on y fait
la connaissance de mauvais sujets, on prend l'habitude du
jeu, de la dissipation, de la paresse, et alors, adieu paix!
adieu travail! adieu famille! adieu bonheur!

La conversation prenait décidément un tour qui n'était
pas du goût du cabaretier. Il s'esquiva bientôt, sous prétexte que c'était dimanche et que, ce jour-là, les établissements du genre du sien ne chômaient guère. La vérité est
qu'il voyait se diriger vers la maison Grimaud et Allard,
qui, il le savait, n'avaient pas beaucoup plus de sympathie
pour les désagréments dont il se plaignait que M. Leduc
lui-même.

L'entretien continua sur le même sujet avec les nouveaux venus.

— La loi ne pourrait donc pas empêcher les gens de se griser? demanda Bernard.

— Pas précisément. Elle fait ce qu'elle peut pour réprimer le vice de l'ivrognerie en punissant les cabaretiers qui donnent trop à boire à leurs pratiques, aussi bien qu'elle punit les individus qui sont trouvés dans les rues, places, cafés, cabarets ou tout autre *lieu public*, en état d'ivresse *manifeste*, évidente; mais c'est tout ce qu'elle peut faire. Elle leur inflige, aux uns et aux autres, une amende de un à cinq francs. Cependant, s'il plaît à une personne de boire chez elle jusqu'à perdre la raison, la loi ne saurait l'en empêcher, tant qu'elle ne se montre pas dehors.

— Le père Nivert disait l'autre jour que la loi n'avait rien à y voir, qu'on bût chez soi ou au cabaret.

— Il se trompait, ou, pour mieux dire, il mentait. Il sait fort bien à quoi s'en tenir à ce sujet; le texte de la loi sur l'ivresse est affiché à la porte de la mairie, et de plus dans la salle principale de tous les cabarets et cafés. Et la preuve qu'il n'est pas ignorant, comme il le prétend, c'est que l'année dernière il a déjà été condamné à une amende de un franc pour avoir déchiré l'affiche apposée chez Mallou, et qu'il a dû en outre en payer le rétablissement, car il est défendu de lacérer cette affiche.

La loi, je le répète, fait ce qu'elle peut pour empêcher l'ivrognerie, sans nuire à la liberté individuelle et à la liberté du commerce. C'est ainsi qu'elle ordonne que les cabarets et cafés soient fermés à une heure fixe, déterminée par un arrêté, soit du maire, soit du préfet. Dans les grandes villes, c'est ordinairement minuit, mais dans les petites localités comme Lergy, les débits de boisson doivent être clos à dix heures du soir.

— S'il n'y a personne dans l'établissement, dit Fernand, on peut bien le laisser ouvert ?

— Non, le cabaretier serait répréhensible de le faire, quand bien même les consommateurs feraient défaut.

— Il ne peut plus servir à boire au comptoir ; mais il peut bien, je pense, donner une bouteille de vin si on vient la chercher ?

— En bouteille ou autrement, il ne peut plus rien vendre, quand même il le passerait par la fenêtre.

— Et si les consommateurs se retiraient dans une chambre sur le derrière pour continuer à boire ou à jouer ?

— Quand l'heure de fermer l'établissement a sonné, tous les consommateurs doivent le quitter. La maison du débitant de boisson est considérée comme lieu public ; par conséquent, les consommateurs ne peuvent continuer à y boire, fût-ce dans la chambre la plus reculée. Procès-verbal doit être dressé, dans ce cas, contre les consommateurs et le maître de l'établissement.

— Et le cabaretier lui-même, demanda à son tour Fernand, pourrait-il, si cela lui plaisait, boire dans sa maison une fois qu'elle est fermée ?

— Cela est différent. Pour le cabaretier, sa maison n'est pas un lieu public ; il est chez lui ; il peut y faire ce qui lui plaît, de même que les personnes de sa famille ou celles qui appartiennent à l'établissement. Les voyageurs, les pensionnaires, si le cabaretier en a, ont aussi le droit de rester attablés après l'heure de la fermeture. Ces personnes ont élu provisoirement leur domicile à l'auberge ; elles y sont chez elles.

Maintenant, ajouta M. Leduc, qu'on boive chez soi ou dehors, l'ivrognerie n'en est pas moins un vice honteux, dégradant, qui, outre tous les malheurs qu'il cause, produit souvent la folie et provoque au suicide. Savez-vous combien il fait chaque année de victimes en moyenne ?

En Angleterre, 50,000; — en Allemagne, 40,000; — aux États-Unis, 38,500; — en Russie, 10,000; — en Belgique, 4,000; — en France, 1,500, et c'est déjà trop.

Je vais vous dire maintenant de quelle manière en Suède et en Norvège on traite un ivrogne endurci. Il est puni de la peine de l'emprisonnement. Dans sa cellule, pour toute nourriture, on ne lui donne que du pain trempé dans du vin. Le premier jour, le prisonnier se réjouit fort de ce régime; le second, sa joie n'est plus aussi grande; les jours suivants, il éprouve la plus grande répugnance à avaler sa soupe; au bout de la semaine, son dégoût pour cette pitance est tel, qu'il la refuse absolument. A sa sortie de prison, dit-on, l'ivrogne, à quelques exceptions près, ne peut même plus supporter l'odeur du vin.

RÉSUMÉ

IVRESSE MANIFESTE. — LACÉRATION DES AFFICHES CONCERNANT LA LOI SUR L'IVRESSE. — CONTRAVENTION A CETTE LOI DE LA PART DES CABARETIERS.

Peine : Amende de un à cinq francs.
Circonstances atténuantes : Admises.
Récidive : Devant le tribunal correctionnel. Emprisonnement de 6 jours à un mois et amende de 16 à 300 francs.
Texte de la loi : Loi du 23 janvier 1873.

XXXᵉ CAUSERIE

Le pain de six livres.

Une fillette d'une dizaine d'années, dont la mère, une pauvre veuve, travaillait tantôt chez l'un, tantôt chez l'autre des habitants de Lergy comme repasseuse, sortait

de la boutique de la boulangère. Elle était accompagnée
de deux autres enfants plus jeunes qu'elle, ses deux petits
frères, et portait un pain de six livres qu'elle considérait
avec une expression de tristesse et de mécontentement.

En ce moment, passait précisément M. Lebeau.

— Tu viens d'acheter ce pain, petite? demanda-t-il à la
fillette.

— Oui, monsieur, répondit celle-ci timidement.

Est-ce que vous avez pesé ce pain?

— L'as-tu fait peser?

— Oh non! monsieur, je n'aurais jamais osé, et pourtant...

— Il te semble bien léger, dit le maire en prenant le
pain, et à moi aussi. Viens avec moi.

Il se dirigea, suivi de la petite fille et de ses frères, vers
la boutique de la boulangère.

En le voyant entrer, la marchande demeura interdite
et devint toute rouge.

Le maire posa le pain sur un des plateaux de la balance, en faisant signe à la marchande de placer les poids dans l'autre.

Celle-ci obéit avec une répugnance visible. Il s'en fallait de près de quatre cents grammes que le pain n'eût les trois kilos pour lesquels il avait été vendu.

— Est-ce que vous avez pesé ce pain? demanda sévèrement le maire.

— Oui... non... oui... je ne sais pas, balbutia la boulangère.

— Pourquoi ne l'avez-vous pas fait?

— On ne me l'a pas demandé.

— Vous ne devez pas attendre qu'on vous le demande; vous devez peser tous les pains qui sortent de votre boutique, et cela sans exception.

— J'étais si pressée...

— Vous n'étiez pas trop pressée pour recevoir l'argent de cet enfant.

— Et puis je n'y ai pas pensé.

— Vous n'ignorez pas cependant qu'un arrêté de l'autorité municipale prescrit le pesage de chaque pain et fait défense de vendre, soit du pain, soit de la viande, au-delà des prix fixés par la taxe légalement faite et publiée.

— C'est vrai, je l'avais oublié.

— Eh bien! afin de vous donner de la mémoire pour une autre fois, je vais dresser procès-verbal contre vous comme étant en contravention.

La marchande eut beau protester et promettre que c'était la dernière fois qu'il lui arriverait «d'oublier», comme elle disait, de peser son pain, le maire n'en fit pas moins ainsi qu'il avait dit. La boulangère fut citée devant le juge de paix et se vit condamner à *cinq francs* d'amende pour avoir vendu du pain sans le peser, et, comme ce pain avait été vendu au-dessus de la taxe, on y ajouta deux jours de prison.

Cette décision fut accueillie avec une satisfaction fort grande par la population de Lergy, et surtout par les pauvres gens qui, ayant souvent besoin de crédit, n'osaient pas exiger le pesage de ce qu'ils achetaient et étaient ainsi toujours exposés à être victimes de la cupidité de la boulangère, dont les pains avaient rarement le poids pour lequel ils étaient vendus.

— Je croyais, dit Allard, lorsqu'il fut question de cet incident chez M. Leduc, que depuis que la liberté du commerce de la boulangerie avait été proclamée, c'est-à-dire depuis 1863, si je ne me trompe, les boulangers n'étaient pas tenus de peser leurs pains avant de les vendre. Comme nous faisons chez nous le pain que nous mangeons, je n'ai jamais pensé à m'en inquiéter.

— Vous vous trompiez, mon ami, dit l'ancien juge de paix. Parce qu'on a rendu libre le commerce de la boulangerie, cela ne veut pas dire qu'on ait porté atteinte aux pouvoirs qui appartiennent à *l'autorité municipale*. Celle-ci a toujours le droit d'ordonner le pesage de chaque pain et de publier une *taxe* pour la vente du pain ou de la viande, taxe à laquelle les boulangers et bouchers sont tenus de se conformer. Je sais bien qu'il est difficile, pour l'ouvrier boulanger, de mesurer exactement ce qu'il faut de pâte pour faire un pain de quatre ou de six livres; mais il est aisé à son patron d'y ajouter un morceau de pain coupé pour en compléter le poids.

— C'est bien ce que je disais à ma femme, s'écria Larcher : on peut toujours faire peser le pain, excepté celui qu'on appelle *pain de fantaisie*, et qui n'a ni la forme ni les dimensions ordinaires.

— Il n'y a pas d'exception; le boulanger a droit de

vendre le pain de fantaisie le prix qu'il lui convient, mais il n'a pas le droit de frauder sur le poids. Il en est de même du chocolat, de la bougie et de tout autre objet fabriqué dans des moules, ou des liquides vendus en litre. On peut tolérer, à la rigueur, qu'il y manque quelques grammes ou quelques centilitres, mais c'est tout. Pour moi, je suis fort aise que M. Lebeau ait fait un exemple; je suis sûr que, pendant longtemps du moins, aucun marchand, tant de Lergy que des environs, n'osera plus se dispenser de peser ses pains et, par conséquent, de donner à l'acheteur exactement la valeur de ce que celui-ci lui paye.

— Qu'est-ce donc, monsieur, que la taxe dont vous parliez tout à l'heure? demanda Bernard.

— La *taxe* est un arrêté que les maires ont le droit de rendre et qui règle le prix maximum auquel doivent être vendus, au poids, le pain et la viande.

— Pourquoi le pain et la viande plutôt que toute autre chose?

— Parce que, le pain et la viande étant des objets de première nécessité, il peut être utile, dans l'intérêt public, et surtout dans celui des classes pauvres, que le prix de ces denrées ne soit pas laissé à la discrétion, au caprice ou à la rapacité des boulangers et des bouchers, qui pourraient en abuser et les vendre trop cher. C'est pourquoi on a chargé les maires, quand ils le jugent utile, de publier une *taxe* pour le pain et la viande.

La taxe n'est pas toujours en vigueur, mais lorsqu'elle existe les marchands doivent s'y soumettre, sous peine de contravention, et ne pas vendre au-dessus des prix fixés.

— Mais peut-on vendre au-dessous? demanda Fernand.

— Belle question! répliqua Bernard; est-ce qu'on n'est pas toujours libre de donner sa marchandise à bon marché, pour rien même, si on veut? Qui veux-tu qui y trouve à redire?

— C'est juste, dit Fernand, riant lui-même de sa question. Et pourquoi certains maires ne publient-ils pas de taxe? ajouta-t-il.

— Parce qu'ils pensent que l'intérêt même des marchands suffit à maintenir les denrées aux meilleurs prix possibles.

— Mais comment les maires s'y prennent-ils pour établir cette taxe? demanda Bernard; car, enfin, il ne faut pas non plus que les bouchers et les boulangers perdent sur leur marchandise?

— Non, sans doute, et il faut même qu'ils gagnent. Pour arriver à un résultat qui satisfasse tout le monde, quand ils jugent à propos d'établir la taxe, les maires font relever chaque semaine, au marché de leur chef-lieu de canton, le prix moyen du blé et des bestiaux engraissés pour la boucherie et dressent ensuite la taxe en conséquence.

RÉSUMÉ

VENTE DU PAIN ET DE LA VIANDE AU-DESSUS DE LA TAXE LÉGALEMENT FAITE ET PUBLIÉE PAR L'AUTORITÉ MUNICIPALE

Peine : Amende de un à quinze francs et emprisonnement facultatif de un à cinq jours.

Circonstances atténuantes : Admises.

Texte de la loi : Art. 479, n° 6, du Code pénal. Voir les lois des 16-24 août 1790, 19-22 juillet 1791. Décrets du 22 juin 1863 et 18 juillet 1837, art. 10. Le défaut de pesage du pain, quand il est ordonné, est puni d'une amende de un à cinq francs, art. 471, n° 15, du Code pénal.

XXXIe CAUSERIE.

Le fabricant de cartouches.

Un matin, la tranquillité des habitants de Lergy fut troublée d'une manière bien plus terrible encore qu'elle ne l'avait été la nuit du vol dont Larcher avait failli être victime. Une détonation formidable se fit entendre, suivie presque aussitôt de deux ou trois autres, ébranlant une partie des maisons du village et brisant nombre de carreaux.

M. Leduc, qui était encore au lit, se hâta de se lever et de s'habiller.

— Qu'y a-t-il donc, Marianne? demanda-t-il à sa servante, qui était déjà sur pied et avait mis la tête dehors.

— Seigneur! mon Dieu! je n'en sais rien. Je vois tout le monde courir vers la place. Il est arrivé un malheur, c'est sûr. Si vous m'en croyez, monsieur, vous resterez ici.

Des groupes animés se tenaient devant les maisons ; d'autres se dirigeaient vers le milieu du village. M. Leduc, sans écouter les objections de Marianne, fit comme ces derniers.

Quand il arriva sur la place, la foule s'y pressait, contemplant une maison dont les fenêtres venaient de voler en éclats et d'où s'échappaient des flammes. Les pompiers, accourus en toute hâte, et parmi lesquels figuraient nos anciennes connaissances, Grimaud, Allard, Larcher, faisaient le vide autour, dans le but de prévenir les accidents.

Ils attendirent quelques instants ; puis, quand on se

crut assuré que de nouvelles explosions n'étaient plus à craindre, ils y pénétrèrent.

Là, un spectacle navrant les attendait. Dans une chambre au second étage, un homme gisait dans une mare de sang, desséchée par la chaleur ; une femme, qui semblait avoir été lancée contre le mur et rejetée sur le parquet, s'y roulait dans d'horribles convulsions ; de deux enfants, l'un

Là, un spectacle navrant les attendait.

couché dans son berceau, semblait inanimé, tandis que l'autre, étendu à terre, poussait des cris affreux. On releva les malheureux blessés et on les transporta avec des précautions infinies dans la maison du marchand de nouveautés Porel, que sa mère, femme très dévouée et très entendue, avec laquelle il vivait, venait de mettre à la disposition des victimes de la catastrophe.

Les locataires qui occupaient l'étage inférieur de la maison embrasée avaient réussi à se sauver avant que les flammes leur barrassent le passage ; mais au second, à côté du ménage Miron, habitait une pauvre ouvrière. La commotion produite par l'explosion l'avait privée pendant quelques instants de l'usage de ses sens. Revenue à elle, elle avait voulu s'enfuir ; mais, suffoquée et aveuglée par la fumée qui remplissait l'escalier, elle était rentrée chez elle affolée et se montrait à la fenêtre de sa chambre, poussant des cris d'épouvante, étendant les mains vers la foule qui se tenait au-dessous, pour appeler du secours.

Les pompiers étaient rentrés dans la maison, qui menaçait de s'écrouler sur eux ; l'incendie gagnait toujours, et leurs efforts pour venir en aide à cette malheureuse semblaient destinés à rester sans succès. Les habitants assemblés sur la place, hommes, femmes et jeunes garçons, tout en faisant la chaîne pour fournir de l'eau aux pompes, suivaient leurs tentatives avec des regards pleins d'anxiété, se demandant qui finirait par l'emporter, du fléau ou des hommes courageux qui luttaient contre lui. Aussi une immense acclamation retentit-elle lorsque la tête de Grimaud, la barbe et les cheveux à moitié brûlés, parut à la fenêtre à côté de celle de l'ouvrière.

Mais le périlleux chemin que le brave pompier venait de prendre n'était plus praticable. L'escalier était devenu une fournaise. En un instant, il eut déroulé une longue et forte corde mouillée qu'il portait, l'attacha à la barre de fer du balcon et aida la femme à la saisir. Celle-ci suivit ses instructions avec l'empressement que donne l'instinct de la conservation, et fut en bas en quelques secondes. Ce fut alors au tour de Grimaud de s'élancer par cette route aérienne, pendant que chacun au-dessous de lui retenait son souffle, dans la crainte que la corde, déjà fatiguée par une première épreuve et desséchée par la chaleur du mur brûlant, ne vînt à céder sous son poids.

Mais cette anxiété ne fut pas de longue durée. Grimaud atteignit la terre sans accident. Il fut accueilli par les plus vifs remerciements de la femme qu'il venait de sauver et par les acclamations de joie de tous les assistants, heureux de le voir échapper au péril que son dévouement lui avait fait braver.

Pendant que les pompes continuaient à verser de l'eau sur la maison incendiée, non dans l'espoir d'en sauver quelque chose, mais dans le but seulement de préserver les maisons voisines, les malheureuses victimes de l'explosion recevaient les premiers secours du médecin de Lergy et d'un de ses confrères, appelé en toute hâte par le maire.

Par une circonstance miraculeuse, l'un des enfants n'avait reçu aucune blessure et n'était qu'évanoui ; l'autre avait eu une jambe brisée par une pièce de bois et s'était démis l'épaule en tombant de son lit. Mais les deux victimes les plus éprouvées étaient le père et la mère. Celle-ci, outre une large plaie à la poitrine, avait sur tout le corps des brûlures horribles. Quant au mari, ses membres ne formaient plus, pour ainsi dire, qu'une masse informe. Il ne vivait encore que par d'affreuses tortures qui se traduisaient par les spasmes qui l'agitaient.

— Il n'en a pas pour longtemps, dit le médecin, M. Lallier, au maire ; et, vraiment, souhaiter la prolongation de sa vie, ce ne serait que souhaiter la prolongation de ses souffrances.

Les prévisions du docteur s'accomplirent, et le soir même Miron succombait sans avoir repris connaissance. Quant à sa malheureuse femme, elle ne devait revenir à la vie que pour rester aveugle et incapable de subvenir à ses propres besoins et à ceux de ses enfants.

On courut prévenir le juge de paix et la gendarmerie.

Aussitôt que les ruines de la maison furent suffisamment refroidies, les autorités, c'est-à-dire le maire de Lergy et le juge de paix du canton, accourus au plus vite, assistés du brigadier de gendarmerie, vinrent visiter le lieu de la catastrophe, afin de se rendre compte des causes qui avaient pu l'amener.

On reconnut alors que l'infortuné Miron se livrait avec sa femme à la fabrication clandestine de cartouches pour pistolets d'enfants. Il employait pour cet usage une matière détonante, dynamite ou autre, dont une certaine quantité, s'enflammant sans doute subitement, avait déterminé l'explosion de tout ce qu'en contenait le logement de Miron et par suite l'embrasement de la maison.

XXXIIe CAUSERIE

Les établissements dangereux.

L'ancien juge de paix venait très souvent chez Porel prendre des nouvelles de la malheureuse veuve et de René, celui des deux enfants qui avait reçu des blessures.

— Ne trouvez-vous pas, M. Leduc, dit le marchand de nouveautés à l'ancien juge de paix, un jour que Bernard et Fernand, envoyés par leur père dans le même but, se trouvaient aussi dans sa boutique, ne trouvez-vous pas qu'on devrait rendre un arrêté défendant d'exercer des états qui sont un danger pour les voisins, comme celui que pratiquaient ces malheureux Miron ?

— Mais il y en a un, mon ami, il y en a un, non pas positivement pour défendre de les exercer, mais pour

défendre qu'on les exerce sans autorisation et dans des
conditions qui peuvent les rendre dangereux. Cette autorisation doit être demandée au préfet, au sous-préfet ou
au maire, selon la nature des matières qu'on a à employer.
Ainsi celle de fabriquer des objets dans lesquels entrent
des matières détonantes ou fulminantes, telles que celles
dont se servait Miron, ne se donne jamais qu'à des établissements situés loin des habitations. Eh bien ! malgré
la surveillance la plus active et la plus intelligente, de
nombreux accidents du genre de ceux dont nous avons
été témoins ces jours-ci sont à déplorer tous les ans, car
bien des gens se refusent à demander cette autorisation,
par suite de laquelle ils ne pourraient exercer leur dan-.
gereuse industrie que loin des lieux habités. Souvent les
contrevenants payent de leur vie leur désobéissance, mais
ce qui est plus terrible encore, c'est qu'ils ne sont presque
jamais les seules victimes.

Lorsqu'on eut quitté le magasin de nouveautés :

— Il me semble, monsieur, dit Bernard, qui, en compagnie de Fernand, avait demandé à M. Leduc la permission de le reconduire chez lui, il me semble qu'il serait
bien plus simple de défendre l'emploi des matières dont
vous parliez tout à l'heure, puisqu'elles peuvent causer
de telles catastrophes.

— Mon garçon, c'est impossible. Il y a des substances qui
présentent certains dangers, si on les emploie sans précautions, et qui sont néanmoins fort utiles. Peut-on faire
la guerre sans la poudre? Non, n'est-ce pas? Il faut donc
bien alors qu'on en fabrique. Serait-il commode de se
passer d'allumettes? Non encore, il est donc nécessaire
d'en faire. Le pétrole, je l'ai dit l'autre jour, peut donner
lieu à des accidents si on n'use pas de prudence en l'em-
ployant, mais il offre en même temps une grande économie dans l'éclairage.

On ne saurait défendre la fabrication ou l'emploi de ces matières sans porter atteinte à l'industrie. En France l'industrie est libre ; néanmoins, elle doit respecter certains règlements rendus dans l'intérêt public. Si l'on s'y conformait exactement il y aurait peu ou point d'accidents.

— Je voudrais bien savoir au juste, monsieur, dit Bernard, ce qu'on entend par industrie.

— L'industrie est toute opération destinée à produire la richesse.

Il y a trois classes d'industrie :

L'industrie agricole, qui embrasse tous les produits tirés du sol, fécondé par le travail de l'homme, en y comprenant les produits de la chasse et de la pêche.

L'industrie manufacturière, qui modifie les produits du sol et les approprie à nos divers besoins, à l'aide du travail des mains et des machines.

L'industrie commerciale, qui a pour mission d'acheter et de vendre les produits de l'industrie manufacturière, ou bien de les faire passer du pays qui les produit dans un pays où ils manquent.

— Alors, monsieur, dit Fernand, le blé appartient à l'industrie agricole ?

— Et la farine, ajouta vivement Bernard, à l'industrie manufacturière.

— Oui, mes enfants ; et cette farine, lorsqu'elle est portée au marché pour être vendue et achetée, appartient à l'industrie commerciale.

Eh bien, poursuivit M. Leduc, les produits de l'industrie agricole sont modifiés par l'industrie manufacturière dans des établissements, fabriques ou ateliers, dont le voisinage, dans quelques cas du moins, soit à cause des matières qu'on emploie, soit à cause des machines dont on se sert, peut être dangereux, insalubre, ou incommode. C'est pour ouvrir des établissements de ce genre qu'il faut obtenir une autorisation.

— Est-ce qu'il y en a beaucoup de cette sorte ?

— Oui : on en compte 350, divisés en trois classes, selon le degré de danger, d'insalubrité ou d'incommodité qu'ils peuvent présenter, et leur nombre est destiné à augmenter avec les progrès de l'industrie.

La première classe comprend les établissements qui doivent être *éloignés des habitations*, comme pouvant porter atteinte à la sûreté des personnes, et l'autorisation pour les ouvrir doit être demandée au *préfet* du département.

Ce sont, par exemple :

Les abattoirs publics, à cause des odeurs nauséabondes qu'ils répandent et de l'altération des eaux qu'on y emploie qui, mêlées aux autres, les rendent nuisibles pour la santé.

Les fabriques de colle-forte, d'engrais provenant des matières animales, et les dépôts des boues et immondices pour des raisons du même genre.

La distillation de l'huile de pétrole, des huiles en général, et autres corps gras extraits des matières animales, à cause des dangers d'incendie.

Les ménageries de bêtes féroces, et aussi les infirmeries de chiens, à cause de l'odeur qu'ils répandent et du bruit qu'ils font.

La fabrication des cuirs vernis, parce qu'on y emploie des essences qui s'enflamment facilement.

Enfin, et par-dessus tout, la fabrication des allumettes, celle des pièces d'artifices et celle de tous les objets dans lesquels on emploie des substances fulminantes, détonantes ou explosibles.

— Et les établissements de seconde classe ?

— Ceux-ci présentent un danger un peu moindre, et l'autorisation de les former doit être demandée a *sous-préfet*.

Telles sont la construction des fours à chaux qui répandent autour d'eux de la poussière ou de la fumée.

Les usines à gaz, qui peuvent être des causes d'incendie, et sont désagréables par l'odeur qu'elles répandent.

La fabrication en grand et les dépôts de salaisons, poissons ou autres, qui exhalent aussi des odeurs fétides.

Le teillage en grand du lin et du chanvre, à cause de la poussière et du bruit.

Maintenant, quant aux établissements qui peuvent rester au milieu des habitations sans inconvénients sérieux, quoiqu'ils offrent néanmoins certains dangers et certains désagréments, l'administration les désigne sous le nom d'établissements de troisième classe, et l'autorisation de les ouvrir doit en être demandée au *maire*.

Je vous citerai entre autres ceux où l'on emploie des matières grasses, comme les fabriques de bougies et de chandelles ; ceux qui exhalent des odeurs déplaisantes mais non malfaisantes, telles que les brasseries.

Les établissements, où l'on engraisse des volailles, où l'on prépare les viandes, où l'on sèche les peaux de mouton, etc., etc., rentrent encore dans la même catégorie, et sont soumis à certaines ordonnances, aussi bien que les moulins à broyer le plâtre, la chaux et les cailloux, lesquels produisent de la poussière ; il en est de même encore pour les fonderies de cuivre, laiton et bronze, ainsi qu'au sujet des usines pour la fonte et le laminage du plomb, du zinc, du cuivre, etc.

— Je n'aurais jamais cru, dit Bernard, que la loi entrât dans tant de détails.

— La loi est notre protectrice ; elle a dû se préoccuper de toutes ces choses dans notre intérêt et poser des limites à la faculté d'ouvrir certains établissements dont, aux termes du code, et ainsi que je vous le disais tout à l'heure, le voisinage peut être dangereux, insalubre ou simplement incommode.

RÉSUMÉ

CONTRAVENTIONS AUX LOIS ET DÉCRETS CONCERNANT LES ÉTABLISSEMENTS DANGEREUX, INCOMMODES OU INSALUBRES.

Peine : Amende de un à cinq francs.
Circonstances atténuantes : Admises.
Récidive : Emprisonnement obligatoire de trois jours au plus.
Texte de la loi : Décret du 15 octobre 1810. — Ordonnance du 14 janvier 1815. — Décret du 31 décembre 1866.

XXXIIIᵉ CAUSERIE

Le registre de M. Jeanson, l'aubergiste.

Ainsi que nous l'avons dit, lorsqu'un des habitants de Lergy se trouvait dans l'embarras, il avait recours à M. Leduc. Le besoin d'un conseil amena un jour chez lui Jeanson, l'aubergiste.

— Figurez-vous, monsieur Leduc, dit-il, qu'il m'arrive une chose très désagréable, pour ne pas dire pire. Un voyageur descend chez moi l'autre jour, avec une valise bien garnie, ou du moins bien renflée, et des habits très cossus, ma foi. Il me demande une chambre, je la lui donne. Il passe trois jours chez moi ; mais, dans l'après-midi du troisième jour, arrive le brigadier de gendarmerie, qui demande à voir mon registre. Je le lui montre, un peu penaud, car justement je n'avais pas inscrit le nom du voyageur logé chez moi ; or, il paraît que ce monsieur si bien mis était un voleur, et que précisément, pendant

qu'il était encore chez moi, il est allé faire un de ses coups
à la foire de Blangis. Il y avait là deux gros marchands
de bestiaux, dont la bourse était rondelette ; il a engagé
une partie avec eux et s'est arrangé de manière à leur
voler très adroitement trois cents francs. Ceux-ci l'ont
fait arrêter, mais trop tard : on n'a pu retrouver l'argent
qu'il leur a pris. Le brigadier m'a dressé procès-verbal
pour n'avoir point inscrit ce voyageur sur mon registre,
puis il a ajouté que j'étais responsable du vol qui a été

Il a trouvé moyen de leur voler très adroitement...

commis au préjudice des marchands de bestiaux ? N'est-ce
pas qu'il n'en est rien ?

— Mais si vraiment ; vous serez déclaré civilement responsable.

— Est-ce de ma faute, à moi, si ces marchands ont été
volés par un filou ? Est-ce que je l'ai, leur argent ?

— Je ne dis pas cela, cependant la loi veut que l'aubergiste « convaincu d'avoir logé *plus de vingt-quatre*
« *heures* une personne qui, *pendant son séjour*, a commis un

« *crime* ou un *délit*, soit *responsable* des restitutions, des
« indemnités et des frais adjugés à ceux auxquels le
« crime ou le délit a causé quelque dommage, lorsqu'il
« n'a pas pris la précaution d'*inscrire sur son registre*
« les noms, profession et domicile du coupable. »

— Ainsi, voilà un oubli qui me coûtera trois cents
francs, sans compter l'amende !

— J'espère pour vous qu'on retrouvera, si ce n'est tout,
du moins une partie des trois cents francs ; mais quant à
l'amende !...

— Comment, monsieur Leduc, vous ne voyez aucun
moyen de me tirer de là ?

— Hélas ! non, mon ami ; aucun.

— Il faut convenir que c'est vexant, dit Grimaud, lorsque l'aubergiste se fut retiré, avec maintes et maintes la-
mentations, et j'avoue que je ne comprends pas très bien
pourquoi la loi rend les aubergistes responsables en ce
cas là ?

— C'est que, par le fait, ils se font, sans le vouloir, complices des malfaiteurs, en empêchant l'action de la police.
S'ils tenaient leur registre parfaitement en ordre, comme
cela leur est prescrit, on aurait moins de peine à retrouver
leurs traces.

— Qu'est-ce que ce registre, monsieur, s'il vous plaît ?
demanda Bernard.

— C'est un livre sur lequel les *aubergistes, maîtres d'hôtels, logeurs* et *loueurs de maisons garnies* sont tenus
d'inscrire, aussitôt leur arrivée, les noms, qualités, domicile habituel, dates d'entrée et de sortie, des personnes qui
viennent leur demander à loger, n'auraient-elles passé
chez eux qu'une nuit. Ils doivent représenter ce registre,
soit aux époques déterminées par un arrêté municipal,
soit à toute réquisition des représentants de l'autorité
locale, par exemple au maire, adjoint, officier de gendar-

merie, commissaire de police, qui peuvent ainsi s'assurer que ces registres sont régulièrement tenus.

— Est-ce qu'ils sont obligés aussi d'y porter le nom des personnes qu'ils connaissent, des habitants de leur commune, par exemple?

— Oui, si ces personnes ont couché chez eux.

— Et pourquoi cette obligation?

— Parce que la police doit être mise à même de pouvoir exercer une surveillance incessante, non seulement sur les voyageurs, les étrangers, mais encore sur les habitants de la commune eux-mêmes, qui, pour un motif ou pour un autre, viennent chercher un gîte dans les auberges ou les hôtels. Si un crime a été commis, il faut qu'immédiatement elle puisse se mettre à la recherche des coupables, et les registres des aubergistes l'y aident puissamment, car c'est dans ces sortes d'établissements qu'ils se retirent d'habitude quand ils ont fait un coup.

— Ils peuvent bien se faire inscrire sous un faux nom?

— Si la police a quelque soupçon que le coupable a passé la nuit dans tel ou tel village ou même dans telle ou telle ville, elle fait examiner tous les livres des hôteliers; puis elle télégraphie immédiatement au domicile annoncé par chacun des voyageurs habitant l'hôtel, pour savoir si MM. tels et tels y demeurent réellement et s'ils en sont absents. Si l'un d'eux a donné de fausses indications, on a bientôt fait de s'en apercevoir; on le force à s'expliquer, et s'il n'a pas de bonnes raisons à donner de sa conduite, on l'arrête et on finit par découvrir, ou que c'est le malfaiteur que l'on cherchait, ou bien que c'en est un autre qui a commis un autre crime resté impuni jusque-là; car il est bien rare, quand on cache son nom, que ce ne soit pas dans un mauvais dessein. Si les aubergistes ne prennent pas toutes les précautions prescrites par la police pour l'aider à découvrir ceux qui ont commis un crime, il est sûr, comme je le disais tout à l'heure, qu'ils se rendent jusqu'à un certain point leurs complices; sans compter qu'ils attirent ainsi des désagréments aux autres voyageurs qui logent chez eux, et qui peuvent, pendant quelques instants, se trouver confondus avec des malfaiteurs, ce qui n'a rien d'agréable.

— C'est égal, monsieur Leduc, dit Grimaud; je ne puis pas m'empêcher de trouver que la loi est sévère pour les aubergistes à cet égard.

— Je ne dis pas non, mon ami; mais comme rien n'est plus facile que de se mettre en règle, si un aubergiste s'expose à ce qui arrive, c'est, vous en conviendrez, parce qu'il le veut bien.

RÉSUMÉ

DÉFAUT D'INSCRIPTION DES VOYAGEURS SUR LE REGISTRE DES LOGEURS.

Peine : Amende de six à dix francs.
Circonstances atténuantes : Admises.
Récidive : Emprisonnement obligatoire pendant cinq jours au plus.
Texte de la loi : Article 475, numéro 2 du Code pénal. Voir l'article 73 du même code.

XXXIVᵉ CAUSERIE

Les mottes de gazon.

— Que fais-tu donc là? demanda un jour M. Leduc, qui accomplissait sa promenade quotidienne sur la route de Blangis, en voyant Fernand, aidé de Bernard, et armé d'une bêche, détacher sur le bord du chemin des mottes de terre garnie de gazon, de vingt à vingt-cinq centimètres carrés.

— Vous le voyez, M. Leduc, j'enlève de quoi faire des bordures à mon jardin.

— Mais, mon ami, ce que tu fais là est défendu.

— Défendu ! et pourquoi ?

-- Parce que cela dégrade la route.

— Mais je n'y touche pas à la route, je ne prends que l'herbe du bord.

— Il n'en est pas moins vrai que tu la dégrades. La place où tu as enlevé du gazon va former un creux, qui, s'emplissant d'eau aux premières pluies, deviendra une petite mare aux alentours de laquelle l'humidité se conservera. Si chacun faisait la même chose que toi, la route se trouverait bientôt bordée d'une petite rigole, qui ne tarderait pas à se changer en ornière. Tu vois donc qu'il n'est pas indifférent d'en enlever le gazon. D'ailleurs, en principe, on ne doit s'emparer de rien de ce qui est sur la route, aussi bien de ce qui en fait partie que de ce qui y croît ou de ce qui y est déposé, terre, pierres, pavés ou cailloux. On ne peut même enlever la boue des fossés, pas plus, du reste, que celle des rues et des chemins publics, à moins d'y être autorisé par le préfet, s'il s'agit de grandes routes et chemins vicinaux, ou par le maire, s'il s'agit des chemins communaux.

— Pourtant, monsieur, dit Bernard, j'ai vu l'autre jour le jardinier de M. Darblay couper des carrés de gazon sur le communal, comme nous le faisions ici tout à l'heure, et personne ne lui a rien dit.

— Sur les *biens communaux*, en effet, il est permis d'enlever du gazon, quoiqu'il soit défendu d'emporter, sans permission, de la terre ou des pierres. Mais, quand aux routes, il n'y a qu'une chose qu'on puisse y ramasser, c'est le fumier, et encore à condition, bien entendu, que ce fumier n'appartient à personne ; car, dans ce cas, celui qui l'enlèverait, aussi bien que celui qui s'emparerait de marne ou de tout autre engrais ayant un propriétaire, serait puni d'une amende équivalant à *six journées de tra-*

vail et même quelquefois d'un emprisonnement de *trois jours*.

Si on pouvait s'approprier ce qui est déposé sur la route, savez-vous ce qui arriverait? poursuivit M. Leduc en continuant sa promenade avec Bernard et Fernand, qui avaient remis en place les plaques de gazon enlevées; c'est que, par exemple, lorsqu'on aurait besoin de consolider le terrain de sa cour, de rendre plus praticable l'allée qui conduit de la porte de sa maison à la rue, de boucher une brèche à son mur, on irait puiser au tas de pierres amassées par le cantonnier pour l'entretien de la route, et, quand il s'agirait de réparer celle-ci, on ne trouverait plus les matériaux nécessaires.

Vous êtes-vous jamais, mes enfants, rendu compte de l'importance des routes? Dites-moi ce qui fait la principale richesse aussi bien que l'agrément d'un pays?

— Ce sont des champs bien cultivés.

— De grandes villes commerçantes.

— Des canaux et des chemins de fer, dirent les deux jeunes gens tour à tour.

— Vous avez raison, mes amis, tout cela constitue agrément et richesse; mais il est une chose sans laquelle tous ces éléments de prospérité n'existeraient pas. Ce sont de belles et bonnes routes, bien entretenues. Sans de belles et bonnes routes on aurait grand'peine à aller chercher les récoltes dans les champs pour les porter au grenier d'abord, au marché ensuite. Sans belles et bonnes routes, les grandes villes commerçantes et populeuses n'existeraient pas; car si elles sont devenues florissantes, ce sont les routes qui les ont faites telles. C'est grâce aux routes que les marchandises y arrivent et que les produits qui y sont manufacturés peuvent être transportés dans d'autres villes ou dans d'autres pays. S'il n'y avait pas de routes, les canaux, les chemins de fer eux-mêmes perdraient la moitié de leur utilité, puisqu'on ne pourrait y transporter les produits agricoles. Ce sont les routes qui, en facilitant la circulation dans un pays, y répandent la richesse et le rendent prospère, de même que les veines, qui portent le sang dans toutes les parties de notre corps, y répandent la vie et y entretiennent la santé.

Il faut donc avoir le plus grand soin des routes, et c'est avec raison que la loi défend de les dégrader ou de les détériorer, soit en y enlevant des matériaux, comme je vous le disais tout à l'heure, soit en l'inondant, soit en y faisant des dépôts de nature telle qu'en y produisant l'humidité, ils peuvent contribuer à l'endommager. Il est surtout défendu d'usurper sur leur largeur, ce qui arriverait si le propriétaire voisin comblait le fossé qui borde la route et qui fait partie de la voie vicinale, ou s'il détruisait une haie qui l'en sépare, comme cela arrive quelquefois.

Je sais bien qu'en enlevant quelques carrés de gazon pour le jardinet de Fernand vous ne commettez pas de grands dégâts; mais il suffit que ce soit défendu pour que vous vous en absteniez. Si vous voulez devenir, comme j'espère que vous le désirez, et comme j'espère que vous le serez un jour, de bons citoyens, accoutumez-vous dès à présent à observer les prescriptions de la loi jusque dans ses moindres détails; c'est ainsi que vous prendrez l'habitude de remplir tous vos devoirs, *soit publics, soit privés.*

RÉSUMÉ

DÉGRADATION ET USURPATION DES CHEMINS PUBLICS. — ENLÈVEMENT SUR LES CHEMINS PUBLICS DE GAZON, TERRE, PIERRES, MATÉRIAUX.

Peine : Amende de onze à quinze francs.
Circonstances atténuantes : Admises.
Récidive : Emprisonnement obligatoire de cinq jours au plus.
Texte de la loi : Article 479, n°° 11 et 12 du Code pénal.

XXXVᵉ CAUSERIE

Une partie interrompue.

— Nous venons de rencontrer le père Mollard, dit Fernand un dimanche en arrivant chez M. Leduc en compagnie de Bernard. Il venait de dresser procès-verbal contre le grand Piolet et un des frères Grégoire qu'il avait surpris jouant aux cartes dans le café du coin de la place. C'est donc défendu, monsieur, de jouer aux cartes?

— C'est selon, mon ami. Les *jeux de hasard* sont formellement interdits dans les *lieux publics*, et un café est un lieu public.

— Oui; mais qu'appelle-t-on jeux de hasard?

— Ce sont ceux où l'habileté et l'intelligence ont peu ou point de part. Tiens, par exemple, le loto... Tu auras beau t'y appliquer, si les numéros inscrits sur ton carton ne sortent pas du sac, tu es sûr de perdre; tandis que ton voisin, fût-il le plus ignorant et le plus inhabile des joueurs, gagnera la partie si le hasard veut que ses numéros se présentent en premier; le jeu de dés offre les mêmes chances.

— Le soir, quelquefois pendant l'hiver, nous jouons au loto; et, quand j'étais petit surtout, j'aimais bien cela. Je ne savais pas que c'était mal.

— Tous les enfants aiment le loto, précisément parce que c'est un jeu de hasard et qu'il ne demande pas de science. D'ailleurs, du moment qu'on joue en famille, et surtout qu'on n'y engage pas d'argent, il n'y a pas de mal à y jouer.

— Et les jeux de cartes, sont-ce des jeux de hasard?

— C'est selon. Dans la plupart des jeux de cartes, le hasard entre pour beaucoup dans le succès ; cependant l'adresse, l'attention, le calcul y sont aussi pour une part plus ou moins importante. L'écarté, le pharaon, le lansquenet, le baccarat, la roulette, la bouillotte, sont considérés comme jeux de hasard, non seulement parce que le talent du joueur y contribue pour une moindre part, mais peut-être aussi parce que les parties, se décidant presque sur un seul coup, les enjeux se succèdent avec plus de rapidité et qu'on eut y perdre ou y gagner des sommes très importantes en peu de temps. Le piquet, le besigue, la mouche, sont permis, au contraire, de même que le jeu de dominos ; ils demandent une certaine étude. Quant à ceux de dames, d'échecs, de billard, c'est l'attention, la science ou l'adresse seuls qui déterminent la victoire. Ils sont donc autorisés.

— Alors, si l'on joue l'un des premiers jeux que vous venez de nommer, en public, on est en contravention ?

— Oui ; et non seulement ceux qui s'y livrent, mais ceux qui en fournissent aux joueurs les moyens. Ainsi, il est probable que le père Mollard a dressé un procès-verbal contre le maître du café où il a surpris Piolet et ses camarades ; sans compter qu'il a dû confisquer cartes, jetons et enjeux.

— Mais pourquoi les jeux de hasard sont-ils défendus dans les établissements publics ?

— D'abord, lorsqu'on se livre à ces sortes de jeux, c'est le plus souvent pour gagner de l'argent sans travailler, ce qui n'est pas une manière honnête de s'en procurer. Il arrive même souvent, dans ces cas-là, que, sous prétexte de jouer, on vole son adversaire, comme le faisait cet homme au sujet duquel M. Jeanson, l'aubergiste, a été mis en contravention.

— Ah ! au fait, monsieur, interrompit Bernard, savez-vous qu'on a retrouvé l'argent volé aux marchands de bestiaux ?

— Non; qui te l'a dit?

— On l'a raconté hier à papa. Il paraît qu'en cherchant à se sauver il avait jeté l'argent dans un vieux tonneau défoncé qui se trouvait dans la cour; c'est là qu'on l'a découvert.

— Une drôle d'idée qu'il a eue là ! s'écria Fernand.

— C'était afin, dit M. Leduc, qu'on ne trouvât pas de preuves contre lui. Il faisait disparaître ainsi le *corps du délit*, comme nous disons. Et puis il avait sans doute

En ce moment passait dans la rue...

l'espoir d'échapper aux gendarmes et de venir reprendre cette somme. Ah! on l'a retrouvée; j'en suis bien aise pour M. Jeanson.

Mais pour terminer en ce qui concerne le sujet qui nous occupe. Si les jeux de hasard sont interdits en public, c'est d'abord, comme je viens de le dire, dans la crainte que des joueurs peu scrupuleux n'emploient ce moyen pour dépouiller les gens simples et naïfs, mais c'est surtout afin de ne fournir aucun encouragement à la passion du jeu, une des plus terribles que je connaisse. L'amour du jeu est aussi funeste que l'amour du vin ; tous deux conduisent à la ruine, à la honté et même quelquefois au crime.

En ce moment passait dans la rue un homme aux cheveux blancs, à la taille voûtée, à la démarche incertaine, qui s'avançait la tête à moitié penchée sur la poitrine et dont le regard fuyait celui des passants. Ses vêtements n'étaient pas ceux d'un paysan, quoique leur état de vétusté indiquât que celui qui les portait était dans un état voisin de la misère. Pendant longtemps il n'avait été connu à Lergy que sous le nom de M. Edmond. Un jour un étranger l'ayant vu passer l'avait reconnu. On avait alors su son histoire.

Il appartenait à une grande famille. Son père, qui était très riche, l'avait fort mal élevé. Quand il fut arrivé à l'âge d'homme, il n'eut pas d'autre occupation que le jeu. On ne s'aperçut pas d'abord des conséquences que pouvait avoir sur lui cette funeste passion et on ne fit rien pour en arrêter le développement. Elle grandit avec rapidité. Pour la satisfaire il sacrifia tout ce qu'il possédait. Il ruina son père ; il se ruina lui-même. Puis, à bout de ressources, poussé par un mouvement semblable à celui qui force les buveurs à entrer au cabaret quand ils en ont pris la pernicieuse habitude, il continua de jouer. Un jour, sans le sou, pressé d'argent pour tenter la fortune une dernière fois, disait-il, il fabriqua un jeu de cartes disposé de telle manière qu'il était toujours sûr de gagner. Il fut découvert, arrêté et condamné à un emprisonnement de deux ans. Il en sortit avec toute l'apparence d'un vieillard, corrigé du vice qui l'y avait conduit, mais si profondément humilié, ayant un tel sentiment de son déshonneur, qu'il n'osa plus jamais regarder personne en face.

M. Leduc ne pouvait citer un exemple plus frappant des

honteuses extrémités où peut mener une passion, que celui que présentait l'homme qu'on continuait à apppeler
M. Edmond. Les deux jeunes garçons le comprirent et suivirent l'ancien joueur du regard jusqu'à ce qu'il eût disparu.

— Mais quelquefois, le soir, reprit Fernand au bout de
quelques instants, papa joue aux cartes avec le père de
Grimaud, et vous-même, monsieur Leduc, je vous ai vu y
jouer de temps en temps.

— Oui, mon ami, j'aime assez faire une partie de whist;
mais le whist n'est pas un jeu de pur hasard, car il demande une certaine science, et encore je n'y joue que pour
y chercher une distraction ; jamais pour en tirer aucune
espèce de gain. C'est là précisément ce qui constitue la différence capitale entre les jeux permis et les jeux défendus.
Mais quand j'avais votre âge je préférais à tous les jeux,
cartes, loto ou autres, les joyeux jeux d'enfants, ceux auxquels on se livre en plein air et qui ont le double avantage de reposer l'esprit et de développer le corps par l'ac-
tivité et les mouvements répétés qu'ils exigent.

— Et chez soi, monsieur, peut-on jouer aux jeux de
hasard ?

— Chez soi, mon ami, je l'ai déjà dit, on a le droit de
faire tout ce qu'on veut, ce qui ne veut pas dire que tout
ce qu'on fait soit bien ; et à moins que quelqu'un vienne
se plaindre d'avoir été victime d'une escroquerie, la police
n'a rien à y voir. Le but que s'est proposé le législateur
dans cette loi, c'est de ne pas offrir de tentations à ceux qui
ont du penchant pour le jeu. C'est pour cela aussi qu'elle
défend les *loteries*.

— Les loteries sont défendues ! s'écria Fernand d'un air
consterné ; et maman qui a pris des billets pour une loterie au profit des aveugles du département.

— Celle-là a été permise par l'autorité, dit en souriant
M. Leduc. Les loteries défendues sont celles où les lots sont

en argent; d'ailleurs, pour établir une loterie quelconque, du genre même de celle dont tu parles, une loterie de bienfaisance, on est forcé de demander l'autorisation au préfet, car l'autorité veut s'assurer que tout se passe loyalement, et que les fonds donnés pour secourir le malheur ou la misère vont bien à ceux auxquels ils sont destinés.

RÉSUMÉ

JEUX DE LOTERIE OU DE HASARD DANS LES LIEUX PUBLICS.

Peine : Amende de six à dix francs.
Circonstances atténuantes : Admises.
Récidive : Renvoi devant le tribunal correctionnel, emprisonnement de six jours à un mois de prison, et amende de seize à deux cents francs.
Texte de la loi : Article 475, n° 5 du Code pénal. Voir l'article 410 du Code pénal, la loi du 21 mai 1836 et l'ordonnance du 29 mai 1844.

XXXVIᵉ CAUSERIE

Les enfants en nourrice.

— Ah! Monsieur Leduc, vous seriez bien bon de me donner un conseil, dit un jour une femme de Lergy, qui, un enfant nouveau-né dans les bras, s'était arrêtée devant la fenêtre de l'ancien magistrat.

— De quoi s'agit-il, Catherine? demanda celui-ci.

— Le tribunal correctionnel vient de me condamner à seize francs d'amende.

— A quel sujet?

— Parce que je n'ai pas été faire ma *déclaration* à la mairie quand j'ai reçu le nourrisson que voilà.

— Et pourquoi ne l'avez-vous pas faite, cette déclaration?

— Est-ce qu'une pauvre femme connaît les lois?

— Les parents de l'enfant ne vous avaient donc pas donné un *bulletin,* que vous deviez remettre à la mairie dans les trois jours, en faisant votre déclaration?

— Si; mais ils ne m'avaient pas dit que, au cas où je ne le ferais pas, je serais en faute.

— De sorte que vous n'en avez rien fait et que vous avez été condamnée à une amende de *seize* francs. Eh bien, ma pauvre Catherine, je ne vois aucune manière de vous dispenser de payer l'amende prononcée contre vous. Il faut même vous estimer très heureuse que cette amende ne soit que de seize francs; elle pouvait être beaucoup plus forte. Le *bulletin* que vous ont remis les parents était un extrait de l'acte de naissance de l'enfant, contenant par conséquent ses nom et prénoms, ceux de son père et de sa mère, avec l'indication du lieu de sa naissance. Eux-mêmes, avant d'envoyer leur enfant en nourrice, ont fait déclaration de cet envoi à la mairie de la commune où l'enfant était né, ou bien à celle qu'ils habitaient en indiquant le lieu de naissance de l'enfant. S'ils n'avaient pas accompli ces formalités, ils auraient, de leur côté, été condamnés à une amende, qui, habituellement, est de *seize francs* aussi mais qui, par suite de diverses circonstances aggravantes, peut monter jusqu'à *trois cents francs,* et être, en outre, accompagnée d'une condamnation à la prison.

Quant aux femmes qui prennent, moyennant salaire, des enfants en nourrice, en garde ou en sevrage, âgés de moins de deux ans et hors du domicile de leurs parents, non seulement elles doivent faire leur déclaration lorsqu'elles reçoivent l'enfant, mais encore, si elles changent de résidence, elles sont tenues de renouveler cette déclaration au maire de leur nouvelle commune.

La même déclaration doit avoir lieu de leur part, et

toujours *dans le délai de trois jours*, si l'enfant leur est repris par les parents ou remis par eux à une autre personne; elles doivent en outre donner le nom de cette personne.

En cas de décès de l'enfant, nouvelle déclaration, mais celle-là dans les vingt-quatre heures, et toujours sous peine d'amende et de prison.

— Eh! Seigneur, à quoi bon toutes ces affaires-là?

— A quoi bon? A établir l'identité de l'enfant, de manière à ce qu'on ne puisse lui en substituer un autre, comme cela arrivait fréquemment autrefois. Ensuite, à ce que tout le temps que l'enfant est en nourrice ou en garde, il soit sous la surveillance des *médecins inspecteurs*, du maire de la commune, et de certaines autres personnes chargées de le visiter, dans l'intérêt de sa santé et de son bien-être; car la nourrice est forcée de laisser voir l'enfant à ces personnes chaque fois qu'elles se présentent, et cela encore sous peine d'une amende de *cinq* à *quinze* francs. Si le refus de laisser voir l'enfant était accompagné d'injures ou de violences, la nourrice pourrait, en outre, être condamnée à la peine de *un à cinq jours d'emprisonnement*.

— Je vous demande un peu pourquoi j'empêcherais le médecin ou n'importe qui de venir voir ce pauvre petiot!

— Je sais bien que vous ne vous opposeriez pas à ces visites, parce que vous êtes une honnête femme, et que vous traiterez l'enfant qui vous est confié comme le vôtre propre, ainsi que cela doit être; mais toutes les nourrices, par malheur, ne vous ressemblent pas.

— Je le crois bien, dit Allard, qui s'était joint à la conversation. Ainsi la femme Giraud, ma voisine, qui avait en garde un enfant de dix-huit mois, a fort mal reçu l'inspecteur l'autre jour quand il est venu faire sa visite. Elle l'a accablé d'injures, a refusé de laisser voir l'enfant,

si bien qu'elle a été condamnée à quinze francs d'amende
et à cinq jours de prison. Il est vrai qu'on s'est aperçu
après qu'elle avait de bonnes raisons pour ne pas laisser
visiter son petit pensionnaire; le pauvre malheureux être
était dans un état de malpropreté tel, que sa santé est
gravement compromise. Il a fallu écrire aux parents pour
qu'ils vinssent le reprendre. Si, comme cela arrivait autrefois, il avait été abandonné sans surveillance, il serait
mort certainement entre les mains de cette vilaine femme.

— Oui, cette loi offre une grande sécurité aux familles;

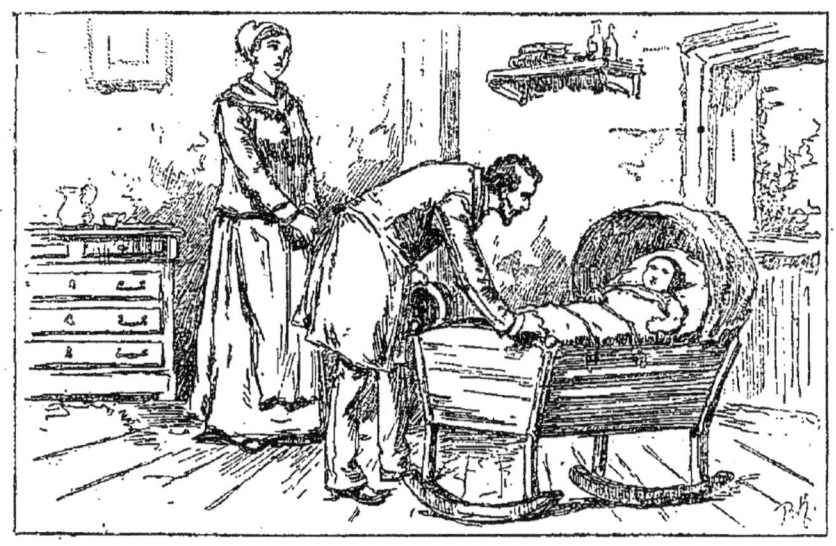

La visite du médecin.

c'est pourquoi, ma pauvre Catherine, une autre fois il
faudra l'observer rigoureusement.

RÉSUMÉ

CONTRAVENTION RELATIVE A LA PROTECTION DES NOURRISSONS.
REFUS DE RECEVOIR LE MÉDECIN.

Peine : Amende de cinq à quinze francs. Emprisonnement de
un à cinq jours si le refus est accompagné d'injures.

Circonstances atténuantes : Admises.

Récidive : Non prévue.

Texte de la loi : Loi du 23 décembre 1874. Décret du 27 février 1877.

XXXVII⁰ CAUSERIE

L'épicier voleur.

— Ah! je m'en étais toujours douté que le père Jeanroux était un coquin! s'écria un jour Larcher en arrivant chez le juge de paix, et je suis bien aise, ma foi, qu'il soit pincé!

— Qu'est-il donc arrivé? demanda celui-ci.

— Vous le connaissez bien, monsieur Leduc, cet épicier mercier qui demeure à l'autre bout de Lergy et qui tient une petite boutique borgne. Il était occupé hier à servir un demi-kilo de morue à un pauvre homme de Moisieux, quand le *vérificateur des poids et mesures* arrive inopinément. Il jette un coup d'œil sur la balance.

« Pourquoi vos poids ne sont-ils pas marqués?» dit-il.

Jeanroux reste tout interdit et balbutie je ne sais quoi. M. Logeard regarde autour de lui, et qu'est-ce qu'il aperçoit? D'autres poids, marqués ceux-là, sur le comptoir. Alors il ne fait ni une ni deux : il confisque ceux qui n'étaient pas marqués et, séance tenante, il dresse procès-verbal. Mon homme va avoir à répondre de sa tromperie. Figurez-vous, monsieur Leduc, que, à ce que dit l'homme qui était en train de se faire servir, et qui se fournissait là depuis je ne sais combien d'années, chaque fois que l'épicier lui pesait quelque chose, au lieu d'employer les poids qui étaient là en évidence, il en prenait d'autres dans un tiroir. Lui, qui sans doute est un peu simple, n'y faisait pas attention. Il est à croire que l'épicier agissait ainsi avec tous les gens incapables de se rendre compte de sa tromperie.

— C'est assez probable, en effet.

— Eh bien, à quoi ce coquin-là va-t-il être condamné? car ce qu'il fait est bel et bien un vol.

— Sans aucun doute. Il sera très probablement condamné à plusieurs jours de prison et en outre à une forte amende.

— Comment, monsieur, peut-on savoir si les poids dont se servent les marchands sont justes? demanda Fernand.

Pourquoi vos poids ne sont-ils pas marqués? dit-ll.

— D'abord, il ne leur est pas permis d'en posséder d'autres. Les marchands qui seraient trouvés munis de *faux poids* ou de *fausses mesures* dans leurs boutiques et magasins, aussi bien que dans les halles, foires, marchés, seraient, par ce seul fait, punis d'une amende de *seize à vingt-cinq francs* et d'un emprisonnement de *six à dix jours*. En outre, ces poids seraient confisqués.

— Pourtant, s'ils ne s'en étaient pas servis?

— N'importe; lorsqu'on a de faux poids, c'est pour en faire usage à l'occasion. Maintenant, quant aux poids et mesures dont les marchands doivent faire usage, leur exactitude est contrôlée par un fonctionnaire public, appelé *vérificateur des poids et mesures*. La loi le veut ainsi afin d'empêcher, autant que possible, que les marchands puissent frauder l'acheteur.

Il n'est pas permis non plus de se servir de mesures autres que celles qui sont reconnues par l'État comme mesures légales. Les mesures anciennes, telles que boisseau, aune, once, sont proscrites, etc. Il est même défendu de les nommer dans les affiches, les annonces, les registres de commerce, aussi bien que dans les actes, soit publics ou authentiques, soit sous seing privé, ou dans toute autre écriture produite en justice.

— Qu'appelez-vous donc, monsieur, acte public et acte sous seing privé? demanda Bernard.

— Un acte *public* ou *authentique* est un acte qui a été fait par un officier public, notaire, maire, greffier, huissier, etc., ayant le droit d'instrumenter, c'est-à-dire de dresser l'acte, dans le lieu où il a été rédigé, et avec les formes requises par la loi.

Les actes rédigés sans l'intervention d'un officier public portent le nom d'*actes sous seing privé*. Ils doivent être toujours signés par les parties, c'est à dire par les personnes qui s'engagent dans l'acte.

— Et si ces personnes ne savent pas signer? dit Bernard.

— Dans ce cas, il faut nécessairement recourir à un notaire et dresser un *acte public*.

— Et lequel des deux actes vaut le mieux?

— L'acte authentique; il est toujours réputé sincère, on ne peut l'attaquer que très difficilement, on ne peut l'égarer, il est mieux rédigé que l'acte sous seing privé et donne naissance à bien moins de procès; on peut demander son exécution sans avoir besoin d'un jugement. Si une partie refuse, au contraire, d'exécuter un acte sous seing privé, il faut s'adresser aux tribunaux et faire un procès.

Si donc un officier public, un notaire ou un avoué, par exemple, employait dans un acte authentique des noms de mesures autres que ceux des mesures légales, s'il énonçait, je suppose, la contenance d'une pièce de terre par arpents ou perches, il encourrait une amende de *vingt francs;* cette amende ne serait que de *dix francs* pour de simples particuliers ou autres contrevenants qui auraient fait usage des mêmes dénominations.

Mais d'abord, qui me dira quelles sont en France les mesures légales? Je suis sûr que Bernard les connaît sur le bout du doigt.

— Oh! oui, monsieur; il est toujours le premier en arithmétique, s'écria Fernand, qui était loin d'être si fort sur cette science, mais qui aimait à faire briller son ami.

— Eh bien! fais-nous part de ton savoir, dit M. Leduc, en s'adressant à l'aîné des deux jeunes garçons.

— Il y a d'abord, commença celui-ci en souriant, les mesures de longueur, qui sont :

Le mètre, avec ses multiples et ses sous-multiples, savoir :

Le décamètre, ou mesure de dix mètres.

L'hectomètre, ou mesure de cent mètres.

Le kilomètre, ou mesure de mille mètres.

Le myriamètre, ou mesure de dix mille mètres.

Les sous-multiples du mètre sont :

Le décimètre, ou dixième de mètre.

Le centimètre, ou centième de mètre.

Le millimètre, ou millième de mètre.

Les mesures de capacité pour les liquides et les matières sèches :

Le litre, dont les multiples sont:

Le décalitre, ou mesure de dix litres.

L'hectolitre, ou mesure de cent litres.

Le kilolitre. ou mesure de mille litres.

Les sous-multiples du litre sont :

Le décilitre ou dixième de litre.

Le centilitre ou centième de litre.

Les mesures de solidité sont :

Le stère, ou mètre cube, dont le multiple est :

Le décastère, ou dix stères.

Le sous-multiple du stère est :

Le décistère, ou dixième de stère.

Les mesures agraires, ou servant à mesurer la terre, sont :

L'are, ou cent mètres carrés (carré de dix mètres de côté), dont le multiple est : .

L'hectare, ou mesure de cent ares (carré de cent mètres de côté).

Le sous-multiple de l'are est :

Le centiare, ou centième de l'are (carré d'un mètre de côté ou mètre carré).

Les mesures de poids sont :

Le gramme, dont les multiples sont :

Le décagramme, ou dix grammes.

L'hectogramme, ou cent grammes.

Le kilogramme, ou mille grammes.

Le myriagramme au mille grammes.

Le quintal métrique, ou cent kilos.

Le tonneau de mer, ou mille kilos.

Les sous-multiples du gramme sont :

Le décigramme, ou dixième de gramme.

Le centigramme, ou centième de gramme.

Le milligramme ou millième de gramme.

— Bravo! bravo! fit M. Leduc lorsque Bernard eut terminé son énumération. Et maintenant revenons à notre affaire. Nous disions donc que les marchands ne peuvent se servir que de poids et de mesures légales, et que, de plus, l'exactitude de ces poids et mesures doit être contrôlée par le vérificateur des poids et mesures. A cet effet ils doivent porter leur désignation et de plus être *poinçonnés*.

Comme les jeunes garçons ne semblaient pas très bien comprendre ce que M. Leduc entendait par là :

— Un fabricant de poids et de mesures, reprit celui-ci, avant de livrer à un marchand quelconque les poids et les mesures qu'il a fabriqués, et qui doivent servir à ce marchand dans son commerce, est tenu d'inscrire sur chacun de ces objets le nom de la mesure de poids, de capacité ou de longueur que ces objets représentent, comme *mètre*, *kilogramme*, *décilitre*, *hectolitre*, etc. Cette inscription doit être faite en caractères très lisibles, de manière à ce que l'acheteur puisse s'assurer que ce que le marchand lui donne a bien le poids ou la mesure qu'il a demandés et qu'il paye. Le fabricant doit ensuite porter ces mesures au *vérificateur des poids et mesures*, qui s'assure qu'elles ont bien le poids, la longueur ou la contenance indiqués, puis quand il les a reconnues justes, il les *poinçonne*, c'est-à-dire qu'il leur imprime une marque spéciale, qui est comme le sceau de l'État. Le fabricant alors peut les vendre aux marchands et ceux-ci peuvent s'en servir pour leur commerce.

— Et si le marchand emploie des poids et mesures qui n'ont pas été poinçonnés ?

— Il est en contravention, de même que si ses poids ne sont pas marqués, et il peut être condamné à une amende de *un* à *cinq* francs.

— Pourtant si ses poids sont reconnus justes ?

— Même si ses poids sont reconnus justes; car si l'État protège l'acheteur contre ceux qui voudraient lui faire du tort, ce ne peut être qu'à condition qu'on se servira des mesures contrôlées et reconnues par lui.

— Mais, monsieur, dit à son tour Bernard, le marchand, après avoir soumis ses mesures à la vérification, ne pourrait-il pas les changer contre de fausses mesures?

— Pour éviter qu'il en soit ainsi la loi a voulu que les poids et mesures fussent l'objet d'une visite périodique. En conséquence elle a décidé que le *vérificateur* se rendrait *chaque année* dans toutes les communes pour procéder à cet examen.

— Est-ce que les marchands *ambulants* sont assujettis aux mêmes vérifications?

— Sans doute, car ils doivent offrir les mêmes garanties à l'acheteur. Chaque année il faut qu'ils se présentent à l'un des bureaux de vérification dans le ressort duquel ils exploitent leurs marchandises, afin de soumettre leurs poids et mesures à l'examen.

En plaçant ainsi les poids et mesures sous la surveillance de l'autorité, la loi met les transactions commerciales sous sa sauvegarde. Là encore elle se montre notre protectrice, et il n'y a que les gens malintentionnés qui puissent se soustraire à ses sages prescriptions.

RÉSUMÉ

DÉFAUT DE VÉRIFICATION DES POIDS ET MESURES.

Peine : Amende de un à cinq francs.
Circonstances atténuantes : Admises.
Récidive : Emprisonnement obligatoire de trois jours au plus.
Texte de la loi : Ordonnance des 17 avril et 1er mai 1839. — Loi du 27 mai 1851. — Décret du 26 février 1873. — Article 423 du Code pénal.

DÉTENTION DE POIDS ET MESURES NON RÉGULIERS.

Peine : Amende de onze à quinze francs et emprisonnement facultatif de un à cinq jours. Confiscation des poids et mesures non réguliers.

Circonstances atténuantes : Admises.

Récidive : Emprisonnement obligatoire pendant cinq jours.

Texte de la loi : Article 479, nos 5 et 6 du Code pénal.

XXXVIIIe CAUSERIE

Le nid de pinsons.

M. Leduc ayant un jour accepté une invitation à déjeuner de la part de Grimaud, Mme Grimaud, qui avait entendu dire que les fraises sont un préservatif contre la goutte, envoya Bernard en cueillir un panier dans le bois.

Celui-ci se livrait à ce travail, en compagnie de son ami Fernand, qui ainsi que son père était aussi du déjeuner, lorsque le petit François, le fils du bourrelier, un enfant de huit ou neuf ans, vint à passer en sifflant, ce qui fit lever les yeux aux deux jeunes garçons. Ils s'aperçurent alors que le méchant gamin était occupé à plumer un malheureux oisillon encore vivant, et qu'il portait dans sa casquette, pressée sous son bras gauche, les cinq ou six petits frères du premier, tirés en même temps du nid.

— A cette vue Fernand bondit sur ses pieds et les regards enflammés de colère et d'indignation :

— Qu'est-ce tu fais-là? s'écria-t-il. Puis, sans attendre la réponse, il arracha des mains de l'enfant la bestiole plus d'à moitié morte.

François, furieux, se jeta à son tour sur Fernand, essayant de lui reprendre l'oiseau. Dans ce mouvement la casquette lui échappa.

Bernard la ramassa.

— Fernand a bien fait, dit-il, de te retirer cet oiseau. C'était déjà très mal d'avoir enlevé ces petits de leur mère, qui les cherche et est bien en peine de savoir ce qu'ils sont devenus; mais les plumer vivants!... N'as-tu pas de honte de martyriser ainsi de pauvres bêtes qui ne t'ont rien fait! Et des pinsons encore! Il faut que tu aies un bien mauvais cœur!

— Avec ça que ça sert à grand'chose, ces oiseaux-là!

Qu'est-ce que tu fais là? s'ecria-t-il.

dit François en ricanant pour cacher son dépit.

— D'abord, quand ils seraient nuisibles, ce ne serait pas une raison pour t'amuser à les faire souffrir. Ensuite les pinsons ne sont pas nuisibles, au contraire.

— Par exemple! Ils mangent le grain.

— Pas du tout, ils ne mangent pas le grain; ils mangent au contraire les chenilles, les vers et autres insectes qui dévorent les moissons, et ils leur font une guerre acharnée.

— Et puis, dit à son tour Fernand, ils ont une si gentille chanson. Grand'mère dit toujours que, rien que de l'entendre, cela l égaye et la rajeunit.

— Eh bien, je ne les plumerai pas, dit François d'un ton un peu moins bourru; mais rendez-moi mes oiseaux.

— Qu'en feras-tu?

— Je les mettrai dans une cage.

— Ils seront bien heureux dans ta cage! Autant que tu le serais toi-même si on te mettait en prison. Non; tu ne les auras pas.

— Vous n'avez pas le droit de garder mes oiseaux, cria François; c'est moi qui les ai dénichés.

— Et toi, tu n'avais pas le droit de les dénicher; c'est défendu. Nous allons le porter à maman ou à la mère de Fernand, qui en prendra soin; et quand ils seront en âge de chercher eux-mêmes leur nourriture, on les lâchera. Alors ils feront ce qu'ils voudront; ils retourneront dans le bois ou bien ils resteront dans le jardin, à leur choix.

— Et chaque fois que j'entendrai chanter un pinson, dit Fernand, je croirai que c'est un de ces petits-là et cela me fera plaisir.

En parlant ainsi, il retirait avec précaution de la casquette de François les cinq pinsonneaux et les arrangeait de son mieux dans la sienne, garnie préalablement de mousse sèche. Quant à celui qui avait été plumé, il n'avait pas tardé à rendre le dernier soupir. François, on peut le croire, n'était pas trop satisfait de cet arrangement, mais il ne pouvait essayer de lutter contre deux grands garçons comme Bernard et Fernand. Il prit donc le parti de se soumettre, ce qui était le plus sage, et se consola en se mettant à manger des fraises, fort abondantes en cet endroit, pendant que les deux amis reprenaient le chemin du village, l'un portant les petits pinsons, l'autre la récolte appétissante et parfumée qu'ils venaient de faire.

XXXIXᵉ CAUSERIE

La charrette de moellons.

Comme ils passaient devant la maison de M. Leduc, celui-ci en sortait pour se rendre chez Grimaud. Il invita les deux jeunes garçons à l'accompagner.

Chemin faisant, ceux-ci lui racontèrent l'aventure du nid et du pinson plumé vivant.

— François mériterait une bonne correction, dit l'ancien juge de paix, et si j'avais été là, je n'aurais pas manqué de lui arracher quelques cheveux pour lui faire sentir la cruauté du traitement qu'il a infligé à cette pauvre bête. Les enfants qu'on laisse se livrer à ces amusements féroces deviennent par la suite des hommes durs et méchants. Tenez, je suis sûr que celui-ci a dû, étant petit, se plaire à tourmenter les animaux et à les faire souffrir.

En parlant ainsi, M. Leduc désignait un charretier qui marchait devant eux, conduisant un tombereau de moellons. La charge était beaucoup trop lourde pour la pauvre bête qui y était attelée, et elle avait grand'peine à le tirer.

Elle s'était arrêtée à plusieurs reprises, comme exténuée de fatigue, et chaque fois son conducteur, la frappant à coups redoublés du manche de son fouet, l'avait forcée de repartir immédiatement.

— Votre cheval est trop chargé, dit l'ancien magistrat au charretier lorsqu'il eut rejoint la voiture; permettez-lui au moins de se reposer de temps en temps.

— Mêlez-vous de ce qui vous regarde, répliqua grossièrement celui-ci.

— Cela me regarde, répliqua M. Leduc en tirant de sa poche une carte imprimée. Je suis membre de la *Société protectrice des animaux*.

— Je me moque pas mal de votre morceau de carton, fit l'homme avec la même brutalité. Je n'ai pas d'ordre à recevoir de vous.

— Ce n'est pas un ordre que je vous donne, c'est un conseil. Si vous ne le suivez pas, votre cheval va tomber et il n'est pas sûr qu'il puisse se relever.

Juste au même moment, et comme pour donner raison aux prévisions de M. Leduc, la malheureuse bête, à bout de forces, s'abattait au milieu de la rue.

Son conducteur fit entendre des jurons de colère; mais au lieu de s'empresser de dételer son cheval, afin qu'il pût se relever, il continua à le frapper avec un redouble-ment de violence, en lui envoyant dans le ventre de grands coups de son soulier ferré.

— Je saurai bien te forcer à te relever! vociférait-il avec fureur.

Monsieur Leduc avait dit quelques mots à Fernand, qui était parti à toutes jambes, pendant que plusieurs habi-tants de Lergy, attirés par ce qui venait de se passer, s'étaient groupés autour de la charrette, prêts à venir en aide au conducteur.

Le malheureux cheval faisait tout ce qu'il pouvait pour se remettre sur pied; mais, pris par les liens qui l'atta-chaient aux brancards et qui faisaient peser sur lui toute la charge de la voiture, cela lui était impossible.

— Il faut commencer par le dételer, dit un des surve-nants.

— Je défends que personne touche à mon cheval, s'écria le charretier le fouet levé, et comme prêt à frapper celui qui ferait mine de s'approcher.

— Quel enragé! dit un autre. Sa bête a pour sûr plus de bon sens que lui.

— C'est ma foi bien vrai! firent tous les assistants, qui s'étaient reculés d'abord sous la menace du voiturier, mais qui, pris de pitié pour le pauvre cheval, s'étaient rapprochés des brancards pour le dételer.

Le charretier levait de nouveau son fouet pour s'y oppo-

Le charretier levait de nouveau son fouet.

ser, lorsqu'il fut saisi en arrière par deux mains vigoureuses qui paralysèrent ses mouvements.

Ces deux mains étaient celles d'un gendarme que Fernand, d'après l'ordre que M. Leduc lui avait donné tout bas, était allé chercher. Pendant qu'on dételait le cheval, l'agent de l'autorité dressait procès-verbal contre le charretier pour *mauvais traitements envers les animaux.*

Lorsque le cheval, débarrassé de ses courroies, se fut enfin relevé, et qu'on eut constaté qu'il n'était pas blessé, mais qu'il avait succombé sous les fatigues excessives d'un travail au dessus de ses moyens :

— Ce que vous avez de mieux à faire, dit M. Leduc au conducteur, c'est de faire prendre à votre bête un repos de quelques heures, afin de lui permettre de recouvrer un peu de forces, autrement vous vous exposeriez à vous faire dresser un second procès-verbal par les gendarmes que vous rencontreriez, et même à voir votre cheval tomber de nouveau en route, cette fois pour ne plus se relever.

Le charretier, tout brutal et tout obstiné qu'il était, finit par comprendre qu'en effet le parti le plus prudent était d'agir ainsi, s'il ne voulait pas s'attirer de nouveaux désagréments et les reproches de son patron. Il prit donc avec son cheval le chemin de l'auberge, pendant que M. Leduc, en compagnie de Fernand et de Bernard, reprenait celui de la maison de Grimaud.

XLe CAUSERIE

La Société protectrice des animaux.

— Est-ce que ce méchant charretier va être condamné à quelque chose, que le gendarme lui a dressé procès-verbal? demanda Fernand.

— Oui, mon ami; il aura sans doute à payer une amende de *cinq à quinze francs* pour avoir exercé de *mauvais traitements* sur son cheval.

— La loi le défend donc?

— Certainement la loi défend de maltraiter *abusivement*, c'est-à-dire au-delà de ce qui est nécessaire pour s'en faire servir ou obéir, les *animaux domestiques*, autrement dit les animaux qui vivent sous la protection et dans la dépendance de l'homme, depuis le bœuf et le cheval, jusqu'aux lapins, aux oiseaux, et même aux animaux sauvages apprivoisés. Trouves-tu à redire à cela?

— Oh! non, monsieur; au contraire. J'aime les animaux, et cela me fait toujours de la peine de les voir brutaliser.

— Tu as raison, mon ami, et c'est le signe d'un bon cœur. Du reste, les animaux travaillent pour nous, nous fournissent la plus grande partie de nos aliments et de nos vêtements; ils nous rendent toute espèce de services; c'est donc bien le moins, puisque nous les privons de la liberté et que nous les employons à nos besoins, que nous les traitions le mieux possible. Ce sont comme nous des créatures de Dieu, qui ont reçu comme nous le don précieux de la vie, et c'est justement qu'on les a appelés nos *frères inférieurs*.

— Pourtant, monsieur, puisque les bêtes servent à notre nourriture, nous ne pouvons faire autrement que de les tuer.

— C'est vrai, mais il ne faut pas pour cela les faire souffrir *sans nécessité*. Les frapper trop rudement, les blesser, sont des actes que le code aussi bien que l'humanité réprouvent, et que la loi punit. Celui qui le premier s'est fait le protecteur des animaux, en réclamant une ordonnance qui les protégeât, est un Français, le général Grammont, d'où le nom de *loi Grammont* donné à cette prescription du code, et j'ose dire qu'il n'y a que ceux qui manquent de cœur qui puissent y contrevenir.

— Qu'est-ce donc, monsieur, demanda Bernard, que cette carte que vous avez montrée au voiturier?

— C'est une carte de la *Société protectrice des animaux* dont je suis membre. Cette société est une réunion de personnes qui a pour objet, ainsi que son nom l'indique, de protéger les animaux contre les cruautés ou les brutalités dont ils peuvent être l'objet. Tous les ans, en séance publique et solennelle, elle distribue des prix en argent aux charretiers, valets ou filles de ferme qui traitent bien les animaux qui leur sont confiés. Elle récompense en outre, par des médailles d'or, d'argent ou de bronze, les auteurs qui écrivent des livres tendant à répandre les principes d'humanité qu'elle professe, et aussi les fabricants qui inventent des instruments ayant pour objet

Distribution des prix de la Société protectrice des animaux.

d'alléger le travail des animaux ou même de leur donner la mort sans les faire souffrir.

Les membres de cette société sont dispersés par toute la France, et ils s'engagent à faire respecter la *loi Grammont*. C'est pourquoi, lorsque j'ai vu le charretier maltraiter son cheval, je lui ai montré ma carte. Cette exhibition n'ayant pas produit d'effet, j'ai envoyé Fernand chercher le gendarme pour qu'il fît cesser cet état de choses et qu'il constatât la contravention.

— L'autre jour, dit Fernand, j'ai vu de pauvres veaux

entassés sur une charrette, avec la tête pendante au dehors. Ils avaient l'air de bien souffrir. Ce devrait être défendu aussi de les mener au marché de cette manière.

— Et c'est défendu, mon ami. Si on les avait vus, on aurait dressé procès-verbal contre leur conducteur, car il était en contravention pour avoir occasionné, pendant le parcours, et *sans nécessité,* des souffrances aux bêtes qu'il transportait.

On est encore en contravention lorsqu'on prive les animaux de nourriture; qu'on exige d'eux des courses excessives; qu'on les soumet à un travail qui amène la réouverture d'anciennes blessures ; qu'on les prive d'air, de lumière ou même du secours du médecin vétérinaire, en cas de maladie ou d'accident. Il est défendu encore de faire battre les chiens, d'aveugler certains oiseaux, enfin d'user de cruauté envers les bêtes, quelles qu'elles soient.

— Ceux qui plument les pinsons vivants doivent rentrer dans cette catégorie, dit Fernand, qui continuait à porter dans sa casquette les oisillons arrachés à la cruelle destinée que leur préparait François.

En ce moment on atteignait la maison de Grimaud. Bernard remit à sa mère la corbeille de fraises, et comme elle consentit à se charger de la famille pinsonne, Fernand déposa aussi le nid entre ses mains, en recommandant les orphelins à toute la sollicitude de la bonne fermière.

RÉSUMÉ

MAUVAIS TRAITEMENTS ENVERS LES ANIMAUX DOMESTIQUES.

Peine : Amende de cinq à quinze francs et emprisonnement facultatif de un à cinq jours.
Circonstances atténuantes : Admises.
Récidive : Emprisonnement obligatoire de un à cinq jours.
Texte de la loi : Loi du 2 juillet 1850.

XLI° CAUSERIE

Un sentier séduisant.

M. Leduc, qui s'était donné pour mission de faire connaître à ses voisins les ordonnances de police, afin de les mettre en garde contre les infractions qu'ils pourraient commettre par ignorance, devait éprouver sur ce même sujet, sinon par sa faute, du moins par celle de personnes qui le touchaient de près, une petite mortification.

L'ancien juge de paix avait une sœur qui habitait une ville assez éloignée, et qui était mère de deux enfants, un garçon de seize à dix-huit ans et une fille un peu plus jeune. M. Leduc, qui n'avait pas vu son neveu et sa nièce depuis plusieurs années, accueillit avec un grand plaisir l'offre que lui fit sa sœur de les envoyer passer un mois chez lui. Ils arrivèrent au commencement de juin et furent reçus de la manière la plus affectueuse par leur oncle.

Les deux jeunes gens, qui n'avaient pour ainsi dire jamais vu la campagne, n'eurent rien de plus pressé, le lendemain matin, pendant que M. Leduc, dont la santé demandait des ménagements, reposait encore, que d'aller courir les champs. Les sentiers tapissés de gazons et bordés de haies verdoyantes leur semblaient charmants. Ils respiraient avec délice l'air embaumé que leur envoyaient les prairies en fleur, et faisaient une ample récolte des bleuets et des coquelicots qui émaillaient les seigles. Ils avaient enfilé un chemin de traverse, lorsque tout à coup Élodie, poussant un cri de plaisir, s'enfonça dans un étroit sentier qui traversait un champ de blé. Les épis déjà grands arrivaient presque à l'épaule de son frère, et

quant à elle, elle y disparaissait complètement. Sa joie
était si grande de se sentir ainsi enveloppée, que tout en
continuant sa cueillette de fleurs elle avait entonné une
chanson. Soudain le gai refrain s'arrêta sur ses lèvres,
interrompu par la grosse voix d'un personnage, coiffé
d'une casquette galonnée et armé d'un sabre soutenu par

Qu'est-ce que vous faites là ?

un baudrier lui traversant la poitrine, qui lui demanda
rudement :

— Qu'est-ce que vous faites là?

Élodie demeura tout interdite. Jean ne se sentait pas
beaucoup plus brave, cependant il reprit un peu de sang-
froid pour répondre :

— Nous nous promenons.

— Vous vous promenez! Un bel endroit pour se prome-
ner, vraiment! Est-ce qu'il n'y a pas la grand'route!

Pour le père Mollard, car c'était lui-même qui était
venu si mal à propos suspendre la chanson d'Élodie, il n'y
avait rien de plus beau que la grand'route.

— Nous ne croyions pas mal faire en prenant ce sentier, dit Jean.

— Pas mal faire ! Je ne sais pas si c'est bien ou si c'est mal, je sais que c'est défendu.

— Nous l'ignorions.

— Tant pis pour vous. Nous verrons ce que M. le maire en dira.

— M. le maire !

— Oui ; car vous allez me suivre chez lui, c'est là que je mène les vagabonds !

— Nous, des vagabonds !

— Oui, des vagabonds ; car vous n'êtes pas de Lergy ; je ne vous ai jamais vus.

— Nous n'y sommes arrivés que d'hier.

— Bah ! Qui donc êtes-vous ?

— Nous sommes le neveu et la nièce de M. Leduc.

Le père Mollard allait dire :

— Ah ! si vous êtes le neveu et la nièce de M. Leduc, c'est différent, et vous ne pouvez être que des jeunes gens braves et honnêtes ; mais il se ravisa. Il aimait à rire, le père Mollard, et l'idée de faire une malice à l'ancien juge de paix lui traversant l'esprit, il répondit de la grosse voix qu'il prenait avec les contrevenants :

— M. Leduc ! c'est un digne monsieur, sur lequel il n'y a rien à dire. Ce n'est pas lui qu'on surprendrait jamais sur un terrain *chargé de grains en tuyaux ;* il sait bien que cela n'est pas permis. Mais qui me dit que vous êtes bien ses neveux ?

— Je vous l'assure, protesta Élodie.

— Bon ! bon ! nous verrons bien.

— Où nous conduisez-vous ? demanda la jeune fille.

— Chez M. Leduc, donc, pour savoir si vous avez dit la vérité.

— Mais nous ne pouvons rentrer ainsi en votre compagnie ; nous aurions l'air de malfaiteurs.

— Voilà ce que c'est que de se mettre en contravention.

— Laissez-nous au moins aller seuls, dit Élodie en
suppliant ; nous vous promettons de ne pas chercher à
nous échapper.

Le père Mollard fit d'abord des difficultés, puis il eût
l'air de se rendre aux prières de la jeune fille.

— Eh bien, marchez devant, dit-il ; mais je vous pré-
viens que j'ai l'œil sur vous.

Élodie et Jean reprirent le chemin qu'ils venaient de
parcourir, dans des sentiments bien différents de ceux qui
les animaient un quart d'heure auparavant, et ils atteignirent très penauds la maison de leur oncle.

M. Leduc était levé et occupait sa place habituelle.

— Eh bien, j'espère que vous êtes contents de votre
promenade ? demanda-t-il aux deux jeunes gens.

Ceux-ci baissèrent les yeux avec embarras.

— Oui ; ils se conduisent joliment, vos neveux,
M. Leduc, dit le garde champêtre, qui arrivait derrière eux.
Je les ai pris en contravention et je vais être forcé de
dresser procès-verbal contre eux. Ils étaient au beau
milieu d'un champ en épis.

— Comment ? Qu'est-ce que cela signifie ? demande l'ex-
juge de paix avec inquiétude.

— Oh ! mon oncle !... fit Elodie tout en larmes.

— Allons allons ! ne vous désolez pas comme cela, ma
gentille demoiselle, fit le père Mollard avec un grand
éclat de rire. Vous ne voyez donc pas que j'ai voulu
plaisanter ? Je ne savais pas que les jeunes filles de la
ville avaient les larmes si faciles, sans cela je ne me serais
pas permis...

C'est pourtant vrai, monsieur Leduc, reprit-il, que ces
deux jeunes gens étaient en contravention, car ils sui-

vaient un sentier traversant un terrain couvert d'épis en tuyaux ; mais par bonheur — et ici le garde champêtre poussa un nouvel éclat de rire — par bonheur, c'était justement un terrain à moi. Comme je serais bien fâché de leur faire de la peine, et à vous aussi, monsieur Leduc, et que d'ailleurs je sais bien qu'ils n'ont pas fait de mal, que j'ai même remarqué que votre nièce se faisait toute mince, de peur de frôler les épis, il n'y a pas de danger que je les tourmente. Donc, ma belle demoiselle, rassurez-vous ; mais sachez qu'une autre fois il ne faut pas passer sur le terrain d'autrui chargé de récolte, *même en suivant un sentier*, et pardonnez au père Mollard la petite leçon qu'il vous a donnée.

Sur ces paroles, il se retira.

M. Leduc n'avait goûté que médiocrement la plaisanterie, et quoique cet incident se fût terminé à l'amiable, il s'empressa de donner au frère et à la sœur quelques instructions, afin que rien de semblable ne se reproduisît à l'avenir.

Il leur répéta alors à peu près ce que quelque temps auparavant il avait dit à Fernand, à Bernard et à Léon au sujet des champs ensemencés ; comment il n'était jamais permis de les traverser tant qu'ils étaient chargés de leur récolte, même quand ils étaient coupés par un sentier ; que le propriétaire du champ et celui d'un terrain enclavé avaient seuls droit de faire usage de ce sentier, sauf pour ce dernier à payer à qui de droit des dommages et intérêts, s'il y avait lieu. Qu'encore, bien moins était-il permis d'y faire passer des bestiaux, et que, ne commît-on aucun dégât, la contravention n'en existait pas moins.

Respectez les récoltes, mes enfants, leur dit-il en terminant. Pour peu que vous restiez quelques jours avec moi, vous verrez combien elles coûtent de sueurs, de peines, de soucis. Songez que ce blé si péniblement acquis est la richesse du paysan: qu'il représente pour lui et pour sa famille le pain de chaque jour, et ne vous avisez plus de céder à la tentation de suivre un sentier agréable, non seulement sans savoir si vous avez le droit de le faire, mais aussi sans vous être assurés que cette fantaisie ne peut pas porter le moindre dommage à la propriété que vous traversez.

RÉSUMÉ

PASSAGE A PIED SUR LE TERRAIN D'AUTRUI CHARGÉ DE GRAINS EN TUYAUX. — PASSAGE DES BESTIAUX OU BÊTES DE TRAIT SUR LE TERRAIN D'AUTRUI ENSEMENCÉ OU CHARGÉ D'UNE RÉCOLTE.

Peine : Amende de six à dix francs.
Circonstances atténuantes : Admises.
Récidive : Emprisonnement obligatoire de cinq jours au plus.
Texte de la loi : Article 475, nᵒˢ 9 et 10 du Code pénal.

XLIIᵉ CAUSERIE

Les maraudeurs.

Un dimanche matin, Bernard et Fernand, dont les pères avaient eu affaire à la ville, se trouvèrent les premiers à la réunion.

— Eh bien ! quelles nouvelles ? leur demanda l'ancien juge de paix.

— Nous venons de rencontrer le garde champêtre qui menait à la mairie les deux frères Grégoire, avec Mathurin, Thiébault et Eustache.

— Toujours Eustache ! Qu'avaient-ils donc fait?

— Il paraît qu'il les avait surpris, grimpés sur un cerisier appartenant à la mère Planchet et se régalant à qui mieux mieux.

11.

— Ah! ah! Ils maraudaient.

— Oui, monsieur.

— Qu'est-ce que tu penses du maraudage ?

— Je pense que c'est un vol.

— Oh ! un vol? fit Fernand.

— Dame ! répliqua Bernard, les cerises n'appartenaient pas aux garçons qui les mangeaient, c'est sûr.

— Je ne dis pas ; mais chiper quelques fruits, ce n'est pas voler.

— Je voudrais bien savoir, demanda M. Leduc en s'adressant à Fernand, quelle différence tu fais entre *chiper*, comme tu dis, et *voler*.

— Chiper, répliqua le jeune homme avec embarras, c'est prendre de petites choses sans valeur, au lieu que voler...

— Ce n'est pas la valeur de ce qu'on prend qui constitue le vol, c'est l'action de s'approprier ce qui ne nous appartient pas. De si peu d'importance que vous semble un objet, vous n'avez pas le droit de le voler. — Et pour en revenir au maraudage.... Est ce que tu marauderais, toi?

— Non, balbutia Fernand ; pas maintenant bien sûr, mais quand j'étais tout petit....

— Quand tu étais tout petit, tu n'avais pas de raison; tu ne savais pas faire la différence entre le tien et le mien, et, comme la plupart des enfants, tu cédais à la gourmandise. A présent que tu as compris, sans qu'on ait eu besoin de te le dire, que tu faisais mal en la satisfaisant aux dépens d'autrui, tu ne t'y laisses plus aller.

— Un de mes camarades l'autre jour à l'école, dit Bernard, prétendait qu'on avait le droit de manger les fruits tombés naturellement à terre. Je lui ai soutenu que non.

— Et tu as eu raison. Parce que les fruits sont tombés,

cela les fait-il changer de propriétaire, et cela permet-il
qu'on puisse faire du tort à celui auquel ils appartiennent. *Que les fruits soient sur l'arbre ou dessous,* celui
qui les cueille est toujours considéré comme coupable, et
condamné à une amende de un à cinq francs.

— Et si c'est un enfant qui a maraudé ? dit Fernand.

— Ce sont les parents qui payent l'amende. Les parents,
ainsi que je l'ai déjà dit à plusieurs reprises, sont responsables des actes de leurs enfants.

— Et si au lieu de manger les fruits sur l'arbre on les
emporte?

— C'est plus grave alors, et l'amende est beaucoup plus
forte. Cela se conçoit; on ne cède pas alors seulement à
la tentation du moment, on a tout le temps de la réflexion,
on agit de propos délibéré et avec une sorte de prémédi-
tation. En outre, on cause ainsi un plus grand préjudice
au propriétaire, car généralement on ne songe à emporter des fruits que quand on s'est bien régalé déjà. Oui, je
le sais, continua M. Leduc, le maraudage est le péché mi-
gnon des enfants. En se promenant le long des sentiers
ombragés, vous êtes tout à coup ravi à l'aspect d'un beau
pommier, couvert de fruits vermeils, et dont les branches
s'étendent par-dessus la haie, ou bien d'un magnifique
poirier, qui a autant de poires que de feuilles. Ce jour-là
vous vous contentez d'admirer ces fruits séduisants,
d'ailleurs vous êtes trop petit pour les atteindre. Mais le
lendemain vous racontez à Pierre et à Simon, vos amis in-
times de l'école, que le pommier et le poirier de monsieur un tel sont littéralement couverts de fruits; que les
branches des arbres ne peuvent les soutenir et touchent le
sol. Vous ajoutez que ces poires et ces pommes sont mûres
à point et tout à fait appétissantes; que même, en regardant au travers de la haie, vous en avez aperçu à terre.
Vos bons amis Pierre et Simon veulent voir de leurs yeux

cette merveille. Un beau matin, tous trois de compagnie, vous vous rendez près du délicieux jardin, et vous voilà, tous trois aussi, pris d'un violent désir de goûter à ces fruits. Alors vous faisant aussi petits que possible, comme si vous étiez déjà honteux de la vilaine action que vous allez commettre, vous vous glissez dans le jardin. D'abord vous ramassez les fruits tombés, vous y portez la dent.

Vous en cueillez un, puis deux, puis trois...

Ils ne sont pas mauvais ; mais ceux qui sont restés attachés à l'arbre doivent être meilleurs encore. Vous en cueillez un, puis deux, puis trois, puis tant que vous en pouvez manger, et même quelquefois vous en emplissez vos poches.

— C'est qu'aussi ces fruits qui ont si bonne mine, dit Fernand, riant du ton dont M. Leduc avait tracé ce petit ableau, c'est bien tentant! et je comprends qu'on ne puisse pas s'empêcher d'y mordre.

— Alors tu dois trouver tout naturel qu'un garçon qui aperçoit un gâteau appétissant chez un pâtissier se l'approprie ; qu'une fillette qui a envie d'un ruban neuf, le dérobe ; qu'un cultivateur qui aperçoit une belle vache dans un pré...

— Oh! monsieur Leduc! s'écria le jeune garçon, je ne veux rien dire de pareil !

— C'est pourtant la même chose ou peu s'en faut. Qu'on cède à la tentation de voler des fruits sur un arbre ou bien à celle de voler un gâteau, un ruban dans une boutique, je n'y vois pas grande différence. C'est par là du reste que débutent les malfaiteurs. Avant de voler de l'argent et des objets d'importance, ils ont d'abord dérobé des fruits, des œufs, ce qu'ils pouvaient atteindre facilement.

Et tiens, l'un de ces mauvais sujets, qui, il y a quelques mois ont tenté de voler M. Larcher, a commencé ainsi. Ses parents l'élevaient mal, ils ne le surveillaient pas et le laissaient vagabonder tout le jour et même la nuit. Le méchant garnement en profitait pour s'introduire dans les jardins et les vergers du pays, grimpant sur les arbres et mangeant des fruits à satiété. On l'appelait partout « le petit maraudeur ». En classe, quand il y allait, ce qui ne lui arrivait pas souvent, par parenthèse, car il préférait faire l'école buissonnière, en classe, il *chipait*, comme dit Fernand, les plumes, le papier, les crayons de ses camarades, tous les objets dont ils se servaient pour travailler, ou bien encore les friandises que leur mère leur donnait pour leur goûter. A quinze et à dix-huit ans, il ne se contentait plus de voler des fruits, il prenait des volailles, des lapins, qu'il allait vendre à la ville. Il fut surpris une nuit dans un poulailler par le propriétaire, qui, après l'y avoir enfermé, courut avertir la police. Il fut arrêté et condamné à trois mois de prison.

De retour à Lergy, au lieu de se conduire de manière à faire oublier ses premier méfaits, il continua à mener une vie de désordres, passant tout son temps au cabaret, à jouer au billard, aux cartes ou à d'autres jeux de hasard. Comme pour vivre il faut de l'argent, et qu'il ne savait pas s'en procurer à l'aide d'un travail honnête, il trichait ceux qui étaient assez imprudents pour engager une partie avec lui. Puis il s'affilia à une bande de malfaiteurs qui pénétraient dans les habitations par escalade ou à l'aide de fausses clefs. A vingt-trois ans il fut condamné à deux ans de prison, pour vol dans une maison habitée. Il revint ici, pire encore qu'il n'en était parti, et s'est remis de nouveau à voler. Cette fois, comme récidiviste, il sera condamné à une peine plus sévère que la première fois. Le voilà maintenant sur la grande route du crime et il y marchera à pas de géant. Une fois que le premier pas est fait, on ne peut plus s'arrêter, car peu d'hommes, parmi ceux qui s'y sont engagés, ont l'énergie, le courage, et la persévérance nécessaires pour en prendre une autre. Quand Jacques aura subi sa peine il demandera de nouveau au vol ses moyens d'existence, et, de crime en crime, il peut aller ainsi jusqu'à l'assassinat. Je crains bien qu'un jour nous ne le voyons condamné aux travaux forcés à perpétuité, et qui sait? à monter sur l'échafaud peut-être.

Quant à Eustache, il est, lui aussi, sur une bien mauvaise pente. Sa pauvre mère l'aime, mais jusqu'ici elle ne lui a témoigné sa tendresse qu'en le gâtant outre mesure, en le laissant agir à sa guise et se livrer à toutes ses fantaisies. Dieu veuille que la dernière escapade qu'il vient de commettre l'éclaire sur ses fâcheux instincts et la décide à employer des moyens énergiques pour les réprimer s'il en est temps encore.

RÉSUMÉ

MARAUDAGE DE FRUITS CUEILLIS ET MANGÉS SUR PLACE.

Peine : Amende de un à cinq francs.
Circonstances atténuantes : Admises.
Récidive : Emprisonnement obligatoire de trois jours au plus.
Texte de la loi : Article 471, n° 9, du Code pénal.

XLIIIᵉ CAUSERIE

La diligence de Sᵗ-Julia.

— Allons, messieurs et mesdames, disait d'une voix insinuante le conducteur de la diligence de Sᵗ-Julia, aux voyageurs qui remplissaient l'intérieur, une petite place, une toute petite place !

— Impossible, Piaulou, impossible ; nous sommes au complet, dit une voix.

— En vous serrant un peu, reprit le conducteur en redoublant d'amabilité.

— Oui, en nous serrant un peu, fit une autre voix, du même ton.

— Je m'y oppose, dit vivement celui qui avait répondu le premier. Cette guimbarde n'est déjà pas si solide ; je n'ai pas envie qu'elle défonce en route ! L'intérieur de la voiture est pour huit personnes ; nous n'en admettrons pas davantage.

Celui qui s'exprimait ainsi était notre ami Larcher. Il revenait de la foire de Magrins dans une sorte de coucou qui faisait le service entre cette petite ville et Sᵗ-Julia, en passant par Lergy. Celui que le conducteur essayait d'y faire admettre était un grand garçon d'une vingtaine d'années, dont les longues jambes et le teint fleuri n'étaient pas de nature à apitoyer beaucoup les occupants de la voiture sur son sort, et à les disposer à se gêner pour lui. Cependant la voix compatissante qui avait déjà parlé en sa faveur fit encore une tentative. Cette voix était celle d'une dame, à la taille fort exiguë, qui, ne tenant guère qu'une demi-place, devait trouver moins de

Allons, messieurs et mesdames...

difficulté qu'une autre à mettre à exécution ses intentions charitables ; mais Larcher n'avait pas les mêmes raisons pour se montrer si complaisant. Sa vaste corpulence ne le disposait pas à la générosité dans cette occasion ; il refusa donc de se prêter au bon vouloir de la dame. Celle-ci, piquée, finit par s'écrier :

— Si j'étais à la place de Piaulou, je saurais bien vous forcer à admettre cet homme dans la voiture ! Elle est à lui, après tout, et il est bien libre d'y faire entrer qui il veut.

— Ah! vous croyez cela, madame! répliqua Larcher. Eh bien, demandez à monsieur, et le fermier désigna un voyageur qui n'avait encore rien dit. Il vous apprendra si Piaulou a le droit d'en user comme il lui plaît.

Le personnage désigné n'était autre que M. Leduc, qui revenait, lui aussi, de Magrins, où il était allé visiter une parente, sa goutte lui laissant un peu de répit depuis quelque temps.

— M. Larcher a raison, madame, dit-il ainsi interpellé, pendant que la voiture, sortant de l'hôtel, s'engageait dans la grande rue de Magrins, accompagnée des claquements de fouet du postillon, annonçant ainsi son passage. Le conducteur d'une voiture publique n'est pas toujours libre d'agir à sa guise, et il lui est défendu d'admettre dans sa voiture plus de personnes qu'elle ne peut en contenir.

La dame s'était radoucie, gagnée par le ton poli de M. Leduc, ce qui ne l'empêcha pas de répéter :

— Pourtant la diligence est à Piaulou.

— C'est vrai, madame, mais cette diligence, je vous le répète, est *une voiture publique*, c'est-à-dire servant moyennant salaire au transport des voyageurs ; et elle est, comme toutes les voitures faisant un service de ce genre, soumise d'après la loi à certains règlements de police.

— Que vient faire ici la loi?

— La loi, ayant pour mission de servir l'intérêt général, a dû se préoccuper des moyens de transport et les confier à la surveillance de la police, afin que tous les voyageurs y trouvent commodité et surtout sécurité.

— En quoi un voyageur de plus ou de moins compromettrait-il cette sécurité?

— Si on laissait aux conducteurs la moindre tolérance à ce sujet, ils en abuseraient bientôt, et, au besoin, introduiraient dans leurs voitures le double de personnes de ce qu'elles doivent contenir, au risque de ce qui pourrait en arriver. C'est ce que la loi ne veut pas permettre.

— Je ne dis pas qu'elle n'ait pas raison, mais comment peut-elle se rendre compte de ce qui se passe à ce sujet?

— D'abord les entrepreneurs de voitures publiques, allant à destination fixe, comme les diligences, voitures de correspondance des chemins de fer, etc., sont tenus de déclarer au préfet ou au sous-préfet le siège principal de leur établissement, le nombre de leurs voitures, le lieu de destination, les jours et heures de départ et d'arrivée.

Avant de mettre une voiture en circulation, le propriétaire doit la soumettre à l'examen de l'autorité compétente, qui la fait visiter par un expert, lequel s'assure que les essieux sont en fer forgé de bonne qualité, et qu'elle est établie assez solidement pour porter un nombre de voyageurs proportionné à la grandeur de la voiture. Ce nombre, qu'il est tenu aussi de déclarer, ne peut jamais être dépassé, et doit être inscrit à l'intérieur de la diligence, sur un tableau qui porte, outre le nom et la demeure du propriétaire du véhicule, le numéro, ainsi que le prix de chaque place. De cette manière le conducteur ne peut jamais, arbitrairement, introduire une personne de surcroît dans la voiture, au risque de gêner les autres, comme voulait le faire Piaulou tout à l'heure, ou demander aux voyageurs un autre prix que celui qu'ils doivent payer.

La voiture doit encore porter à l'extérieur le nom et le domicile de l'entrepreneur, l'indication du nombre de places dans chaque compartiment; le tout dans un endroit apparent, afin que le public soit complètement renseigné.

XLIIIᵉ CAUSERIE

(Suite)

— Je n'aurais jamais cru, dit la voyageuse, que la loi s'occupât de pareils détails.

— Elle n'a rien négligé. C'est ainsi qu'elle a déterminé jusqu'à la dimension de la place allouée à chaque voyageur, la profondeur des banquettes, la longueur de l'essieu, la hauteur de la voiture depuis le sol jusqu'au point le plus élevé du chargement, car une voiture trop haute manquerait d'aplomb; c'est même pour cela qu'il est défendu aux conducteurs de rien attacher à la bâche (cette pièce de toile ou de cuir qui recouvre les voitures), car cela pourrait, en l'alourdissant du haut, la faire basculer.

— Et quelle hauteur doivent avoir les voitures publiques, monsieur?

— Les voitures à quatre roues : trois mètres. Les voitures à deux roues : deux mètres soixante centimètres. La loi exige aussi que toutes les voitures publiques soient munies d'une machine à enrayer, agissant sur les roues de derrière et disposée de manière à pouvoir être manœuvrée de la place occupée par le conducteur.

La loi a réglé encore bien d'autres détails en ce qui concerne les voitures publiques, continua M. Leduc; ainsi elle ne permet pas à tout le monde d'être cocher ou postillon. Celui qui se présente pour remplir cet emploi doit avoir seize ans au moins, et être porteur d'un livret délivré par le maire de la commune, attestant ses bonne vie et mœurs, aussi bien que son aptitude pour le métier qu'il veut exercer.

Lorsque l'attelage d'une voiture publique ne présente

de front que deux chevaux, elle peut être conduite par
un seul cocher ou postillon; mais quand l'attelage en
comprend davantage il lui faut deux postillons ou bien un
cocher et un postillon.

Les cochers et postillons, ajouta M. Leduc, ne peuvent,
sous aucun prétexte, quitter leurs chevaux ou descendre
de leur siège.

— Excepté dans les haltes? dit la dame.

— Pas même dans les haltes, et pas même pour un ins-

Il n'avait pas aperçu le brigadier de gendarmerie...

tant. La loi, en se montrant très sévère sur ce point, a tenu
à prévenir les accidents que l'imprudence des conducteurs
ne cause que trop souvent. J'en ai vu un qui a été condamné à *seize* francs d'amende pour avoir quitté son siège,
le temps seulement d'acheter un cigare. Il n'avait pas
aperçu le brigadier de gendarmerie qui se trouvait précisément dans le bureau de tabac quand il y entra.

Vous voyez, madame, que les voyageurs ne sont pas
abandonnés à la discrétion du cocher.

Il y a plus, afin de s'assurer que toutes les prescriptions relatives à leur commodité et à leur sûreté sont bien remplies, dans chaque bureau de départ et d'arrivée des voitures, *est déposé un registre*, coté et paraphé par le maire, qui doit toujours être présenté aux voyageurs à leur première réquisition, et sur lequel ceux qui ont à se plaindre du cocher ou de l'administration peuvent inscrire leurs réclamations. Comme cela, il n'y a pas d'abus possible.

Mais l'autorité ne s'inquiète pas seulement de la sécurité des voyageurs; elle veille aussi à celle des habitants des lieux traversés par les voitures publiques. C'est ainsi que les maires des villes, bourgs, villages et hameaux qu'elles parcourent peuvent rendre un arrêté pour régler leur course et les contraindre à la ralentir dans les voies qui dépendent de leur commune, de manière à éviter les accidents qui pouraient se produire si les chevaux étaient lancés au galop ou au grand trot. Il peut même prescrire aux conducteurs de prendre le pas, soit pour descendre une côte, soit dans tout autre endroit où il juge cette précaution nécessaire.

— Mais, dit la dame, si le parcours de la diligence s'effectue sur plusieurs communes?

— Alors chaque maire peut rendre un arrêté pour ce qui regarde la sienne, et tous, cochers, voituriers ou conducteurs sont tenus de s'y conformer.

— J'ai remarqué, reprit la voyageuse, que les diligences se mettaient au pas lorsqu'elles franchissaient un pont suspendu.

— Toutes les voitures sont tenues de le faire, et les conducteurs, dans ces endroits-là, doivent avoir guides en mains, les rouliers se tenir à côté de leurs chevaux, et les cochers sur leur siège.

— Il n'y a pas que les voitures publiques, dit Larcher, qui peuvent être obligées de ralentir leur marche en arrivant dans les villes ou les villages. Semblable mesure peut être prise vis-à-vis de tous ceux qui conduisent charrettes, carrioles, bêtes de trait ou de monture. Le brigadier de gendarmerie me l'a dit un jour, il y a bien longtemps, que, comme un étourdi que j'étais alors, j'arrivais au grand trot de mon cheval, et je ne l'ai pas oublié.

— C'est une ordonnance très prudente, dit la dame ; car, sans compter que les passants ont souvent à peine le temps de se garer, les enfants qui jouent au milieu de la chaussée seraient fort exposés, s'il en était autrement. Oui, il est fort heureux que l'autorité veille à ce que les voitures ne soient pas lancées à grande vitesse, car il arriverait encore bien plus d'accidents qu'il n'en arrive.

— Les conducteurs de voitures publiques sont soumis en outre aux mêmes obligations que les voituriers en ce qui concerne l'éclairage et la direction de leurs voitures.

— Bien entendu.

— Vous voyez que tout cela est fort bien ordonné.

— Oh ! je le reconnais.

— Tenez, interrompit Larcher, comme la diligence, qui, depuis une demi-heure, courait sur la grand'route, dépassait deux gendarmes, lesquels la suivaient parallèlement et au pas de leur monture, je peux me vanter d'avoir épargné à Piaulou un procès-verbal ; car certainement les camarades que voici n'auraient pas manqué de s'apercevoir qu'il y avait une personne de surcharge dans la voiture. Avez-vous remarqué quel regard investigateur ils ont jeté sur la diligence ? Ces gaillards-là vous ont des yeux auxquels rien n'échappe.

— C'est égal, dit la dame compatissante, du fond de la voiture, en lançant par la portière, un coup d'œil sur la route poudreuse où se dessinait au loin la silhouette du voyageur refusé, qui l'arpentait de ses longues jambes, c'est égal, je plains bien le pauvre garçon !

RÉSUMÉ

INFRACTIONS COMMISES PAR LES VOITURIERS. — COURSES DE BÊTES DE TRAIT, DE CHARGE, DE MONTURE DANS UN LIEU HABITÉ. — CHARGEMENT, — RAPIDITÉ, — SOLIDITÉ, — POIDS DES VOITURES PUBLIQUES. — DÉFAUT D'INDICATION DU NOMBRE ET DU PRIX DES PLACES ET DU NOM DU PROPRIÉTAIRE.

Peine : Amende de six à dix francs, et emprisonnement facultatif de un à trois jours.

Circonstances atténuantes : Admises.

Récidive : Emprisonnement obligatoire pendant cinq jours.

Texte de la loi : Articles 475, n°s 3 et 4, du Code pénal. Loi du 30 mai 1851. Décret du 10 août 1852.

Observation. — Les infractions commises par les conducteurs *des voitures publiques* sur les *routes nationales,* sur les *routes départementales* et sur les *chemins vicinaux de grande communication* sont poursuivies devant le tribunal correctionnel et punis sévèrement.

XLIVᵉ CAUSERIE

Les épis coupés.

Un jour Allard arriva fort en colère chez M. Leduc.

— Savez-vous pourquoi vous me voyez si courroucé, monsieur Leduc ?

— J'attends que vous me le disiez.

— J'étais allé ce matin de très bonne heure visiter mes blés et m'assurer qu'ils n'avaient pas trop souffert du dernier orage, lorsqu'en suivant un sentier qui traverse ma pièce de terre, située sur la route de Montastruc, je vois un mouvement dans les tiges. J'allonge le pas et qu'est-ce que je découvre ? Michu et sa femme occupés bien tranquillement à couper des épis dans mon champ. Ils ont été saisis de me voir, et ne s'attendaient pas à être dérangés sitôt. J'aurais bien pu les arrêter, car Dieu merci! j'ai une poigne solide; mais je ne me soucie pas de faire l'office de gendarme. Je me suis contenté de m'emparer du sac que j'ai été déposer à la mairie comme pièce à conviction. Il porte justement leur marque; et quant à la place où ont été coupés les épis, c'est facile à constater.

Eh bien! M. Leduc, que dites-vous de cela?

J'allonge le pas, et qu'est-ce que je découvre?

— Je dis que c'est incontestablement un vol.

Nous parlions précisément l'autre jour du premier degré de maraudage, de celui des fruits mangés sur place; le fait dont vous nous faites le récit en constitue le second degré. Voilà Fernand qui était disposé à traiter les maraudeurs avec indulgence, et qui sans doute ne pensera plus tout à fait de même du moment que son père est leur victime.

— Ce n'est pas non plus tout à fait la même chose, dit l'enfant.

— C'est vrai, mais c'est pourtant une sorte de larcin qui ne se commet que trop souvent dans les campagnes. Sous prétexte qu'on ne cause qu'un dommage insignifiant, on arrache un bouquet de luzerne par ici, un bouquet d'épis par là, pour nourrir ses poules et ses lapins.

— Ce qui, à la fin, interrompit Grimaud, ne laisse pas que de constituer une perte pour le propriétaire.

— En effet, continua M. Leduc, surtout quand on se sert de paniers, de tabliers ou de sacs. C'est ainsi que l'autre jour j'ai surpris une femme de Lergy, que je ne nommerai pas parce qu'elle m'a promis de ne pas recommencer, dérobant du fourrage pour sa chèvre, disait-elle. Elle s'était tapie dans un fossé, et de là elle étendait son bras le long d'un champ de sainfoin dont elle arrachait des poignées qu'elle fourrait dans son tablier.

— Elle était peut-être très pauvre, dit Léon Larcher.

— Ce n'est pas une excuse ; on n'a jamais d'excuse pour voler.

— Elle ne savait peut-être pas si mal faire ?

— Si elle n'avait pas su si mal faire, elle ne se serait pas si bien cachée. Le code défend expressément de *toucher aux récoltes non détachées du sol*, et punit les infractions à cette loi de *six à dix francs* d'amende.

D'ailleurs il en est de ces larcins qui consistent, comme je le disais, à arracher une poignée de grain ou de fourrage par ci par là, comme du maraudage des fruits tombés. On commence par prendre peu de chose, et l'on arrive à voler des bottes de foin, un panier de raisin, un sac d'épis.

— Mais, dans ces derniers cas on doit être plus sévèrement puni ? dit Bernard.

— Sans doute, si le vol de récoltes non détachées du sol a lieu avec des tabliers, des paniers, des sacs ou autres objets équivalents, la peine est alors de *seize* à *deux cents francs* d'amende et l'emprisonnement de *quinze*

12

jours à *deux ans*. Il en est de même si le vol a eu lieu la nuit, par plusieurs personnes, ou à l'aide d'animaux et de voitures. Ce n'est plus là, en effet, une simple contravention ; c'est bien un délit.

Enfin, si quelqu'un avait, avant leur maturité, coupé ou détruit de petites parties de *blés en vert* ou d'autres productions de la terre, sans intention même de les voler, par esprit de vengeance ou autrement, il payera en dédommagement au propriétaire une somme égale à la valeur que l'objet détruit aurait eu a sa maturité ; il sera condamné de plus à une amende égale à la somme de dédommagement, et pourra en outre être condamné à la prison.

— Et il aura payé cet objet deux fois, dit Bernard.

— Ah ! c'est que la loi est très sévère, et avec raison, pour les dégâts causés aux propriétés rurales. C'est ainsi encore que personne ne peut inonder le champ de son voisin, en lui transmettant les eaux d'une manière nuisible pour lui, sous prétexte d'en débarrasser sa propriété. S'il agissait ainsi, il s'exposerait à réparer les dégâts qu'il aurait produits et de plus à payer une amende plus ou moins forte, mais qui ne pourrait cependant excéder la somme des dégâts produits.

D'un autre côté, ceux qui auront causé des dégâts en allumant du feu dans les champs, à moins de cent mètres des maisons, bois, bruyères, vergers, haies, meules de paille ou de foin, seront condamnés à une amende égale à douze journées de travail, et même, en certaines circonstances, à la prison ; sans préjudice, bien entendu, des dommages et intérêts à payer au propriétaire.

— Je ne sais pas, dit Allard, quel châtiment sera infligé à mes voleurs ; mais, pour les autres aussi bien que pour moi, je ne serais pas fâché qu'ils reçussent une bonne leçon.

RÉSUMÉ

SOUSTRACTION DE RÉCOLTE NON DÉTACHÉE DU SOL

Peine : Amende de six à dix francs.
Circonstances atténuantes : Admises.
Récidive : Emprisonnement obligatoire de cinq jours au plus.
Texte de la loi : Article 475, n° 15, du Code pénal. Voir l'article 388 du même Code.

DOMMAGES CAUSÉS AUX CHAMPS PAR L'EAU OU PAR LE FEU.

Peine : Amende indéterminée.
Circonstances atténuantes : Non admises.
Récidive : Peine doublée.
Texte de la loi : Article du Code rural. Loi du 23 thermidor an IV.

XLVᵉ CAUSERIE

Je tondis de ce pré la largeur de ma langue.

— Maintenant, pendant que nous y sommes, mes enfants, continua M. Leduc, il faut que je vous rappelle une chose que vous devez savoir : c'est que la défense de passer ou de faire passer des animaux sur un terrain *préparé* ou *ensemencé* s'applique aussi aux terrains dont les produits sont *coupés,* mais non *encore enlevés.* Et cela, non seulement quand la récolte est encore étendue par terre, mais aussi lorsqu'elle est disposée en gerbes ou en tas au milieu du champ.

— Même quand on suit un *sentier?*

— Même quand on suit un *sentier.*

— Même quand les bestiaux qu'on conduit n'ont commis aucun dommage?

— Même quand ils n'ont commis aucun dommage; et

réfléchissez, mes amis, qu'il est nécessaire qu'il en soit
ainsi. Vous ne pouvez pas répondre qu'en passant à côté
d'un tas de foin ou d'une gerbe de blé, une vache ne
sera pas tentée d'y donner un coup de dent. Ensuite, vous le savez, il y a des gens malhonnêtes qui
profiteraient de l'occasion pour régaler leurs bestiaux
aux dépens d'autrui et qui sauraient s'arranger de ma-

Il est défendu de faire passer les animaux dans un champ...

nière à ce qu'on ne s'aperçût de rien. Je sais bien que
vous n'êtes pas de ceux-là; mais, je l'ai déjà dit, les
lois de ce genre ne sont pas faites pour les honnêtes gens;
néanmoins ils doivent y obéir. D'ailleurs ces lois leur
profitent, en empêchant les malfaiteurs de leur causer du
tort. C'est une raison de plus pour les respecter et pour
apprendre, par la même occasion, à les respecter toutes,
même celles dont on ne comprend pas l'utilité.

Généralement du reste, continua M. Leduc on ne respecte pas assez la propriété d'autrui, et une contravention très fréquente encore est celle relative au *pacage des bestiaux* qu'on ramène de la foire.

On rentre chez soi conduisant, qui des bœufs ou des vaches, qui des moutons, qui des porcs. Qu'arrive-t-il pendant le trajet du marché à la ferme? C'est que les vaches et les bœufs quittent la route et entrent dans la première prairie qui s'offre à eux; que les moutons broutent le bord des champs, endommageant les haies; que les porcs, en traversant les villages, s'introduisent dans les communaux; que tous enfin se régalent à leur aise de ce qu'ils trouvent sur leur passage.

— Dame! elles ont faim, ces bêtes, dit Léon; quelquefois elles n'ont pas mangé de la journée.

— Ce n'est pas une raison, et leur propriétaire doit veiller à ce qu'elles ne pâtissent pas, sans pour cela les nourrir aux dépens des autres. La loi défend formellement d'en user ainsi. Les conducteurs ramenant des bestiaux de la foire, ou les conduisant d'un lieu à un autre, ne peuvent les laisser pacager, ni sur les terres des particuliers ni sur les communaux, sous peine d'une amende de *trois journées de travail* et de *trois jours d'emprisonnement*. Et si le dommage est causé dans un enclos rural ou dans un terrain ensemencé, ou bien encore dans un champ non dépouillé de sa récolte, l'amende sera égale aux dégâts causés, toujours sans préjudice des dommages et intérêts à payer au propriétaire du champ.

— Il y en a qui font mieux encore, dit Grimaud, et qui mènent tranquillement leurs vaches et leurs moutons paître dans les récoltes des voisins.

— Ah! c'est un peu fort! s'écria Léon. Pour le coup ils doivent être punis, ceux-là!

— Tu peux être sûr qu'ils le sont, répliqua M. Leduc;

car s'il est défendu de laisser les animaux prendre çà et là en passant ce qui leur convient, ou de les faire passer sur des champs non entièrement dépouillés de leur récolte, il l'est bien davantage encore de les y conduire sciemment; aussi les contrevenants sont-ils condamnés à une amende égale aux dégâts causés, et ils peuvent l'être en outre à un an de prison.

Il est expressément interdit surtout de mener des bestiaux d'aucune espèce, en y comprenant les volailles, en aucun temps de l'année, dans les prairies artificielles, dans les vignes, oseraies, dans les plans de câpriers, d'oliviers, de mûriers, d'orangers et arbres du même genre, et en général dans tous les plants ou pépinières faits de main d'homme.

Ces sortes de contraventions sont toujours méchamment commises et constituent un vol. Que, profitant d'un moment de distraction de leur gardien, des bestiaux entrent dans un champ qui n'appartient pas à leur maître et y donnent quelques coups de dent, la faute est légère si on les fait sortir aussitôt qu'on s'en aperçoit; mais, eu égard à la nature des plantes, les dégâts que l'on cause sur les terrains plantés en pépinières, étant plus graves que ceux que l'on fait sur les autres champs ensemencés, la loi punit les contrevenants plus sévèrement.

— Nous avions autrefois pour voisins, dit Grimaud, un propriétaire dont le berger était un petit mauvais sujet. C'est à lui que je faisais allusion tout à l'heure. Afin de ne pas se fatiguer à courir les chemins avec son troupeau, il avait pris l'habitude de se rendre derrière un bois touffu qui l'abritait des regards, et là il laissait sans se gêner ses bestiaux paître dans une prairie à nous.

Mon père en fut instruit par les gamins du village; il alla le dire au garde champêtre, qui prit le berger en flagrant délit et dressa un procès-verbal. Le garnement fut condamné au maximum de la peine, et de plus chassé par son maître, lequel avait été forcé de payer l'amende, comme civilement responsable des gens qu'il employait, car le berger était hors d'état de l'acquitter.

— Mais lorsque des animaux, des poules, des oies, par exemple, s'en vont tout seuls dans le champ du voisin, est-ce qu'on est coupable ? demanda Léon.

— Sans doute, mon ami, car si ces animaux étaient gardés ou enfermés, ils n'envahiraient pas ce champ ; ils n'y ravageraient pas les semailles ou la moisson, ce qui ne peut pas être permis, car il n'est jamais permis de faire du tort à autrui, directement ou indirectement, sans le réparer. Si en jetant une pierre contre une maison tu casses une vitre, tu es tenu de la payer, n'est-ce pas ?

— Oui, dit l'enfant en riant; qui casse les verres les paye.

— Eh bien ! il en est de même de toute espèce de chose. Et non seulement nous sommes responsables de nos propres actions, mais nous le sommes encore des dommages causés par les personnes à notre service et par les animaux qui sont sous notre garde.

Dans les campagnes, on a coutume de laisser errer dans les champs les animaux de basse-cour au risque des dégâts qu'ils peuvent faire chez les voisins. Eh bien ! la loi punit cet abandon de *trois journées de travail* ou de *trois journées d'emprisonnement*. Elle dit en outre que les dégâts qu'ils ont commis, soit dans l'intérieur des maisons, soit dans les jardins clos, soit dans les champs ouverts, doivent être payés par la personne qui a la jouissance de ces animaux, ou à défaut de celle-ci par leur propriétaire.

— Alors si l'on trouve des animaux dans son champ ?... interrogea Bernard.

— On a le droit de *les saisir* et de les faire conduire dans les vingt-quatre heures au lieu désigné par la municipalité.

— On peut bien aussi les tuer, n'est-ce pas, monsieur? interrogea Fernand.

— Si ce sont des *volailles* de quelque espèce que ce soit qui causent le dommage, on peut les tuer. Mais souvenez-vous, ainsi que je vous l'ai déjà dit à propos des pigeons, qu'on doit les *frapper au moment même et sur le lieu* où elles causent du dégât; qu'on ne peut pas les poursuivre. On n'a pas le droit non plus de tuer les volailles qui s'introduisent dans les jardins situés à l'intérieur des villes. Si on le faisait on serait en contravention, et le propriétaire de ces animaux pourrait vous demander des dommages et intérêts. Vous n'avez d'autre droit que celui de les chasser.

— Pourquoi cette différence entre ces deux cas?

— C'est qu'en réalité le tort que vous faites à un propriétaire en tuant une volaille qui lui appartient est beaucoup plus grave que celui que vous fait cette volaille en s'introduisant chez vous. Le droit de la tuer a pu être sagement admis dans la campagne, en vue de protéger l'agriculture; mais non dans les villes, où il donnerait facilement lieu à des abus.

— C'est vrai, dit Bernard, et bien des gens en profiteraient pour se procurer un rôti à bon marché.

RÉSUMÉ

PASSAGE DE BESTIAUX SUR LE TERRAIN D'AUTRUI AVANT L'ENLÈVEMENT.
DE LA RÉCOLTE

Peine : Amende de un à cinq francs.
Circonstances atténuantes : Admises.
Récidive : Emprisonnement obligatoire de trois jours au plus.

Texte de la loi : Article 471, n° 14, du Code pénal.

ABANDON DE BESTIAUX ET DE VOLAILLES SUR LA PROPRIÉTÉ D'AUTRUI. — PACAGE DE BESTIAUX REVENANT DE LA FOIRE.

Peine : Amende de trois journées de travail ou trois jours d'emprisonnement.

Circonstances atténuantes : Non admises.

Récidive : Renvoi devant le tribunal correctionnel. Peine double, soit six journées de travail ou six journées d'emprisonnement.

Texte de loi : Code rural, article 12 et 25. Loi du 23 thermidor an IV.

CONDUITE DE BESTIAUX SUR LES TERRAINS D'AUTRUI.

Peine : De onze à quinze francs.

Circonstances atténuantes : Admises.

Récidive : Emprisonnement obligatoire de cinq jours.

Texte de la loi : Article 479, n° 10, du Code pénal.

XLVIᵉ CAUSERIE

Un divertissement qui finit mal.

On approchait de la Saint-Germain ; c'était la fête de Lergy. Quelques jours auparavant Léon Larcher revenait de l'école, en compagnie de deux ou trois de ses compagnons, qui n'étaient pas, il s'en fallait de beaucoup, les meilleurs élèves de l'école, aussi Larcher n'aimait-il pas que son fils les fréquentât ; mais Léon, un peu léger parfois de caractère, ne tenait pas toujours compte des instructions paternelles.

— Tu ne sais pas, lui dit l'un d'eux, nommé Eusèbe, nous nous sommes réunis une demi-douzaine de camarades et nous avons une bonne idée. A l'occasion de la fête, nous allons tirer un feu d'artifice.

— Un feu d'artifice !

—Oui ; nous achèterons des fusées, des soleils, des boîtes ; ce sera superbe ; mais ce serait plus beau encore si tu voulais en être ; nous réunirions nos ressources et alors....

— Je ne demande pas mieux, s'empressa de dire Léon, qui, l'année précédente, étant chez sa marraine, à Lavalette, avait vu un feu d'artifice et en avait gardé le plus brillant souvenir.

— Nous aurons aussi des feux de Bengale de toutes les couleurs, poursuivit Eusèbe, avec des chandelles romaines, des pétards, des pièces qui jettent du feu, qui font du bruit ; on n'aura jamais rien vu de pareil à Lergy. Seulement, tu sais, ne va pas t'imaginer d'en parler à ton père.

— Pourquoi cela ?

— Parce qu'il t'empêcherait de t'en mêler donc ! Les parents, ça ne songe jamais qu'à contrarier leurs enfants. Il n'y a pas de danger que j'en souffle un mot à ma mère, moi.

— S'ils s'y opposent, c'est que peut être il y a quelque danger ?

— Du danger ! allons donc !

Léon hésita un moment ; un feu d'artifice, c'était bien séduisant ; cependant la crainte de déplaire à son père, et surtout à sa mère en prenant ce divertissement avec Eusèbe, l'empêchait de se décider.

— Allons ! tu es un capon, fit celui-ci.

— Ce mot produisit un effet tout opposé à celui qu'en attendait Eusèbe. Piqué au vif, Léon se sentit bonne envie de répondre de manière à prouver que s'il craignait les remontrances de ses parents, il ne craignait pas d'échanger quelques coups de poings avec un camarade, pour lui prouver qu'il était aussi brave que lui ; mais il se contint.

— Je ne m'en mêlerai pas sans en parler à papa, finit-il par dire.

— Alors il n'y a rien de fait, répliqua Eusèbe, et ils se séparèrent.

Le samedi, veille de la fête, comme Léon finissait de souper avec sa famille, il entendit tout à coup une détonation. Il se précipita dans la cour. Une fusée, qui semblait sortir d'un petit enclos situé à peu de distance, s'élançait vers le ciel, en décrivant des zigzags d'or, et retomba presque aussitôt en pluie éblouissante. Cette apparition réveilla le chagrin du jeune garçon. Toute la journée il avait pensé au divertissement qu'il avait refusé de partager. Une chandelle romaine succéda à la fusée, puis une seconde fusée à la chandelle romaine.

— Ah çà ! mais ils veulent donc mettre le feu au pays, s'écria Larcher, qui, lui aussi, était sorti de la maison. Bon ! encore une fusée ; sans compter ce qu'on ne voit pas d'ici, mais qu'on devine au vacarme qu'on entend.

Léon, qui venait de calculer que le lieu de la scène devait être une petite place située derrière l'abreuvoir, s'apprêtait à s'esquiver dans cette direction, lorsque le ciel s'embrasa d'une lueur rouge, qui lui arracha un cri d'admiration, et le retint cloué à sa place.

A la lueur rouge succéda une lueur verte qui lui causa le même enthousiasme ; puis chandelles romaines et fusées reprirent le chemin du ciel, pendant que pétards et marrons continuaient leur tapage. Enfin tout retomba dans le silence.

Léon était couché depuis deux heures environ et dormait à poings fermés, lorsqu'il fut réveillé par un bruit inaccoutumé. Le son du tambour se confondait avec celui des cloches et avec les cris, les appels lointains. Il fut sur pied en un moment. Une lueur rouge se montrait au-dessus du toit de la grange, mais ce n'était plus, comme quelques heures auparavant, celle des flammes de Bengale.

Il s'habilla en toute hâte et descendit. Son père était déjà

allé rejoindre ceux de ses camarades qui faisaient partie
du corps des pompiers, car la teinte rouge qui inondait le
ciel était celle d'un incendie. Une des fusées, si imprudemment lancée par Eusèbe et ses amis, était tombée sur
une meule de paille, placée à peu de distance. Le feu avait
d'abord couvé pendant quelque temps, puis il avait éclaté
tout à coup. Par bonheur il n'y avait pas de vent, de sorte

Une des fusées, si imprudemment lancées par Eusèbe...

qu'on en fut bientôt maître et qu'on n'eut à gémir que sur
des désastres matériels. Il est inutile de dire combien
Léon se félicita alors d'avoir refusé de prendre part au divertissement proposé.

— Est-il vrai, monsieur Leduc, demanda-t-il le lendemain à l'ancien juge de paix, qu'Eusèbe sera condamné à payer une amende?

— Oui, mon ami; ou du moins sa mère, puisqu'il n'a

pas encore vingt et un ans, et qu'il n'est point, d'après la loi, responsable de ses actes.

— C'est donc une contravention de tirer des fusées?

— Oui, mon ami, il est défendu de tirer des pièces d'artifice dans les *endroits interdits*, et justement le maire avait défendu, par *un arrêté* encore en vigueur, de tirer des fusées et autres pièces sur la place de l'Abreuvoir.

— Mais pourtant, dit Bernard, dans les réjouissances publiques, on tire toujours des feux d'artifice et on ne parle jamais d'accidents.

— C'est que les plus sévères mesures de prudence sont prises pour les éviter. On ne les tire jamais que dans un emplacement éloigné de toute habitation, et non interdit par un arrêté municipal. A Paris, il est défendu de faire partir des pièces d'artifice, pétards, fusées, sans la permission du préfet de police. Dans les autres villes, on ne peut le faire que dans les endroits désignés par un arrêté du maire de la commune ; partout ailleurs cela n est pas permis.

— Et l'amende, de combien sera-t-elle? demanda Léon.

— S'il n'y avait pas eu de dégâts, elle aurait été de *un* à *cinq* francs, car il y aurait eu simplement contravention ; mais du moment qu'il y a eu incendie, on encourt une condamnation de *cinquante* à *cent* francs; l'infraction commise est un délit.

— Sans compter, dit Allard, qu'il faut payer ce que le feu a détruit.

— Bien entendu.

— Et si des personnes avaient été blessées?

— La condamnation serait plus forte encore; le coupable serait puni de six jours à deux mois d'emprisonnement, et d'une amende de *seize* à *cent* francs ou de l'une de ces deux peines seulement.

— Je n'aime pas ces amusements qui ont la poudre pour base, dit Allard; ils amènent souvent des accidents. C'est

13

comme les armes chargées. Dieu sait combien les journaux enregistrent de catastrophes causées de cette manière. Un chasseur rentre de la chasse, il pose son fusil tout chargé dans un coin. Un jeune garçon arrive ; il prend le fusil, vise sa sœur ou son frère, pour s'amuser de leur frayeur, le coup part et tue le pauvre enfant.

— C'est pourquoi, mes amis, dit M. Leduc en s'adressant à Bernard et à ses compagnons, je ne saurais assez vous recommander, tant que vous ne serez pas arrivés à l'âge d'homme, de ne *jamais* toucher à un fusil, même quand vous croiriez qu'il n'est pas chargé. Il peut l'être à votre insu. Par-dessus tout, ne vous livrez jamais à cette sorte de plaisanterie qui consiste à faire mine de tirer sur quelqu'un. Je vous dirai bien, ce qui est vrai, que les accidents causés par les imprudences de ce genre rentrent, aux termes de la loi, dans la catégorie de ceux causés par les pièces d'artifice, lorsque le tir a lieu dans un endroit prohibé ; mais je pense que la crainte de blesser quelqu'un, mortellement peut-être, aura beaucoup plus d'effet sur vous que celle d'encourir une amende ou même l'emprisonnement, et qu'elle vous retiendra sûrement, si vous aviez jamais la pensée de vous livrer à ce jeu.

RÉSUMÉ

TIR DE PIÈCES D'ARTIFICE SANS PERMISSION DE L'AUTORITÉ ET DANS LES ENDROITS INTERDITS

Peine : Amende de un à cinq francs.
Circonstances atténuantes : Admises.
Récidive : Emprisonnement obligatoire de trois jours au plus.
Texte de la loi : Article 471, n° 2 du Code pénal.

XLVIIᵉ CAUSERIE

La part des pauvres.

—Quant à moi, monsieur Leduc, dit un jour Larcher, je trouve fort injuste que je n'aie pas le droit de mener paître mes vaches dans mon champ, aussitôt la moisson faite, si cela me plaît, et qu'il me faille laisser s'écouler *deux jours pleins*, non compris celui de la récolte, avant de les y envoyer.

— Mon ami, cela est ainsi ; la loi qui vous le défend est très ancienne et il faut s'y soumettre, car c'est une loi de charité. Elle fait la part des malheureux ; part bien petite vous en conviendrez. Elle avait déjà eu son application dans la Bible, car nous y lisons : « Vous ne ramasserez pas les épis tombés, mais vous les laisserez prendre à l'orphelin et à la veuve. »

D'après cette loi, établie chez nous par Henri II, il y a plus de trois cents ans, lorsque la moisson est finie, « les *gens vieux* et *débilités*, de même que les *petits enfants*, ou autres personnes qui n'ont ni pouvoir ni force de scier les blés » peuvent *seuls*, entendez-vous bien, venir glaner, c'est-à-dire ramasser ce qu'ont laissé çà et là les moissonneurs dans les champs ouverts et non clos.

Ce droit de glanage, qui s'entend de toutes sortes de grains, tels que blé, avoine, seigle, orge, etc, s'applique aussi au *râtelage* et au *grappillage ;* c'est-à-dire que les pauvres d'une commune, aussi bien qu'ils peuvent ramasser les épis oubliés, ont la permission d'enlever dans les prés les restes de foin ou de plantes fourragères laissés par le faneur, et de cueillir les grappillons de raisin et les fruits tels que noix, pommes, olives, châtaignes, qui ont été laissés sur les arbres la récolte terminée.

Autrefois ce droit s'étendait encore à la permission d'aller faire paître ses bestiaux sur les champs nouvellement moissonnés, c'est ce qu'on appelait le droit de *chaumage;* mais ce droit n'existe plus.

— Il doit y avoir, dit Fernand, des glaneurs qui se

Le glanage, le râtelage et le grappillage ne peuvent s'exercer...

lèvent avant le jour, afin d'arriver plus tôt que les autres sur le champ à glaner, et faire ainsi une meilleure récolte.

— Cela est formellement défendu. Le glanage, le râtelage et le grappillage ne peuvent s'exercer qu'entre *le lever* et *le coucher du soleil,* et le propriétaire du champ lui-même *ne peut permettre* à certaines personnes de venir

glaner sur sa propriété *avant les autres* et avant l'enlèvement des récoltes.

— Avec un râteau, dit Bernard, on doit avoir bientôt
fait de tout enlever?

— Aussi le glanage avec des râteaux est-il absolument
prohibé.

— Alors les glaneurs, râteleurs ou grappilleurs, dit à
son tour Lefort le mercier, ne peuvent entrer dans un
champ, dans un pré ou dans une vigne que lorsque la
récolte est *enlevée*: C'est bien ce que vous venez de dire,
n'est-il pas vrai, monsieur Leduc ?

— Oui, mon ami. Ils n'ont même pas le droit de pénétrer dans un champ moissonné, tant que les *terres conti-
guës* à ce champ ne sont pas encore moissonnées elles-
mêmes. Ceux qui le feraient s'exposeraient à une amende de
un à cinq francs, accompagnée d'un emprisonnement qui
pourrait être de *trois jours*. En outre on leur confisquerait
ce qu'ils auraient ramassé.

Mais aussitôt que les gerbes ne sont plus sur le sol, le
char qui doit les emporter fût-il encore dans le champ, la
moisson est réputée comme terminée et les femmes, enfants et vieillards peuvent commencer à glaner, sans que
personne, pas même le propriétaire du champ, puisse s'y
opposer ; et cela *pendant deux jours pleins*, comme je le
disais tout à l'heure, deux jours suffisant amplement à
ramasser les épis, les fruits ou le foin que les cultivateurs
ont abandonné. Ce délai passé seulement, le propriétaire
du champ peut y mener ses bestiaux.

— Quelle peine encourt-on si on y envoie ses bestiaux
avant le délai fixé? demanda Bernard.

— Celle d'une amende, équivalant à *trois journées* de
travail.

— Mais si le champ est fermé?

— C'est différent; les champs clos ne sont pas soumis au glanage.

— Et si un berger amène son troupeau dans un enclos qui ne lui appartient pas ?

— L'amende sera dans ce cas de *six journées* de travail.

— Eh bien alors, M. Larcher, reprit Lefort, puisqu'on ne peut entrer dans un pré, dans un champ ou dans une vigne tant que la récolte n'est pas terminée, il y aurait un moyen bien simple d'interdire l'entrée de votre champ aux glaneurs. Ce serait d'y laisser quelques gerbes que vous ramasseriez plus tard.

— Par malheur, dit M. Leduc, ceci a été prévu par la loi et c'est aussi défendu. Mais voyons, mon cher Larcher, continua l'ancien juge de paix en s'adressant au fermier, qu'est-ce que cela peut vous faire qu'on vienne ramasser chez vous quelques épis oubliés? C'est un bien maigre profit pour ceux qui les recueillent, et c'est aussi une bien faible perte pour vous. Allons, ne vous élevez pas contre une loi toute de charité, qui procure aux malheureux, à ceux qui ne peuvent se livrer à aucun travail, une petite satisfaction, sans pour cela vous faire un tort appréciable, et respectez cet antique droit des pauvres.

RÉSUMÉ

GLANAGE, RATELAGE ET GRAPILLAGE EN TEMPS OU AUX HEURES PROHIBÉS

Peine : Amende de un à cinq francs. Emprisonnement facultatif pendant trois jours au plus. Confiscation du produit du glanage, du ratelage, du grapillage.

Circonstances atténuantes : Admises.

Récidive : Emprisonnement obligatoire de trois jours au plus.

Texte de la loi : Article 471, n° 10, 473 du Code pénal.

CONDUITE DE TROUPEAUX DANS LES CHAMPS MOISSONNÉS MOINS
DE DEUX JOURS APRÈS LA RÉCOLTE.

Peine : Amende de trois journées de travail ou trois jours d'emprisonnement.

Circonstances atténuantes : Non admises.

Récidive : Devant le tribunal correctionnel. Peine double, soit six journées de travail ou six jours d'emprisonnement.

Texte de la loi : Article 22 du Code rural. Loi du 23 thermidor an IV.

XLVIIIᵉ CAUSERIE

La mort de Loulou.

— Oh! monsieur Leduc, j'ai un grand chagrin, dit Fernand, en arrivant un jour chez l'ancien juge de paix.

— En effet, tu es tout ému; on dirait que tu as pleuré.

— Eh bien, c'est vrai; j'ai pleuré, dit le jeune garçon qui semblait tout prêt à recommencer. Oui, j'ai pleuré, et il y avait de quoi. Vous vous rappelez bien Loulou, mon petit chien, si doux, si gentil, qui m'aimait tant et que j'aimais tant aussi? Ce méchant Piolet l'a tué.

— Comment! une petite bête si tranquille, il me semble, et dont je n'ai jamais entendu dire que personne ait eu à se plaindre?

— Oh! non jamais.

— Et pourquoi Piolet l'a-t-il tué, ce pauvre Loulou?

— Il a prétendu qu'il l'avait surpris dans la cour de ses parents, poursuivant et étranglant des volailles. Rien n'est plus faux. Pourquoi, je vous le demande, Loulou aurait-il été faire du mal aux volailles du père Piolet, quand il n'en faisait à celles de personne?

— Est-ce que c'est dans sa cour que Piolet l'a tué?

— Non; c'est dans la ruelle qui passe derrière sa maison et la nôtre. Il a appelé Loulou, qui se promenait bien paisiblement, en lui présentant un morceau de pain. La pauvre bête est venue sans défiance et il l'a assommée à coups de bâton. Le boulanger, M. Rebours, qui passait par là, et que Piolet n'avait pas entendu arriver, lui a demandé quelles raisons il avait pour tuer ce chien et Piolet lui a dit ce que je viens de vous répéter. La vérité c'est qu'il

Il a appelé Loulou, qui se promenait bien paisiblement.

avait été vexé dans le temps que M. Porel lui eût refusé Loulou, au moment où il était venu au monde, et eût préféré m'en faire cadeau. Il ne me l'avait jamais pardonné, et il s'en est vengé sur la pauvre bête. Ne pouvant l'avoir à lui, il l'a tuée. Quand M. Rebours m'a raconté ce qu'il avait vu, je voulais d'abord aller trouver Piolet et lui faire payer sa méchanceté de la bonne manière; Bernard m'en a empêché.

— Oui, fit celui-ci; j'ai dit qu'il fallait mieux vous en parler.

— Tu as eu raison, mon ami ; *on ne doit jamais se faire justice soi-même.* Fernand, ou pour mieux dire son père, car les enfants ne peuvent agir eux-mêmes en justice, portera plainte contre Piolet ou contre son père et la mort de Loulou sera vengée.

— Je pensais bien, dit Bernard, qu'il ne pouvait pas être permis de tuer un chien qui ne vous appartenait pas.

— Non vraiment, cela n'est pas permis. Un chien fait partie des propriétés mobilières d'une personne.

— Qu'appelez-vous, monsieur, s'il vous plaît, *propriétés mobilières ?*

— Ce sont celles qui, ainsi que les meubles, peuvent être facilement déplacées. Les propriétés mobilières comprennent entre autres choses l'argent, les valeurs représentatives comme les billets, actions et obligations, les marchandises d'un négociant aussi bien que les produits d'une ferme tels que : grains, fourrages, récoltes de toutes sortes, les animaux domestiques, à l'exception de ceux attachées à l'exploitation par le propriétaire du fonds sur lequel ils sont. Ces animaux, tels que bœufs, vaches, etc.; sont dits *immeubles par destination.*

Cette expression, *valeurs mobilières,* est opposée à celle-ci, *valeurs immobilières* ou *immeubles,* laquelle, en règle générale, se dit des choses qui ne peuvent être transportées d'un lieu à un autre, telles qu'un champ, une maison.

Voyons si vous m'avez bien compris tous deux. Un arbre, par exemple, est-ce un meuble ou un immeuble ?

— Ce n'est pas un meuble, bien sûr, s'écria Fernand avec un éclat de rire.

— En effet, dit Bernard, puisqu'il est attaché à la terre par ses racines.

— Mais si je l'abats ? interrogea M. Leduc.

13.

Les deux jeunes garçons regardèrent l'ancien magistrat d'un air très perplexe.

— Quand il est sur pied, dit Bernard après réflexion, c'est un immeuble; et quand il est coupé....

— Eh bien?

— C'est un meuble?

— Oui vraiment. Y êtes-vous maintenant? Donc, continua l'ancien magistrat, Loulou était *la propriété mobilière* de Fernand et il est défendu, par la loi, de porter dommage aux propriétés mobilières d'autrui. Il est donc défendu de tuer un chien qui n'est pas à vous, que l'on se serve pour cela d'une arme, d'un bâton ou d'une boulette empoisonnée.

— Vous demandiez tout à l'heure, monsieur, dit Bernard, si Piolet avait surpris le chien de Fernand dans sa cour. S'il en avait été ainsi, est-ce qu'il aurait eu le droit de le tuer?

— Oui; on peut tuer un chien quand il commet chez vous de véritables ravages, qu'il étrangle les poules par exemple. Cependant, si l'on veut conserver de bons rapports avec ses voisins, il vaut bien mieux prévenir le propriétaire du chien d'avoir à le surveiller, et même, s'il y a lieu, lui demander des dommages et intérêts. Autrement vous vous exposez à tuer une bête de prix ou à laquelle le propriétaire est fort attaché, et vous lui causeriez ainsi beaucoup plus de préjudice que le chien ne vous en aurait causé à vous-même.

Il ne faut jamais tuer un animal domestique appartenant à autrui sans *nécessité*. « Quiconque, dit la loi, aura, « *sans nécessité*, tué un animal domestique dans un « lieu dont celui à qui cet animal appartient est proprié- « taire, locataire, colon ou fermier, sera puni d'un empri- « sonnement de *six jours* au moins et de *six mois* au plus. »

— Mais pourtant si un chien veut vous mordre?

— Si vous êtes forcé de vous défendre, vous avez le droit de le tuer ; toutefois le juge appréciera s'il y avait réellement *nécessité* de le faire.

— Et un chat ?

— On n'a pas le droit, sans motifs sérieux, de tuer un chat plus qu'un chien ; et pas davantage un perroquet, un serin ou tout autre animal qui a un propriétaire.

— Mais pourtant, insista Fernand, si le chat vous emporte le rôti sur la table ?

— Oh ! alors, dit en riant M. Leduc, on est dans le cas de légitime défense, puisque ce larcin vous condamnerait à mourir d'inanition.

Il en est de même, reprit-il, pour les volailles qui commettent des dégâts dans votre jardin. Vous pouvez les tuer, mais ce sera à condition cependant que le jardin sera en dehors d'une ville, et de plus que vous frapperez ces volailles au moment même où elles commettent les dégâts que vous leur reprochez. C'est-à-dire qu'il n'est pas permis de les poursuivre pour les tuer. Il faut les prendre *sur le fait*, ou, comme dit la loi, en *flagrant délit de malfaisance*. Je l'ai déjà dit l'autre jour.

Il n'est pas défendu seulement de tuer *volontairement* un animal appartenant à autrui ; on est puni d'une amende si on le tue *involontairement*, et de plus on doit, dans tous les cas, payer des dommages et intérêts à son propriétaire, puisqu'on lui a fait tort dans son bien. Même si on tue un chien, ou tout autre animal, à l'aide d'une arme ou par jet de pierres ou d'autres corps durs, n'aurait-on pas eu l'intention de lui donner la mort, on pourrait être condamné, outre l'amende, à un emprisonnement de *cinq jours*.

Il y a encore bien des cas où des blessures, la mort même, peuvent être occasionnées aux animaux domestiques ; soit par exemple par des fous ou des animaux mal-

faisants qu'on aurait laissé divaguer; soit par la mauvaise direction ou le chargement excessif des voitures
qu'on conduit; soit par la rapidité de la course de bêtes de
trait ou de monture, qui viennent se jeter sur d'autres
animaux; soit par la vétusté, la dégradation, le défaut
d'entretien des édifices, etc., etc.

Dans ces cas-là, les propriétaires des animaux tués ou
blessés ont *recours* contre ceux par la faute desquels ces
accidents sont arrivés. Je peux vous en citer deux cas.

Le feu prend dans une maison à cause de l'état de
dégradation de cette maison; les animaux qui occupent
l'étable louée périssent dans l'incendie. Le propriétaire
des animaux, morts dans l'incendie, peut demander des
dédommagements au propriétaire de la maison, qui, en
outre, aura à répondre devant la loi d'une contravention,
punie d'une amende de onze à quinze francs, puisque, par
sa négligence, il aura été causé de graves accidents.

Autre exemple :

Un riche propriétaire, quittant la ville pour se rendre
à la campagne, dans une voiture attelée de deux magni-
fiques chevaux, voulut s'arrêter dans une auberge pour leur
donner l'avoine. En ce moment on remplissait la grange
de foin et de paille. Ce misérable bâtiment demandait
depuis longtemps de grosses réparations. Il ne put supporter la charge de fourrage qu'on y déposait. Il s'é-
croula et une poutre blessa grièvement les deux beaux
chevaux qui mangeaient l'avoine dans l'écurie d'où
par bonheur le garçon venait de sortir. L'aubergiste, dont
l'incurie et la négligence auraient pu causer mort d'homme,
fut condamné au maximum de l'amende et à de forts dommages et intérêts envers le propriétaire des chevaux.

RÉSUMÉ

DOMMAGE VOLONTAIRE AUX PROPRIÉTÉS D'AUTRUI. — MORT OU BLESSURES D'ANIMAUX DOMESTIQUES APPARTENANT A AUTRUI.

Peine : Amende de onze à quinze francs.
Circonstances atténuantes : Admises.
Récidive : Emprisonnement obligatoire de cinq jours au plus.
Texte de la loi : Article 479, nos 1,2,3,4 du Code pénal (Voir les articles 434 à 462 du même Code).

XLIXe CAUSERIE

Une prédiction.

C'était l'époque de la foire de Lergy, de nombreuses baraques, des boutiques de toutes sortes, des étalages en plein vent remplissaient l'emplacement destiné à cette fête ; mais ce qui captivait principalement l'attention publique, c'était une voiture superbement drapée, attelée de deux chevaux harnachés magnifiquement, sur laquelle un personnage, vêtu d'habits aux couleurs éclatantes, la tête couverte d'un casque de cuivre doré empanaché de plumes, et accompagné d'un homme qui frappait du tambour ou jouait du cornet à piston, appelait par ses gestes et ses paroles sonores les badauds et les curieux. Attirés par ce bruit et par cet éclat comme des papillons le sont par la chandelle qu'ils prennent pour le soleil, ceux-ci accouraient en foule ; et, de même que les insectes imprudents, victimes de leur amour pour la lumière se brûlent à la flamme, de même, curieux et badauds se laissant prendre dans le piège offert à leur naïveté, vidaient leur bourse dans celle du charlatan.

Car ce brillant personnage n'était autre qu'un *charlatan ;*

c'est-à-dire un homme cherchant à exploiter à son profit la crédulité publique. Il annonçait qu'il lisait dans l'avenir ; qu'il savait le nom et l'âge de toutes les personnes présentes ; qu'il pouvait révéler à chacun l'histoire de sa propre vie, les malheurs qui devaient fondre sur lui, les personnes qui devaient le trahir, celles dont il devait hériter. Chacun arrivait, avide de se renseigner, écoutant toutes les paroles que prononçait le charlatan comme celles d'un oracle.

Quoique Bernard fut un garçon de bon sens, il n avait pu résister entièrement au prestige qu'exerçait l'homme au casque doré. D'ailleurs, Fernand désirait vivement se faire dire *la bonne aventure* et son ami ne voulait pas le laisser entrer seul dans la baraque où le prétendu devin dévoilait l'avenir.

Ils versèrent donc chacun leurs vingt-cinq centimes dans la main du personnage en question, qui les introduisit dans son sanctuaire, lequel ne brillait que par la malpropreté et l'odeur nauséabonde qu'on y respirait.

Il prit la main des deux amis.

— Vous êtes, leur dit-il après quelques instants d'hésitation, deux écoliers...

Vu l'âge des deux enfants il ne fallait pas être bien sorcier pour deviner cela.

— Vous avez, continua-t-il, quelquefois de bonnes places et quelquefois de mauvaises...

— Pas Bernard ! interrompit Fernand avec vivacité ; il n'a jamais de mauvaises places, lui !

— Aussi n'est-ce pas de lui que je voulais parler, mon ami.

— A la bonne heure, dit Fernand avec satisfaction.

— Vous, vous avez quelquefois mérité des punitions.

— C'est vrai, répliqua l'enfant émerveillé.

— Vous avez tous deux de la famille, reprit l'homme.

A moins d'être un enfant trouvé on a presque toujours de la famille; le charlatan était donc à peu près sûr de tomber juste.

— Un frère... continua-t-il avec hésitation, en regardant les deux amis.

— Pas moi! s'écria de nouveau Fernand.

— Non, pas vous; mais lui, dit le sorcier éclairé par ce mot, et en désignant Bernard.

— Vous, reprit-il en s'adressant à Fernand, une sœur?...

— Je n'ai pas non plus de sœur, interrompit le jeune garçon.

— Attendez donc ; c'est précisément ce que j'allais dire : une sœur... vous manque.

— Oh! oui! c'est vrai; j'aurais bien aimé à avoir une petite sœur.

— Eh bien! dit le charlatan, que voulez-vous savoir?

— Maintenant que vous avez dit le passé, dites-nous l'avenir, répliqua Fernand, qui faisait tous les frais du dialogue.

Le charlatan regarda longuement les deux jeunes garçons, examina de nouveau leurs mains, marmotta quelques paroles inintelligibles, puis il dit à Bernard :

— Prenez garde à vous! un grand danger vous menace : votre meilleur ami vous trahira.

Puis il se tourna vers Fernand.

L'enfant frissonna de la tête aux pieds sans savoir pourquoi.

— Quant à vous, prononça-t-il, vous épouserez une demoiselle ayant les yeux et les cheveux noirs et vous aurez beaucoup d'enfants.

Cette dernière prédiction eut pour effet d'arracher à Bernard, qui n'avait soufflé mot tout le temps de la consultation, un grand éclat de rire.

Les deux jeunes gens sortirent de la baraque '
Bernard riant toujours de bon cœur et Fernând l'imitant
du bout des dents, car il était très content de ce qu'on
venait de lui dire, mais un peu vexé que Bernard eût l'air
de traiter la chose de plaisanterie. En ce moment M. Leduc
passait devant l'établissement.

Vous épouserez une demoiselle ayant les yeux et les cheveux noirs.

— Qu'as-tu donc? dit-il à Fernand; tu es rouge et tu
parais tout ému.

— On vient de lui annoncer que sa femme aurait les
cheveux et les yeux noirs, répondit Bernard.

Fernand devint encore plus rouge, pendant que sa figure
s'épanouissait de satisfaction et qu'il baissait les yeux
comme s'il était déjà devant sa future.

— Et qui t'a fait cette belle prédiction? demanda M. Leduc.

— C'est cet homme-là, dit Bernard en montrant le
charlatan, qui venait de reparaître sur son carrosse.

— Mes enfants, dit l'ancien juge de paix en continuant sa promenade, je vous croyais trop raisonnables, Bernard surtout, pour avoir cru qu'il était nécessaire de vous prémunir contre les prétendus sorciers. Il n'y a que les simples et les naïfs, pour ne pas dire les imbéciles, qui puissent se laisser prendre à leurs discours.

— Pourtant, murmura Fernand, il nous a dit bien des choses véritables sur ce qui nous est arrivé.

— Je crois bien ! s'écria Bernard en riant ; sans t'en apercevoir, tu lui soufflais la moitié de ses réponses.

— Et puis, reprit Fernand avec embarras, mais sans tenir compte de l'interruption de son ami, peut-être qu'il a dit vrai et que...

— Que ta femme aura les cheveux noirs ; c'est possible, à moins qu'elle ne les ait blonds ou châtains.

— Cependant...

— Comment peux-tu croire aux paroles de cet homme-là ? poursuivit l'aîné des deux amis. Tu ne te rappelles donc pas ce qu'il m'a annoncé ?

— Non, dit Fernand, à qui en effet la perspective qui lui était offerte avait fait oublier toute autre chose.

— Il a dit que mon meilleur ami me trahirait ; or, mon meilleur ami...

— Ton meilleur ami, c'est moi, et je n'ai pas envie de te trahir.

— Eh bien ! si le sorcier a menti dans ce qu'il m'a prédit, pourquoi aurait-il dit vrai en ce qui te concerne ?

— Tu as raison, dit Fernand, riant cette fois pour de bon ; que ma femme soit brune ou blonde, nous commencerons à y penser dans une douzaine d'années d'ici, et quant à te trahir nous n'y penserons jamais.

— A la bonne heure ! fit M. Leduc, qui avait suivi avec une vive satisfaction cette petite scène Je n'ai plus besoin de vous recommander de ne pas cro re aux sorci r; mais remarquez pourtant combien leurs prétendues prédictions sont dangereuses. Si vous n'étiez pas tous deux de si bons et si excellents enfants, celle qu'il a faite à Bernard aurait pu mettre la désunio entre vous en vous inspirant de la méfiance l'un contre l'autre et donner peut-être ainsi raison au charlatan. De même des paroles de ce genre peuvent troubler le repos des familles. On annonce à un homme, par exemple, qu'il héritera bientôt ; aussitôt le voilà cherchant, parmi ses parents, quel est celui qui va mourir le premier, t, pour peu qu'il ait une disposition à l'avarice, il en arrivera peut-être à désirer la mort de ce parent ; à trouver qu'il ne meurt pas assez vite. Vous voyez donc quels fâcheux désordres de semblables discours peuvent amener dans un cerveau faible ou dans un cœur qui ne serait pas très bon.

Lᵉ CAUSERIE

Le sorcier.

La fin de ce discours avait eu lieu sur un banc ombragé par deux gros platanes et placé à l'extrémité du champ de foire, sur lequel M. Leduc était venu se reposer avec ses deux jeunes amis. Une vieille femme fort respectable, qu'on appelait la veuve Libert, et que l'ancien juge de paix connaissait pour lui avoir donné des conseils à plusieurs reprises depuis la mort de son mari, y était déjà installée.

— Pourtant, monsieur Leduc, dit-elle quand elle sut de quoi il s'agissait, j'ai connu une femme à Blangis, la mère

Billauc, qui guérissait les vaches malades mieux qu'un vétérinaire, rien qu'avec des paroles ou bien en leur appliquant sur les cornes un emplâtre fait avec de la fiente de pigeon.

— Sur les cornes?

— Oui, sur les cornes.

— Et vous avez vu des bêtes guéries par ce remède?

— Non, car mon mari, feu Libert, n'a jamais voulu appeler la mère Billaud; et quand nous avions un cheval ou une vache malade il faisait toujours venir M. Moussard, le vétérinaire.

— Et il avait raison.

— Non, je n'en ai pas vu, reprit la veuve, mais on m'a dit....

— On m'a dit.... on m'a dit.... et voilà comment les mensonges se propagent. Chacun répète ce qu'il a entendu dire sans avoir vérifié si le fait est vrai. Comment voulez-vous, ma bonne madame Libert, qu'une vieille femme ignorante en sache plus long sur les maladies des animaux qu'un homme qui les a étudiées pendant de longues années? Tous les sorciers ne sont que des escrocs, et c'est ainsi que la loi les considère, car elle les punit d'une amende de *onze à quinze* francs. En outre, elle ordonne la *saisie* de tous les instruments, costumes, ustensiles qui leur ont servi à exercer leur métier.

Elle punit de même les *magnétiseurs* et ceux qui se livrent à l'exercice du *somnambulisme*; et pour ceux qui expliquent les songes, un emprisonnement de *cinq jours* peut être ajouté à l'amende.

— Qu'appelez-vous magnétiseurs, monsieur? demanda Bernard.

— Ce sont des personnes qui en endorment d'autres à l'aide de certains gestes, appelés *passes*, figurées devant leurs yeux. Les personnes ainsi endormies sont sous l'empire du somnambulisme ; si on leur parle, elles répondent et sont censées alors dire les choses cachées, présentes, passées et même futures. Comme ceci est une imposture, et qu'on peut se servir de ce moyen pour tromper les gens et leur extorquer de l'argent, la loi défend expressément l'exercice du somnambulisme.

Ne croyez donc pas, mes enfants, à tous ces charlatans, sorciers, devins, magnétiseurs et autres ; ce ne sont tous, encore une fois, que d'habiles escrocs ; ne les écoutez pas, car ils pourraient par leurs fausses prédictions troubler vos jeunes imaginations ; ne les estimez pas, car ils font un métier méprisable, ne les consultez pas, car vous seriez leur dupe ; enfin, moquez-vous de ceux qui y ont recours, ou plutôt plaignez-les, car ils font preuve ainsi d'une grande pauvreté d'esprit.

— Vous dites que ces prétendus sorciers sont des escrocs, fit Allard, qui était venu se joindre à la petite compagnie réunie sur le banc, vous pourriez même dire que ce sont quelquefois, bel et bien, des empoisonneurs. J'ai entendu parler de l'un d'eux, qui était censé avoir un secret pour guérir les *épizooties*, ou maladies contagieuses sur les bestiaux. Il avait un moyen à lui pour se procurer des pratiques.

Voici comme il s'y prenait :

Il répandait chaque nuit dans les prairies des substances malfaisantes. Aussitôt, les bestiaux qu'on y avait menés paître tombaient malades. Le vétérinaire, appelé en toute hâte, avait de la peine à expliquer la cause première du mal et parvenait rarement à guérir les animaux atteints, d'autant plus que, chaque nuit, notre homme recommençait son manège.

Un paysan eut la pensée de consulter le sorcier : aussitôt celui-ci cessa d'empoisonner les prairies de son client, dont le bétail guérit rapidement. Néanmoins, pour sauver les apparences, il ordonna des remèdes inoffensifs, mais

fort étranges et dont certainement jamais aucun vétérinaire n'aurait eu l'idée, comme par exemple de laver les
mangeoires des animaux avec le sang d'un veau de trois
mois, et de brûler dans l'écurie la peau de ce même veau,
afin de la purifier.

— Un remède qui fait le pendant des cataplasmes sur
les cornes! dit Fernand en riant.

— Après un tel événement, reprit Allard, il n'y eut
qu'un cri dans le pays pour proclamer le savoir et la
puissance du sorcier; aussi courut-on bien vite chez lui.
Grâce à son stratagème, toutes les écuries et les étables
redevinrent florissantes. Je le crois bien; le remède n'était
pas difficile; il ne s'agissait que de ne plus empoisonner les
prairies. Par malheur.... ou pour mieux dire, par bonheur,
il restait un récalcitrant à convaincre. Notre sorcier était
occupé une nuit à répandre ses drogues dans une prairie
appartenant à cet incrédule, lorsque le vétérinaire, qui
ne croyait guère aux sortilèges et aux maléfices, et avait
fait observer depuis quelque temps les manières d'agir du
personnage, s'empressa d'aller prévenir le commissaire
de police. Celui-ci arriva avant que le misérable eût terminé son opération. Pour bien le convaincre de sa tentative criminelle on envoya un veau paître dans la prairie
qu'il venait de quitter; l'animal fut frappé de la même
maladie que les autres bestiaux. Le sorcier fut traduit
devant les tribunaux et condamné à une forte amende, à
deux ans de prison, et à indemniser les propriétaires qu'il
avait indignement trompés.

RÉSUMÉ

SORCIERS, DEVINS, PRONOSTIQUEURS, ETC.

Peine : Amende de onze à quinze francs. Emprisonnement facultatif de cinq jours au plus contre ceux qui expliquent les songes

et confiscation des instruments, ustensiles et costumes, servant ou étant destinés à l'exercice du métier de devin et d'interprète de songes.

Circonstances atténuantes : Admises.

Récidive : Emprisonnement obligatoire de cinq jours au plus.

Texte de la loi : Article 479, n°s 7, 480, 481, 482 du Code pénal.

LI⁰ CAUSERIE

Une tache d'encre.

C'était la fête de Blangis. Les fillettes de Lergy avaient résolu de s'y rendre en troupe par un joli chemin vert, bordé de haies, qui serpentait entre des prairies. A cet effet, elles s'étaient donné rendez-vous à la sortie du village. Déjà plusieurs étaient arrivées, et, en attendant quelques retardataires, elles se complimentaient sur leurs toilettes, lorsque soudain l'une d'elles, Désirée Mirant, qui se pavanait dans une robe de percale rose dont elle était toute fière, poussa un cri de colère et de désespoir.

Une large tache d'encre, couvrant de ses nombreuses éclaboussures presque tout le devant de sa robe, venait d'y apparaître, changeant la fraîche et gracieuse parure en un chiffon malpropre.

Les cris d'indignation de toutes les compagnes de Désirée Mirant répondirent au sien. En cherchant des yeux autour d'elles d'où avait pu venir cette fâcheuse addition à la toilette de la jeune fille, elles aperçurent derrière la haie deux ou trois figures qui s'agitaient en poussant des éclats de rire, mais qu'elles ne purent reconnaître. En même temps, un second jet d'encre traversait le feuillage ; mais, cette fois, soit que ceux qui le dirigeaient eussent mal visé, soit que les fillettes, devinant ce qui les menaçait,

eussent fait à temps chacune un saut du bon côté, aucune
d'elles ne fut atteinte.

Voyant qu'elles devaient, sous peine de s'exposer à une
nouvelle aspersion, renonce à reconnaître ceux qui se
cachaient derrière le feuillage, les jeunes filles se déci-
dèrent à rentrer à Lergy, pour se rendre à Blangis par
une autre route. Désirée les suivait en continuant à se
lamenter. Pas moyen pour elle de se joindre à ses compa-

Une large tache d'encre venait d'y apparaître.

gnes; comment aller à la fête dans l'équipage où elle se
trouvait? Mais ce qui la contrariait le plus, ce n'était pas
tant le chagrin d'être privée d'une journée de plaisir que
le dépit qu'elle ressentait de ne pouvoir découvrir les auteurs de l'insigne et lâche méchanceté dont elle venait
d'être victime.

La troupe des jeunes villageoises revenait donc en
courant vers le village, poursuivie par les éclats de rire
qui ne cessaient de partir de la haie, lorsqu'en atteignant.

les premières maisons, elle rencontra Allard et Larcher, qui sortaient de l'une d'elles.

Ceux-ci, remarquant l'agitation des fillettes, les interrogèrent. On leur montra la robe tachée d'encre de Désirée et quelques mots les mirent au courant de la situation.

— Ah! les petits misérables! s'écria Larcher. Ils vont avoir affaire à nous; n'est-ce pas, Allard?

— Volontiers, répliqua celui-ci.

Et tous deux reprirent à grands pas le chemin déjà parcouru par Désirée et ses compagnes.

Ils eurent bientôt atteint le coin de la route et aperçurent trois garçons, qui n'avaient pas prévu que leur victoire trouverait si vite des vainqueurs, et qui se dirigeaient à toutes jambes vers une barrière à clairevoie, fermant la prairie où ils s'étaient installés pour faire leur coup; mais ils avaient été devancés : comme ils allaient l'escalader, la large main de Larcher s'abattit sur l'un d'eux. Un autre, qui cherchait à s'échapper par le même chemin, allait peut-être y réussir, lorsqu'une des traverses qui formaient la porte, venant en aide au brave fermier, se logea sous la veste du fugitif et le tint suspendu, malgré ses efforts pour se délivrer, jusqu'à l'arrivée d'Allard.

Quant au troisième, qui n'était autre qu'Eustache, voyant, au moment de franchir la barrière, le chemin coupé, il tourna bride aussitôt; alors, s'élançant vers un trou pratiqué dans la haie, et dont il avait connaissance, il s'y faufila en rampant, au grand détriment de ses habits, aussi bien qu'à celui de la peau de sa figure et de ses mains, et fut bientôt hors de vue.

— Va! va! cria Larcher, qui l'avait reconnu, en lui montrant le poing, je saurai bien te retrouver!

Les deux amis, après avoir détaché celui des deux coupables qui était retenu à la barrière par ses vêtements, commencèrent par leur administrer tous deux une bonne correction ; puis, les saisissant chacun par un bras, ils prirent avec eux le chemin de la mairie de Lergy, au milieu des huées des gamins, toujours avides de spectacles de ce genre. Ils se montraient l'un à l'autre les mains et les visages noircis de Mathieu et de son camarade, (car c'étaient encore nos vieilles connaissances qui avaient commis ce méfait,) lesquels mains et visages portaient contre eux un témoignage irrécusable.

LI° CAUSERIE

(*Suite*)

Comme c'était dimanche, il devait y avoir réunion chez M. Leduc. En passant devant sa maison, Larcher et Allard s'y arrêtèrent avec leur capture pour donner quelques mots d'explication.

—Pour le coup, monsieur, dit Bernard avec indignation à l'ancien juge de paix, lorsqu'ils eurent disparu, ce que ces garçons-là ont fait ce n'est pas une contravention, mais bien un délit. C'est tout autre chose que de vider étourdiment sa cuvette par la fenêtre, comme l'a fait une fois M^mo Barillet l'épicière, vous vous le rappelez, sur le bonnet de maman. Elle n'avait pas pensé qu'il allait passer quelqu'un. Tandis qu'en lançant de l'encre sur la robe de Désirée, Eustache et les autres savaient bien où ils la jetaient.

— C'est incontestable, mon ami. En disant qu'on appelle généralement contraventions les infractions à la loi commises sans intention de nuire, j'ai dit aussi qu'il y avait des exceptions à cette règle. Quand on maraude, par

14

exemple, qu'on se régale de fruits aux dépens de son
voisin ; quand on maltraite un animal sans nécessité, on
sait bien qu'on fait mal. Ces fautes cependant rentrent
dans la catégorie des contraventions, parce qu'elles sont
considérées comme légères et que les peines dont elles·
sont punies ne peuvent excéder une amende de quinze
francs ni un emprisonnement de cinq jours. Dans le cas
de *jet involontaire*, comme celui dont Mme Barillet s'était
rendue coupable envers ta mère, l'amende qu'on encourt
peut n'être que de *un* franc ; dans le cas de *jet volontaire*,
comme celui qui nous occupe, elle est de *six à dix francs*,
et de un à trois jours d'emprisonnement ; mais ce n'en est
pas moins une simple contravention.

— C'est pourtant bien méchant, dit Fernand, et quand
on condamnerait ces mauvais garçons au maximum de la
peine, cela ne rendrait pas à Désirée sa robe.

— Aussi les parents des coupables, si ceux-ci n'ont
pas l'âge, seront tenus de payer à ceux de la fillette,
sous forme de dommages et intérêts, une somme d'argent pour remplacer les vêtements que leurs fils
ont gâtés, car le tort que l'on cause doit toujours être
réparé.

La peine à laquelle seront sans doute condamnés ces
mauvais garnements pour ce qu'ils viennent de faire, continua M. Leduc, est applicable à tout *jet d'immondices*, et
je vous ai déjà dit qu'on entendait par là, non seulement
tout liquide sale, puant, ou tachant, mais même de l'eau
claire. Le *jet de pierres* ou autres *corps durs*, contre les
maisons, les édifices, les clôtures et dans les enclos et
jardins, est puni de la même manière.

C'est un amusement qui n'est que trop familier aux
écoliers que de lancer des pierres au hasard, sans s'inquiéter de ce qui peut en résulter, et il est bon que vous
sachiez que la loi le défend expressément. En cela, elle a

grandement raison, car on peut ainsi, par inadvertance, en envoyant des pierres par-dessus un mur par exemple, blesser des personnes qui ne sont pas en vue.

— Maman a un oncle, dit Fernand, qui a perdu un œil, non par l'effet d'une pierre, lancée ainsi, mais par le choc d'une boulette de mastic durci, envoyée par une sarbacane ; un de ces longs tuyaux de verre, vous savez, monsieur, à l'aide desquels on lance quelque chose en soufflant.

— Oui ; je connais cet instrument ; il est même assez dangereux.

— Mon oncle avait pour voisin une dame, dont le petit garçon avait reçu en cadeau une sarbacane. Cet enfant s'amusait à viser une petite ouverture percée dans le contrevent du grenier de mon oncle, lequel contrevent restait ordinairement fermé. Un jour, mon oncle monte dans son grenier, ouvre le contrevent et reçoit précisément une boulette de mastic dans l'œil gauche. Il en est resté borgne.

— Tu vois que j'avais raison de dire que ce jeu est dangereux.

— La mère du petit garçon, continua Fernand, a été condamnée à une amende très forte, parce que mon oncle a été plusieurs semaines malade et que pendant ce temps il n'a pu rien faire.

— Autrement dit, et pour employer l'expression de la loi, fit observer M. Leduc, cet accident a entraîné pour lui une *incapacité de travail* de plusieurs semaines. Il était juste qu'il en fût dédommagé par celui qui en était cause ou par ses parents.

— Je comprends bien, dit Léon Larcher, qui était arrivé pendant la conversation, qu'il soit défendu de jeter des pierres contre une personne, puisqu'on peut la blesser ; mais contre les murs, les maisons, qu'est-ce que cela peut faire ?

— D'abord, ainsi que tu viens de le voir, on est exposé à atteindre quelqu'un ; en outre, on peut détériorer les murs, briser des carreaux ; on commet donc une atteinte au bon ordre et au respect de la propriété. Il y a plus : la loi considère comme une contravention le fait de barbouiller avec un balai la maison d'autrui ; car, outre qu'on salit la maison, on commet un outrage contre son propriétaire.

En cet instant Allard et Larcher revenaient de leur expédition :

— Voilà mes trois gredins coffrés, dit ce dernier. Eustache (c'est celui qui avait réussi à s'échapper) était rentré chez sa mère. Le garde champêtre s'y est rendu, l'a arrêté et l'a amené à la mairie. Il affectait, ainsi que ses compagnons, de ricaner et de traiter la chose de plaisanterie. — Ils avaient voulu s'amuser, disaient-ils. Quant à nier, cela leur aurait été difficile, vu l'encre qui couvrait leurs mains et leurs habits. On a trouvé dans la poche d'Eustache une petite seringue de verre, qu'il avait dérobée à sa mère, qui, paraît-il, s'en était servie, il y a quelques années, pour lui introduire dans l'oreille une préparation ordonnée par le médecin. C'est à l'aide de cet instrument qu'ils ont lancé l'encre sur la robe de la petite Mirant. Ma foi, je suis bien aise que nous nous soyons trouvés là, Allard et moi, pour mettre la main sur ces petits drôles ! Je n'aime pas que la méchanceté reste impunie.

RÉSUMÉ

JET DE PIERRES OU D'IMMONDICES CONTRE LES ÉDIFICES OU SUR QUELQU'UN

Peine : Amende de six à dix francs.
Circonstances atténuantes : Admises.

Récidive : Emprisonnement obligatoire de cinq jours au plus.
Texte de la loi : Article 475, n° 8 du Code pénal. Voir les articles 319 et 320 du même Code.

LIIe CAUSERIE

Une piqûre de mouche.

On s'entretenait beaucoup à Lergy d'un événement fort triste, survenu quelques jours auparavant, et qui avait vivement impressionné les habitants du village. Un enfant de cinq ans, le petit Grégoire, avait été piqué par une mouche malfaisante, et, malgré les soins qui lui avaient été prodigués, il était mort au bout de peu de temps dans d'atroces souffrances.

Ce qu'il y avait de plus déplorable dans ce malheur, c'est que le propre frère de la victime, Vincent, garçon de douze à quatorze ans, en était la cause indirecte. Il possédait un chien; ce chien vint à mourir. Son jeune maître, au lieu de l'enterrer, se contenta de le jeter par-dessus le mur du jardin de ses parents, lequel longeait une ruelle écartée. C'était pendant l'été; le corps du chien ne tarda pas à entrer en décomposition, infectant l'air aux environs. Un véritable essaim de mouches vinrent s'y reposer. Le petit Grégoire fut piqué par l'une d'elles, qui introduisit sous sa peau si tendre un virus ou venin mortel. On devine la douleur de Vincent en voyant le résultat de sa légèreté.

— Il a été imprudent, c'est vrai, dit M. Leduc à ce sujet, mais à son âge on ne sait pas toujours les conséquences des choses. Les personnes qui ont eu à passer dans ce chemin, et qui ont dû être averties par leur odorat de la présence d'un corps mort en cet endroit, ont été beaucoup plus blâmables que lui de ne pas en prévenir le garde champêtre, ainsi qu'on doit toujours le faire en pareil cas.

— Est-ce que c'était à lui à le faire enterrer? demanda Fernand.

— Non; mais c'était à lui à rechercher à qui ce chien avait appartenu, afin de forcer cette personne à le faire enfouir et à dresser procès-verbal contre elle pour l'avoir jeté là.

— Pourquoi devait-il dresser procès-verbal contre cette personne?

— Parce que la loi veut que les animaux, bestiaux ou autres soient enfouis, dans la journée même de leur mort, à *quatre pieds* de profondeur, autrement dit à un mètre trente-trois centimètres.

— Oui, et M. Lebeau tient essentiellement à ce que cette ordonnance soit exécutée, dit Grimaud.

— Et il a raison, car la santé publique en dépend; vous le voyez par ce qui est arrivé au pauvre petit Grégoire; mais, outre les accidents de ce genre, le défaut d'enfouissement des corps d'animaux infecte l'air, y répand des exhalaisons malsaines, le rend impropre à la respiration et peut amener des épidémies.

Tu te demandes ce que j'appelle ainsi, dit l'ancien juge de paix à Léon, dont la figure exprimait l'interrogation.

— Oui, monsieur, répliqua l'enfant.

— Une *épidémie* est une maladie qui attaque un grand nombre de personnes à la fois, et qui est souvent causée par le mauvais état de l'air. Elle est quelquefois *contagieuse*, c'est-à-dire qu'elle se transmet d'une personne à l'autre par le contact. Il est donc important, pour prévenir des altérations dans la santé publique, d'empêcher que l'air ne se corrompe par la décomposition des corps morts; c'est pourquoi la loi ordonne qu'on les enterre dans un délai très prompt, à une profondeur suffisante, et que, de plus, elle a fixé elle-même cette profondeur et ce délai.

— Et où faut-il les enterrer? demanda Fernand.

— Dans son propre terrain, lorsqu'on en possède un; sinon, dans un endroit désigné à cet effet par la municipalité. Dans le cas où on ne se soumettrait pas à cette obligation, on serait condamné à une amende de *trois journées* de travail ou de *trois jours* d'emprisonnement; en outre, les frais d'enfouissage et de transport de l'animal seraient à la charge du contrevenant.

J'ai encore, continua M. Leduc, une remarque à vous faire à cette occasion: c'est que l'ordonnance dont je viens de parler ne concerne que les animaux morts par accident ou par suite d'une maladie ordinaire; mais lorsqu'ils ont succombé à une *épizootie*, ou épidémie contagieuse sur les bestiaux, il y a d'autres prescriptions à observer.

Je veux vous en dire deux mots, quoique ceux qui désobéissent à la loi, en cette matière, se rendent coupables d'un délit et que jusqu'ici nous ne nous soyons guère occupés que des contraventions.

Vous saurez donc, que, quand une bête à cornes tombe malade, et que vous avez quelque sujet de croire qu'elle est attaquée d'épizootie, vous devez immédiatement en prévenir le maire de la commune, et cela sous peine de *six jours à deux mois* d'emprisonnement et d'une amende de *dix à deux cents francs*. Le maire, aussitôt, fait visiter l'animal par le vétérinaire, qui décide si la maladie est ou non contagieuse. Dans ce dernier cas, il prend telles mesures regardées comme nécessaires.

— Une peine aussi forte pour n'avoir pas prévenu le maire! s'écria Fernand.

— C'est que celui qui néglige de faire cette déclaration compromet souvent ainsi la santé et la vie des bestiaux de toute une commune. Il y a quelques années, un propriétaire des environs eut, pendant les grandes chaleurs, (c'est ordi-

nairement dans ces moments-là que se déclarent les épizooties), son étable visitée par une de ces terribles maladies. Il perdit deux vaches, mais il se garda bien de
porter ce fait à la connaissance de l'autorité et fit enterrer
les deux bêtes de la manière ordinaire. Le maire ne put
donc prendre aucune mesure contre la contagion. Qu'arri-
va-t-il? C'est que la maladie dont les deux vaches étaient
mortes se répandit dans les environs et qu'en l'espace d'un
mois la presque totalité des bestiaux périt. Compre-
nez-vous maintenant pourquoi la loi ordonne d'agir avec
tant de promptitude et de diligence? Les bêtes infectées
de maladies contagieuses, en général, devront, non seulement être abattues, mais coupées par quartier et être en-
terrées avec leurs peaux dans des fosses de *huit à dix pieds
de profondeur* pour chaque bête; on devra même jeter
dans ces fosses de la chaux vive.

— Ce qui m'étonne maintenant, dit Bernard; c'est que
les propriétaires des bestiaux, ou bien ceux qui les ont en
garde, ne s'empressent pas de faire ce qui est prescrit dans
des occasions semblables.

— C'est qu'il arrive ordinairement, lorsque le vétérinaire a reconnu l'existence de l'épizootie chez les animaux
examinés, que le maire, sur son rapport, en ordonne
l'abattage immédiat, afin d'empêcher que les autres animaux n'en soient atteints; ceux à qui ces bêtes appartiennent, espérant sans doute les sauver, n'aiment pas se soumettre à une visite qui doit, ils le craignent, avoir ce résultat. Voilà pourquoi ils n'ont garde d'avertir le maire.

— Le fait est que c'est dur, dit Léon, de tuer des bêtes
qui ont une valeur.

— Des indemnités, dans ce cas, mon ami, sont allouées
aux propriétaires; les frais de traitement des animaux
malades sont même payés sur les fonds départementaux;
malheureusement, on ne connaît pas d'autre remède contre

l'épizootie que de faire abattre les animaux qui en sont frappés ; mais tu conviendras que, quelque extrême que soit le moyen, il vaut encore mieux l'employer que de risquer de voir toutes les bêtes de la région infectées de cette maladie contagieuse et succomber à leur tour.

RÉSUMÉ

DÉFAUT D'ENFOUISSEMENT DE BESTIAUX MORTS.

Peine : Amende de trois journées de travail ou trois jours d'emprisonnement.

Circonstances atténuantes : Non admises.

Récidive : Renvoi devant le tribunal correctionnel, peine double, soit six journées de travail ou six jours d'emprisonnement.

Texte de la loi : Article 13 du Code rural.

Voir les arrêtés du 24 mars 1845 ; 19 juillet 1746 ; 30 janvier 1775 ; l'arrêté du 27 messidor an V. articles 459, 460, 461, 462 du Code pénal.

LIIIe CAUSERIE

Le taureau échappé.

— Hé! là-bas! — Gare au taureau! — Faites place. — Au large! — Retirez-vous!

Ces exclamations étaient poussées dans la grande rue de Lergy par une demi-douzaine d'habitants du village, lesquels, munis de bâtons et de fourches, couraient après un taureau qui venait de s'échapper. L'animal avait aperçu la capeline rouge d'une fillette de dix ans et, rendu plus furieux encore par les cris qui retentissaient derrière lui, il s'était acharné à la poursuite de l'enfant, qui, épouvantée, avait perdu la tête et courait tout droit devant elle sans savoir ce qu'elle faisait. Elle allait immanquable-

ment être atteinte lorsqu'un homme s'élança d'une maison
voisine. C'était Larcher. Au risque de recevoir lui-même
un coup de corne, il saisit dans ses bras vigoureux la petite
fille éperdue et l'emporta en toute hâte, laissant la terrible
bête continuer sa course effrénée, jusqu'à ce que, s'apercevant que sa proie lui échappait, elle s'arrêta, labourant
avec rage le sol de ses pieds et de ses cornes. Ceux qui la
poursuivaient la rejoignirent alors, et, après lui avoir

Il saisit dans ses bras vigoureux la petite fille.

passé une corde autour de la tête, ils parvinrent à la ra-
mener à l'étable.

Bernard et Fernand se trouvaient dans la rue au moment
où le taureau la parcourait ainsi. Ils n'avaient pas trouvé
de meilleur moyen de lui échapper que d'obéir à l'invitation de M. Leduc et de sauter par la fenêtre dans la salle
à manger de l'ancien magistrat. Tous trois alors suivirent
des yeux avec la plus vive anxiété la course affolée de
l'animal, et tous trois poussèrent une exclamation de joie
et de soulagement lorsque Larcher eut arraché la fillette

au terrible danger qui la menaçait et qu'on se fut rendu maître du taureau.

— A qui appartient cette bête? demanda alors M. Leduc aux deux jeunes garçons; le savez-vous?

— Non, monsieur, répondirent-ils.

— Quel qu'en soit le propriétaire, il sera condamné à l'amende.

— Pourquoi cela?

— Parce qu'il est en contravention pour l'avoir laissé s'échapper. La loi ne veut pas qu'on laisse *divaguer*, c'est-à dire *errer* seuls sur le chemin, les animaux réputés *malfaisants*, tels que les tigres, les lions, les loups, les direnards, les taureaux, les chevaux et les chiens car cette vagation constitue un danger pour les passants, comme vous venez de le voir.

— Je le crois bien! dit Bernard. Si ce taureau avait atteint la petite Juliette! Je frémis rien que d'y penser!

— Il n'y a pas que les taureaux échappés qui peuvent causer des accidents, dit Fernand. L'autre jour, à Blangis, à ce que j'ai entendu raconter à la maison, un propriétaire avait envoyé ses chevaux tout seuls à l'abreuvoir. En revenant, ils ont pris peur, se sont emportés et ont blessé des enfants qui jouaient dans la rue. L'un d'eux l'a été assez grièvement.

— Aussi la loi défend-elle formellement, Léon le sait, de laisser des chevaux aller seuls à l'abreuvoir, et rend-elle les propriétaires responsables de ce qui peut en résulter. De même si le maître d'une ménagerie comprenant des lions, tigres, ours, serpents et autres animaux féroces ou dangereux par nature, laisse quelques-uns de ses pensionnaires s'échapper, il est puni d'une amende.

— Le fait est que se voir face à face avec un de ces animaux-là, ce ne doit pas être très agréable, dit Fernand

— Un animal peut s'échapper et ne pas faire de mal, dit à son tour Bernard.

— Cela n'empêche pas le propriétaire d'être condamné.

— Pourtant on doit être puni avec plus de sévérité lorsque l'animal errant a causé des malheurs.

— En effet. Si cette divagation n'a pas eu de suites fâcheuses, celui auquel il appartient sera condamné seulement à une amende de *six* à *dix francs*. Mais si des bestiaux, appartenant à autrui, ont été blessés par l'animal échappé, l'amende sera de *onze* à *quinze*. Si c'est une personne qui a été atteinte, le propriétaire de l'animal sera passible d'une amende de *seize* à *cent francs,* et en outre d'un emprisonnement de *six jours* à *deux mois,* ou de l'une de ces deux peines seulement, sans préjudice des dommages et intérêts que pourront réclamer les victimes pour le tort qui leur aura été fait.

— Et si un de ces animaux a blessé une personne mortellement?

— Dans ce cas, l'amende est encore plus forte et l'emprisonnement plus long ; mais surtout, punition plus terrible que celles que les lois peuvent infliger, celui qui par sa négligence a causé la mort d'un homme éprouve un remords et un chagrin qui, dans les cœurs honnêtes, durent autant que la vie.

Un des animaux sur lesquels la loi nous ordonne de veiller avec le plus d'attention, continua M. Leduc, c'est le chien. Non seulement il n'est pas permis de laisser les chiens errer dans les rues sans muselière, mais encore on ne doit pas leur permettre de rester en liberté dans les cours ouvertes ou dans celles qu'on possède en commun avec d'autres personnes, ni même dans les maisons, si celle qu'on habite a d'autres locataires. Il est expressément défendu, en outre, de s'amuser à *exciter les chiens*, comme le font souvent les écoliers pour les forcer à se battre. Encore bien davantage de les animer contre les passants; on doit même, si on voit son chien disposé à se jeter sur une personne, le retenir et l'en empêcher.

— Mais pourtant si le chien ne fait pas de mal à cette personne?

— N'importe, il y a contravention si vous ne vous êtes pas opposé à ses mauvais desseins, et encore bien plus si vous l'avez excité de la voix et du geste. D'ailleurs, ne ferait-on, en agissant ainsi, que donner de la frayeur, on serait coupable, car la frayeur peut quelquefois amener des maladies nerveuses très graves; il ne peut donc être permis de la faire naître pour s'amuser.

— Elle peut aussi causer des accidents, témoin la petite Louison, qui a eu tellement peur l'autre jour, quand le chien du bourrelier a fait mine de se jeter sur elle, excité par ce mauvais garnement de Mathieu, qu'elle est tombée, s'est fait une bosse au front et a lâché le pot qu'elle portait, de sorte que son lait a été répandu et qu'elle a été punie.

— Tandis que c'était le chien ou plutôt son maître qui méritait de l'être.

— Ce qui fait surtout que les prescriptions sont si sévères à l'égard du chien, reprit M. Leduc, c'est que cet animal est sujet à une terrible maladie : *la rage*. On ne sait pas toujours quand il en est atteint et il peut la communiquer par la plus petite morsure et même par sa salive, non seulement aux chiens, mais encore aux hommes.

— Il est bien cruel pour une pauvre bête de se voir condamnée à rester à la chaîne ou bien à porter une muselière, dit Léon.

— Il est encore plus cruel d'exposer des êtres humains à devenir victimes d'une maladie épouvantable, à laquelle on n'a pas encore trouvé de remède, et qui fait mourir ceux qui en sont atteints dans d'affreuses tortures. Je re-

15

connais comme toi que le chien est, de tous les animaux, celui qui nous est le plus attaché, et je suis disposé à le payer de retour ; mais mon affection pour lui ne va pas jusqu'à faire passer son intérêt avant celui de mes semblables.

— Alors, demanda à son tour Bernard, il n'y a que les animaux inoffensifs qui aient la permission d'aller et de venir dans les rues?

— Oui, lorsqu'un arrêté municipal ne le défend pas, le maire, s'il le juge nécessaire, peut, par un arrêté, proscrire même la divagation de la volaille, des troupes d'oies, des vaches, des moutons, des porcs; ces animaux pouvant, en effet, occasionner des dégâts et de l'encombrement sur la voie publique.

Mais, mes enfants, il est encore d'autres pauvres créatures qu'on est obligé de tenir enfermées ou que du moins on ne doit pas, sous peine d'amende, laisser sortir sans être accompagnées. Ce sont *les fous*. Vous savez, n'est-ce pas, que, parmi les êtres humains, il en est qui ont le malheur de perdre la raison, cette lumière qui éclaire pour tout homme la route de la vie. Ces infortunés sont semblables aux bêtes; il en est même qui leur sont inférieurs; l'animal du moins a l'instinct, qui lui permet de se conduire, de pourvoir à sa subsistance, de se chercher un gîte; tandis que l'homme privé de raison ne sait pas même subvenir à ses premiers besoins. Il n'a pas conscience de ses actes; il fait le mal sans s'en rendre compte. On en a vu qui, n'étant pas suffisamment surveillés, s'armaient de tout ce qui leur tombait sous la main, quelquefois d'un fusil, et tuaient ceux qui les approchaient, souvent leurs plus proches parents. Vous comprenez bien que la loi a dû s'opposer à ce qu'on les laissât en liberté.

— Pourtant, si un fou n'est pas méchant?

— Il peut le devenir au moment où on s'y attend le

moins, et faire ainsi courir les plus grands dangers à ceux
qu'il rencontrerait.

— Eh bien! monsieur, l'ordonnance qui veut qu'on ne les
laisse pas sortir seuls n'est pas toujours bien observée, dit
Fernand. Ainsi, la semaine dernière, dans le chemin
qui mène au cimetière, nous avons rencontré la veuve
Grujet, la mère du peintre, qui est folle, comme vous
savez. Une bande de méchants gamins s'étaient ameu-

Une bande de méchants gamins s'étaient ameutés après elle.

tés après elle et lui criaient des injures, la regardant sous le nez, se la montrant au doigt, ricanant, se
moquant d'elle. L'un d'eux même lui a jeté des pierres.
Alors Bernard a pris le méchant moutard par le bras et
lui a administré une demi-douzaine de bonnes calottes. Les
autres ont d'abord essayé de le défendre; mais quand ils
ont vu qu'ils allaient avoir affaire à nous deux, ils ont
reculé et ont laissé la vieille femme tranquille. N'est-ce
pas, monsieur, que c'était bien à Bernard de prendre la
défense de cette pauvre folle?

— Oui, mon ami, et tu as bien fait de l'y aider. Vous êtes tous deux de braves et excellents enfants.

RÉSUMÉ

DIVAGATION DES FOUS, DES ANIMAUX MALFAISANTS, EXCITATION DES CHIENS.

Peine : Amende de six à dix francs.
Circonstances atténuantes : Admises.
Récidive : Emprisonnement obligatoire de cinq jours au plus.
Texte de la loi : Article 475, n° 7, du Code pénal. Voir les art. 319, 320 du même Code.

LIVᵉ CAUSERIE

Le paletot d'occasion.

René, le frère aîné de Bernard, poursuivait son tour de France. Se trouvant dans une petite ville de l'Orléanais, il avait voulu en profiter pour renouveler sa garde-robe.

C'était jour de foire ; il se rendit sur la place où elle se tenait, pensant bien y trouver ce dont il avait besoin. Il s'adressa à un marchand d'habits d'occasion dont l'étalage, quoique très modeste, présentait un paletot de fort bonne mine. René, avant de le marchander, voulut voir s'il lui allait. Il l'essayait et allait probablement traiter avec le fripier lorsqu'un gendarme, lui mettant la main sur l'épaule :

— D'où vient ce paletot ? dit-il sévèrement.

— Je n'en sais rien, répliqua le jeune homme interdit ; j'allais l'acheter.

Le gendarme répéta sa question en s'adressant au vendeur.

— Faites excuse, gendarme, répliqua celui-ci ; il vient d'un monsieur de chez nous à qui je l'ai acheté avec d'autres effets, pour venir les revendre à la foire et tâcher de gagner quelques sous.

— Où est votre *plaque ?*

— Ma plaque ! Quelle plaque ?

— Vous n'en avez pas ; c'est bon. Vous allez plier bagage et me suivre ; vous vous expliquerez à la mairie.

D'où vient ce paletot ? dit-il.

« J'ai tout de suite remis mon vieux paletot, disait René dans la lettre où il racontait cette aventure, et j'ai bien vite filé sans demander mon reste, de sorte que je n'ai pas su ce que le gendarme voulait dire avec *sa plaque.* »

— Cette *plaque*, dit M. Leduc, lorsqu'il fut interrogé par Bernard à ce sujet, est une médaille dont les fripiers et brocanteurs sont tenus de se pourvoir. On appelle *fripiers* et *brocanteurs* les marchands qui achètent de vieux habits, vieux meubles, vieux linge, vieux livres, vieux tableaux, vieux harnais, vieille ferraille, enfin tout espèce d'objets ayant déjà servi. Ils n'ont pas le droit de vendre des *marchandises neuves*, même achetées de hasard ou d'occasion, c'est-à-dire au-dessous de leur valeur, et ne peuvent davantage vendre des armes offensives et défensives, ni les matières d'or ou d'argent, sauf pourtant les vieux galons, les vieilles hardes brodées d'or et d'argent, telles qu'on en portait beaucoup autrefois. Ils ne peuvent, en outre, tenir *boutiques* ou *magasins ;* la vente de leurs marchandises n'est autorisée que dans les *rues, halles* et *marchés.*

On ne peut exercer ce métier sans avoir rempli certaines formalités.

Ainsi il faut préalablement se faire inscrire sur les *registres de la police* et sur ceux tenus par le *syndic* de la profession des fripiers et brocanteurs. Ceux qui n'auraient pas pris cette précaution se verraient confisquer leurs marchandises et seraient, en outre, condamnés à *dix francs* d'amende.

— Qu'est-ce qu'un *syndic*, monsieur ? demanda Fernand.

— C'est une personne choisie dans une corporation, un métier, si tu l'aimes mieux, pour représenter cette corporation et défendre ses intérêts. Il y a le syndic des bouchers, des boulangers, des merciers, des tailleurs, etc.

Quand un fripier ou un brocanteur fait *sa déclaration,* on lui délivre une *plaque* ou médaille qu'il est tenu de porter *en évidence,* tant qu'il exerce sa profession. Il ne peut la céder ni la prêter à personne, sous peine d'amende, et de plus sous peine d'être privé de sa médaille, c'est-à-dire du droit d'exercer son commerce.

— Est-ce que les autres marchands bouchers, épiciers, merciers sont inscrits, eux aussi, sur les registres de la police?

— Non, mon ami; il n'y a que les trafiquants en vieux.

— Pourquoi cela?

— C'est afin que les voleurs trouvent moins de facilités à exercer leur coupable industrie.

Si l'un d'eux, en effet, veut se défaire de ce qu'il a dérobé, il va d'ordinaire le vendre à l'un de ces marchands, puisqu'il n'y a qu'eux qui achètent des objets d'occasion. Aussi, quand un vol a été commis, la police s'empresse-t-elle de se rendre chez les fripiers et brocanteurs, et souvent elle y retrouve les objets qui ont disparu. Quelquefois, ces marchands sont de complicité avec les voleurs, mais le plus souvent les voleurs les ont trompés et leur ont fait accroire qu'ils étaient véritablement les propriétaires de ce qu'ils leur proposaient. Dans tous les cas, les fripiers et brocanteurs peuvent fournir à la police, de gré ou autrement, des renseignements utiles sur celui qui leur a vendu l'objet volé. Si ces marchands n'étaient pas sous la surveillance de l'autorité, tout le monde pourrait vendre des marchandises d'occasion : la police serait donc encore bien plus embarrassée, lorsqu'un vol lui serait signalé, pour en découvrir les preuves ou pour en suivre les traces, et les malfaiteurs trouveraient encore bien plus facilement des recéleurs pour les aider à cacher leurs méfaits et à en tirer parti.

— J'aime à croire que le paletot que René a été sur le point d'acheter n'était pas un paletot volé, dit Bernard. Il me serait désagréable de le penser.

— J'espère que non et que l'homme qui avait établi son étalage sur la place du marché n'était pas un malhonnête homme. Néanmoins, s'il a été traduit devant le juge de paix, il n'en aura pas moins été condamné à l'amende ; car la loi ne permet pas de s'établir fripier sans avoir rempli les conditions nécessaires. La loi le veut ainsi, dans l'intérêt public, et je le répète, nul n'est censé ignorer la loi.

LVᵉ CAUSERIE

On doit prêter main-forte à la loi.

M. Lallier, le médecin de Lergy, ayant été gravement malade, avait dû, pour compléter sa guérison, aller passer un mois à Vichy, afin d'y prendre les eaux. Un jeune médecin, étranger au pays, était venu le remplacer.

Pendant cette absence survint un événement qui impressionna vivement les habitants du village. Un homme fut trouvé assassiné sur la grand' route. M. Ramon, le médecin par intérim, fut requis par l'autorité pour faire les constatations nécessaires, c'est-à-dire pour examiner le cadavre et rendre compte des causes qui avaient déterminé la mort.

— Je m'étonne qu'il y soit allé, dit Allard d'un ton de raillerie amère.

— Pourquoi donc? demanda M. Leduc.

— L'autre jour, on l'avait appelé pour secourir un malheureux maçon, tombé d'un échafaudage; il a refusé de se rendre près de lui, sous prétexte qu'on l'attendait au château du Pin, et ce n'est qu'après son retour qu'il a consenti à aller voir l'ouvrier.

— Ce n'est pas la même chose que dans le cas précédent. Quand l'autorité vous requiert, on n'est pas libre de dire non; autrement, on s'exposerait à se voir condamner à l'amende.

— Je trouve qu'il en méritait tout aussi bien une pour avoir refusé de venir, immédiatement, soigner le maçon ; ce n'est pas M. Lallier qui aurait fait cela.

— Qu'il n'ait pas bien agi dans cette circonstance, c'est possible ; mais d'abord il faudrait savoir au juste les raisons qu'il a eues pour se conduire ainsi. Dans tous les cas, rien ne pouvait le contraindre à se rendre à l'appel de l'ouvrier, et la loi ne punit pas ces sortes d'actions, toutes blâmables qu'elles soient, parce qu'elles n'intéressent pas le bien public. Ainsi, un aubergiste peut refuser de recevoir chez lui un malade ou un mourant, de même qu'un serrurier n'est pas obligé d'obéir à un huissier qui le somme d'ouvrir la porte d'une habitation dont il doit saisir les meubles.

Il y a des occasions, au contraire, prévues et déterminées par la loi, où chacun est obligé de porter certains secours, si l'on en est régulièrement requis par l'autorité compétente.

Mais c'est seulement lorsqu'il s'agit d'un *cas urgent* et, de plus, d'un *intérêt général public*, qu'on ne peut se refuser de satisfaire aux réquisitions de l'autorité.

Lorsque M. Ramon a refusé le secours de son art à un maçon, il ne s'agissait pas d'*un intérêt public*. Il était donc libre de ne pas le lui donner. Si le cas était urgent, peut-être celui qui l'appelait au château du Pin ne l'était-il pas moins, car il est bien rare que les médecins se fassent prier pour accomplir leurs devoirs professionnels.

— Ah dame ! fit Larcher, sa visite là-bas ne souffrait aucun retard, à ce que m'a dit le lendemain un domestique du château, celui-là précisément qu'on avait envoyé en estafette pour le chercher. Le propriétaire venait d'être frappé d'apoplexie ; cinq minutes plus tard, c'était fini.

— Vous voyez bien ! dit l'ancien juge de paix.

— Mais, monsieur, dit Bernard, en quoi est-il si utile

15

qu'un médecin, requis pour *constater*, comme vous dites,
la mort d'un homme assassiné, s'empresse d'obéir, et comment rend-il ainsi un *service public?*

— C'est qu'il est de toute nécessité de rechercher au plus tôt les circonstances qui ont pu accompagner l'assassinat, et ce qui y aide puissamment, c'est de déterminer de quels instruments le meurtrier s'est servi pour l'accomplir, s'il y a eu lutte, si la mort a été instantanée. Le médecin seul peut s'en rendre un compte exact. Ces constatations servent à mettre la justice sur la trace du coupable, et il importe vivement à la société qu'il soit poursuivi, arrêté et mis hors d'état de nuire à ses semblables en aussi peu de temps que possible.

— C'est vrai.

— La loi donne donc pouvoir à tous les *agents de l'autorité*, depuis le préfet jusqu'au garde champêtre, aux gendarmes, aux pompiers mêmes, de requérir ceux qui peuvent leur prêter *main-forte* dans les cas *urgents*, et dans les cas où l'*ordre public* est intéressé. Les personnes qui ne se rendent pas à ces réquisitions peuvent être poursuivies et condamnées à l'amende.

Ainsi des voyageurs passent, la nuit, sur la route; ils sont sommés par le garde champêtre de venir l'aider à enfoncer la porte d'une maison où un incendie s'est déclaré et où tout le monde est endormi. Les voyageurs doivent le seconder, car il y a un *intérêt public*. Si l'incendie n'est pas conjuré, non seulement les habitants de la maison sont exposés à mourir d'une mort affreuse, mais encore le feu peut se communiquer à d'autres maisons et peut-être à tout le village. Le salut général dépend donc, jusqu'à un certain point, de l'obéissance des voyageurs à l'injonction du garde champêtre, et ils seraient coupables de ne pas se rendre à son appel.

De même un individu est coupable lorsqu'il refuse d'al-

ler avertir la gendarmerie pour dissiper un rassem
blement tumultueux, car ce rassemblement peut amener
de graves désordres. L'intérêt de chacun est donc en jeu.

On est coupable aussi lorsqu'on refuse de se mettre
à la chaîne, en cas d'incendie; de porter secours aux
agents de la police pour contenir une personne en état de re-
bellion contre la force publique; de prendre part à une bat-
tue contre les animaux nuisibles, si on a été désigné

Des voyageurs passent, la nuit, sur la route...

par l'autorité municipale pour cet office; ou de fournir, sur la réquisition du maire, des chevaux pour l'enlèvement des neiges ou autres amoncellements du même
genre, qui interrompent la circulation. Dans tous ces cas-
là, l'intérêt public est encore en jeu.

— Cela m'est arrivé une fois, dit Grimaud, ou pour
mieux dire, cela a été sur le point de m'arriver. J'habitais
Lavaur, une petite ville assez importante. Un monsieur vient me demander mes chevaux; il s'agissait de

déblayer une grande route, sur laquelle un éboulement s'était produit. Il se disait commissaire de police, mais rien ne prouvait qu'il le fût réellement; il n'avait pas d'écharpe.

— Dans les *cas urgents*, remarqua M. Leduc, les représentants de l'autorité en sont dispensés, il suffit qu'ils déclarent verbalement en quelle qualité ils requièrent.

— Enfin, j'ai cédé, et j'ai bien fait.

— Si, cependant, pour une cause ou pour une autre, on est dans l'impossibilité d'obéir ? demanda Bernard.

— C'est au juge à apprécier les *motifs d'empêchement* et à décider s'il y a ou non contravention.

— Je vois bien alors que le plus simple, c'est d'être toujours prêt à venir en aide à ceux qui ont besoin de vous, sans attendre qu'on y soit contraint par la loi.

— Tu as raison, mon ami. Quand des créatures humaines sont menacées dans leur vie ou dans leurs biens, il n'est pas besoin de se demander s'il s'agit d'intérêt public ou d'intérêt particulier. Il faut avant tout porter secours à ceux qui sont dans la détresse et *faire pour autrui ce que nous voudrions qu'on fît pour nous.*

RÉSUMÉ

REFUS DE TRAVAUX, SERVICES ET SECOURS REQUIS PAR L'AUTORITÉ.

Peine : Amende de six à dix francs.
Circonstances atténuantes : Admises.
Récidive : Emprisonnement obligatoire de cinq jours au plus.
Texte de la loi : Art. 475, nº 12, du Code pénal.

REFUS D'OBÉIR A UNE RÉQUISITION POUR TRAVAUX NÉCESSAIRES A L'EXÉCUTION DES JUGEMENTS.

Peine : Emprisonnement de trois jours au plus.
Circonstances atténuantes : Non admises.
Récidive : Devant le tribunal correctionnel : Emprisonnement de dix à trente jours.
Texte de la loi : Loi du 22 germinal an IV.

LVI° CAUSERIE

Le colporteur.

Fernand et Bernard avaient devancé leur père de quelques instants chez l'ancien juge de paix. Ils étaient l'un et l'autre visiblement préoccupés. M. Leduc s'en aperçut bien vite.

— Vous avez, leur dit-il en souriant, quelque grave pensée qui vous trotte dans la tête.

Les deux jeunes garçons sortirent alors de dessous leur habit, l'un une gravure, représentant les monuments de Paris ; l'autre un almanach de l'année rempli d'images.

— Oh ! oh ! qui vous a donc fait de si jolis cadeaux ? demanda M. Leduc.

— Nous les avons achetés à un marchand et ce qui nous préoccupe, le voici, dit Bernard. Ce marchand est venu chez nous ce matin, et a offert à mes parents de leur vendre des livres et des images. Il avait un air singulier, il regardait à droite, à gauche, comme s'il avait peur qu'on le vît. Papa lui a répondu qu'il n'avait besoin de rien. Quand il a été à quelque distance de la maison, je suis sorti sans rien dire, j'ai couru après lui et je lui ai acheté l'almanach que voici, que j'avais remarqué parmi ce qu'il nous avait montré.

— Combien l'as-tu payé ?

— Cinquante centimes. — En ce moment, continua Bernard, j'ai vu Fernand, je l'ai appelé et à son tour il a acheté les monuments de Paris pour le même prix. Nous étions encore sur la place lorsque le garde champêtre est arrivé. En l'apercevant, le marchand voulut s'esquiver, il n'en a pas eu le temps ; le père Mollard s'est approché et lui a demandé ce qu'il vendait. — Des livres et des gravures, a répliqué l'autre. — Montrez-moi votre déclaration. — Le marchand a tiré un papier de son portefeuille. — Donnez-moi votre catalogue. — L'homme alors a fait mine de regarder dans son portefeuille, il a remué tout ce qui s'y trouvait, a fouillé dans ses poches, puis il a fini par dire qu'il l'avait perdu.

Le père Mollard a dressé procès-verbal contre le marchand qui, à ce qu'il paraît, était en contravention; de sorte que nous nous demandons si nous n'avons pas eu tort de lui acheter quelque chose et si nous n'allons pas être poursuivis nous-mêmes à cause de cela.

— Non, mes amis, rassurez-vous; vous n'êtes pas en faute vis-à-vis de la loi ; seulement, prenez, je vous y engage, la bonne habitude de ne rien acheter à l'insu de vos parents.

En ce moment Grimaud, Allard et d'autres personnes entraient chez M. Leduc.

Allard n'eut rien de plus pressé que de raconter l'incident de la journée, à savoir l'arrestation du colporteur.

— Il est donc, ajouta-t-il, défendu de vendre des livres dans la rue ?

— Il n'est pas défendu de vendre *des livres*, mais il est défendu de vendre les livres, journaux, chansons, images, etc., présentant un caractère *délictueux*, c'est-à-dire défendus comme contraires aux bonnes mœurs, ou contenant des provocations à des crimes ou *délits*. Ce marchand ou colporteur avait bien conscience de ce qu'il faisait, puisqu'il se cachait pour vendre ses marchandises. La loi a réglé le colportage. Toute personne qui veut devenir *colporteur* ou *distributeur* de livres, écrits, chansons, brochures, journaux, dessins, gravures, lithographies et photographies, doit en faire la *déclaration*, soit à la mairie de sa commune, s'il n'a l'intention de faire de distribution que dans cette commune; soit à la sous-préfecture, s'il veut exercer son commerce dans tout un arrondissement; soit à la préfecture, s'il veut l'étendre à tout un département.

— Est-ce que tout le monde, sans exception, peut faire ce métier?

— Oui, les femmes aussi bien que les hommes et même les enfants, à la condition d'abord de justifier de sa qualité de Français, et ensuite de prouver qu'on n'a subi aucune condamnation pour crimes ou délits.

— Comment doit être faite cette déclaration?

— Elle doit être faite sur papier timbré et porter les nom, prénoms, profession, domicile, âge et lieu de naissance du *déclarant*. On a donc à produire son acte de naissance, ou sa carte d'électeur ou encore un certificat du maire de sa commune ou du commissaire de police.

Le maire vous remet immédiatement, et sans frais, récépissé de la déclaration que vous faites et qu'on doit présenter à chaque réquisition des agents de la force publique : maire, gendarmes, garde champêtre, etc.

Tout colporteur doit en outre être muni d'un catalogue qui contient l'énumération de tous les objets qu'il destine à la vente. Ce catalogue est dressé sur un livre visé et paraphé par le préfet ou le sous-préfet.

Le marchand pris en faute ce matin n'avait certainement pas ce catalogue; c'est pourquoi le père Mollard a dressé procès-verbal contre lui.

— Et pourquoi est-il nécessaire qu'il possède un catalogue?

— C'est afin que l'autorité puisse aisément vérifier si les objets que le marchand qu'il colporte ou qu'il distribue sont mentionnés au catalogue, et poursuivre en justice ceux qui vendent des livres, gravures ou écrits ayant un caractère délictueux. Les agents de l'autorité peuvent même, à cette fin, prendre copie de ce catalogue. Autre-

fois chaque volume ou gravure que le colporteur avait
le droit de vendre était *estampillé*, c'est-à-dire revêtu
d'un cachet appelé estampille; depuis quelque temps
cette formalité a été abolie.

Donc, conclusion :

L'exercice de la profession de colporteur ou de distributeur sans déclaration préalable, ou après déclaration
par un individu n'ayant pas le droit de l'exercer; l'absence du catalogue; la vente, la distribution ou simplement la découverte parmi les marchandises du colporteur
d'objets non mentionnés au catalogue; le défaut de présentation à toute réquisition du récépissé de déclaration
ou du catalogue, constituent autant de contraventions,
punies d'une amende de cinq à quinze francs et d'un emprisonnement d'un à cinq jours. Le tribunal pourra en
outre interdire au contrevenant d'exercer sa profession
de colporteur ou de distributeur.

Je vous ferai remarquer que les bibliothécaires des gares
de chemin de fer doivent remplir les mêmes formalités.

Quant au colportage accidentel, c'est-à-dire pratiqué
par des personnes qui n'en font pas leur profession habituelle, il n'est soumis à aucune déclaration.

RÉSUMÉ

CONTRAVENTION A LA LOI RELATIVE AU COLPORTAGE DES LIVRES, BROCHURES,
JOURNAUX, LITHOGRAPHIES ET AUTRES IMPRIMÉS.

Peine : Amende de cinq à quinze francs. Emprisonnement de
un à cinq jours. En cas de déclaration mensongère ou en cas de
déclaration faite par un individu déjà déclaré incapable par jugement correctionnel, l'emprisonnement sera nécessairement prononcé.

Circonstances atténuantes : Admises.

Récidive : Emprisonnement obligatoire de un à cinq jours.

Texte de la loi : Loi du 17 juin 1880. Circulaire ministérielle du
10 août 1880. Loi du 29 juillet 1881. Voir les art. 264 et suiv. du Code
pénal.

LVIIe CAUSERIE

La canne-épée.

— Que dites-vous de mon emplette, monsieur Leduc, dit un jour Larcher à l'ancien juge de paix, en lui montrant une canne de jonc dont la poignée, en se dévissant, amenait une lame d'acier très aiguë, longue de 25 à 30 centimètres, qui disparaissait dans la tige.

— Je dis, mon ami, que c'est une *arme prohibée*, c'est-à-dire dont le port est défendu, et que si vous en étiez trouvé muni, vous seriez en contravention.

— Je n'ai pas envie de m'en servir contre personne.

— Je le pense bien; toutefois, qu'on s'en serve ou non, il est défendu d'en avoir sur soi.

— Pour quelle raison?

— Parce qu'une arme de ce genre, entre les mains de gens imprudents, maladroits, querelleurs, adonnés à la boisson, peut devenir la cause d'accidents sérieux et quelquefois mortels.

— Mais je ne suis rien de tout cela.

— Je le sais bien; seulement, je vous l'ai déjà dit, les lois de ce genre ne sont pas faites pour les gens honnêtes et raisonnables; néanmoins, ils doivent s'y conformer. L'arme que vous me montrez, étant une arme secrète, rentre précisément dans la catégorie des armes prohibées.

— S'il est défendu de porter de ces sortes d'armes, pourquoi est-il permis d'en vendre?

— Ce n'est pas permis, et le marchand qui vous a fourni celle-ci s'exposait, comme tous ceux qui achètent, fabriquent ou vendent des armes prohibées, comme vous vous y exposez vous-mêmes, à une amende de dix francs et à la confiscation de toutes les armes du même genre qu'il a en magasin. En cas de récidive, cette amende pourrait être portée à cent francs, et on y joindrait défense, à l'avenir, de vendre aucune espèce d'armes. Vous voyez qu'il n'y a pas à plaisanter.

— Mais les fusils, dit Bernard, ne sont pas des armes prohibées ?

— Non ; cependant, il est défendu d'en porter.

— Pourtant, quand on va à la chasse?

— Quand on va à la chasse, c'est différent ; mais on ne doit porter que des armes de chasse.

Il y a un second cas où il est permis de se munir d'armes : c'est le cas de voyage, mais encore n'est-il permis d'en avoir que pour sa défense personnelle.

— De sorte, reprit Larcher en riant, que, prohibées ou non, on n'a jamais la faculté de porter des armes, si ce n'est à la chasse ou en voyage, et que par conséquent il n'y a guère de distinction à faire.

— C'est vrai ; mais vous pouvez quelquefois vous justifier du port d'une arme ordinaire et vous ne pouvez jamais le faire d'une arme prohibée, telle qu'un poignard, un pistolet de poche, une canne-épée, une baïonnette, et autres armes cachées et secrètes. Par le fait, la loi ne donne la faculté de porter des armes, à part les deux cas que je viens de citer, qu'aux employés des douanes, à ceux des contributions indirectes, aux gardes forestiers et aux gardes champêtres qui ont été autorisés par le sous-préfet.

RÉSUMÉ

PORT D'ARMES PROHIBÉES.

Peine : Amende de dix francs.
Circonstances atténuantes : Non admises.
Récidive : Renvoi devant le tribunal correctionnel, amende de cinquante francs et un mois d'emprisonnement.

Texte de la loi : Ordonnance du 14 juillet 1716. Voir la déclaration du 23 mars 1728, l'ordonnance du 21 mai 1784, le décret du 2 nivôse an XIV, la loi du 24 mai 1834, l'ordonnance du 23 février 1837, la loi du 19 juin 1871.

LVIII° CAUSERIE.

Cinq centimes valent un sou.

— Est-il vrai, monsieur Leduc, demanda un jour Allard à l'ancien juge de paix, que je sois obligé de recevoir en payement des billets de la Banque de France?

— Oui, mon ami; les billets de banque ont ce qu'on appelle *cours forcé*, de même que toutes *les monnaies nationales*.

— Alors je peux à mon tour obliger ceux auxquels j'ai à payer à prendre ces billets?

— Sans doute, et ils seraient en contravention s'ils s'y refusaient.

— Oh! s'il en est ainsi, je ne demande pas mieux que de les accepter; c'est que l'autre jour un homme de S.-Julia, à qui je devais deux cents francs, n'a pas voulu les recevoir.

— Il a eu tort, et vous pouviez l'y contraindre.

— C'est bon à savoir.

— Peut-on, demanda Bernard, obliger une personne à laquelle on a à payer cinquante francs, par exemple, à accepter un billet de banque de cent francs, et à vous rendre la différence en argent ou en or?

— Non, pas plus qu'on ne peut l'obliger à vous rendre de la monnaie sur une pièce d'or ou d'argent, car elle peut vous répondre qu'elle n'en a pas ou que cela la gêne de vous en donner.

— Alors puisqu'on est forcé de recevoir les monnaies nationales, dit Larcher, s'il plaisait au marchand de grain auquel je vends pour trois cents francs de blé de me payer en sous, est-ce qu'il en aurait le droit?

— Non, mon ami; à moins qu'on n'agisse de consentement mutuel, les sous ou monnaie de billon ne peuvent être employés dans les payements que comme appoint de la pièce de cinq francs. C'est-à-dire qu'on n'est pas tenu d'en accepter pour plus de 4 fr. 95.

— C'est encore bon à savoir.

— Et si l'empreinte d'une pièce est effacée? interrogea Bernard.

Alors on peut la refuser; mais afin que ce cas se présente le moins souvent possible, le gouvernement a soin de retirer de temps en temps les pièces de la circulation et de les remettre à la fonte pour les frapper de nouveau.

— On en voit quelquefois qui sont rognées.

— Elles l'ont été par des voleurs, et celles-là encore on n'est pas tenu de les recevoir. Il en est de même des pièces fausses.

— Et les monnaies étrangères? N'est-il pas vrai, monsieur, qu'on n'est pas obligé de les prendre? demanda à son tour Léon Larcher.

— C'est selon, mon garçon. Les pièces belges, italiennes suisses, grecques, et celles des anciens États pontificaux ont cours forcé, comme les pièces françaises, par suite de conventions internationales, c'est-à-dire de traités passés avec la France et les pays qui les mettent en circulation. Elles sont du reste de même valeur que les nôtres. Au contraire les monnaies anglaises, espagnoles, allemandes, etc., peuvent être refusées, les mêmes conventions n'existant pas avec l'Espagne, l'Angleterre et l'Allemagne.

— Il y a une pièce dont on ne se sert guère : le centime, dit Allard.

— C'est vrai; cependant on peut forcer les marchands à les recevoir, et j'ai été témoin d'un fait à ce sujet.

Un homme entra dans un débit de tabac pour demander un sou de tabac, il donna en payement cinq pièces de un centime. Le débitant ne voulut pas les recevoir. L'acheteur alla se plaindre au commissaire de police qui décida que *cinq centimes valaient un sou* et dressa procès-verbal contre le marchand pour *refus de monnaies nationales*. Celui-ci fut déclaré en contravention et condamné à une amende de six francs.

— Six francs! Pourquoi donc la peine est-elle si forte?

— Parce que si ce refus se présentait souvent il porterait un grave préjudice aux intérêts publics et entraverait considérablement les affaires. Des chicanes naîtraient sans cesse entre les acheteurs et les vendeurs au sujet de la monnaie que ces derniers ne voudraient pas recevoir. En imposant le cours forcé, l'État simplifie les transactions commerciales, et pour qu'on ne soit pas tenté de s'y refuser il punit sévèrement les contraventions du genre de celles dont nous venons de parler.

RÉSUMÉ

REFUS DE RECEVOIR LES MONNAIES NATIONALES.

Peine : Amende de six à dix francs.
Circonstances atténuantes : Admises.
Récidive : Emprisonnement obligatoire pendant cinq jours au plus.
Texte de la loi : Article 475, n° 11, du Code pénal .Voir les décrets des 10 août 1810, 26 avril 1875, 24 février 1877.

LIXᵉ CAUSERIE

L'affiche déchirée.

Trois ou quatre jeunes garçons, parmi lesquels se trouvait notre ami Fernand, jouaient au ballon un jeudi sur la place de la mairie. La partie durait depuis plus d'un

Sa main, frôlant avec force la muraille...

quart d'heure et le ballon avait été reçu et lancé bien de fois, lorsqu'un des joueurs, lui donnant un coup à faux, lui fit faire un ricochet qui l'envoya frapper contre le mur de la mairie. Fernand, dont c'était le tour de le renvoyer, se précipita pour l'empêcher de tomber à terre ; mais sa main, frôlant avec force la muraille, rencontra une affiche, fraîchement apposée, et annonçant le jour où s'assemblerait le conseil de revision. Il en enleva de larges

fragments, pendant qué le reste pendait en lambeaux
informes le long du mur.

Le jeune gàrçon demeura consterné de ce qu'il venait
de faire.

— Allons! allons! firent les autres, pressés de reprendre la partie.

— J'ai déchiré l'affiche! s'écria Fernand.

— Bah! un méchant papier! voilà-t-il pas un grand
malheur!

— Si on l'a mise là, ce n'est pas pour qu'on la déchire.

— Tu y penseras plus tard; vite! vite! c'est à toi à renvoyer la balle.

En ce moment, le garde champêtre apparut à l'autre bout
de la place, un seau de colle d'une main et des affiches sous
le bras, car il venait d'en apposer plusieurs dans différents
endroits du village. En voyant en lambeaux celle qu'il
avait collée un quart d'heure auparavant, il s'avança fort
irrité vers le groupe de joueurs, qui s'empressa de se disperser. Fernand, resté seul pour affronter sa colère, lui
expliqua ce qui s'était passé, en exprimant tant de re-
grets de son étourderie que le père Mollard se radoucit
complètement.

— Il est heureux qu'il m'en reste encore, dit-il en se
mettant en devoir de remplacer la feuille déchirée; mais
ne t'avise plus d'enlever les affiches. Sais-tu bien que
ceux qui le font sont condamnés à une amende de *onze* à
quinze francs!

Lorsque le garde champêtre eut terminé son opération,
les compagnons de Fernand se rapprochèrent pour reprendre la partie interrompue; mais le jeune garçon n'était
plus disposé à jouer. Il était un peu ému à la pensée de la
peine qu'il avait été sur le point d'encourir, et qui lui
semblait bien forte pour une étourderie. Il résolut d'aller en causer avec M. Leduc. L'ancien juge de paix lui té_

moignait toujours tant de bienveillance, qu'il n'était jamais embarrassé pour s'adresser à lui.

— Il est vrai, lui dit celui-ci, lorsque l'enfant eut conté ce qui l'amenait, que la *lacération des affiches* apposées par l'*administration* est punie comme te l'a dit le père Mollard, mais c'est surtout lorsque cette lacération est volontaire, par conséquent malveillante. Dans chaque commune le maire désigne, par arrêté, les lieux exclusivement destinés à recevoir les affiches des lois et autres actes de l'autorité. Il est interdit d'y placarder des affiches particulières.

— Et les affiches électorales, demanda Bernard?

— Les professions de foi, circulaires et affiches électorales peuvent être placardées sur tous les édifices publics, autres que les édifices consacrés aux cultes, mais elles ne peuvent être apposées dans les lieux exclusivement destinés aux affiches de l'autorité.

— Comment reconnaît-on les affiches apposées par l'administration?

— A ce qu'elles sont *blanches*. Le gouvernement s'est réservé le droit de faire afficher seul sur papier blanc, et cette mesure a pour but qu'on ne puisse confondre les affiches particulières avec celles qui sont apposées par ordre de l'administration.

Il y a encore des affiches imprimées sur papier de couleur et qu'on doit respecter sous peine d'encourir les mêmes peines que si on en déchire de blanches. Ce sont celles placées dans l'intérieur ou dans le voisinage des gares de chemins de fer et qui indiquent la *marche des trains*. Elles sont considérées, en effet, comme affichées par l'administration.

— Et les autres affiches, est-ce qu'on a le droit de les déchirer?

— Le droit, non sans doute, car, en agissant ainsi, on

porte la main sur un objet qui ne nous appartient pas, on cause par conséquent un préjudice à celui qui a fait placarder l'affiche, et qui ne l'a pas fait sans raison. On commet donc une action indélicate. Cependant, la loi ne considère pas cette action comme une contravention. Il est vrai, d'un autre côté, que celui qui a fait apposer l'affiche peut demander des dommages-intérêts à celui qui l'a déchirée, pour le tort qui lui a été fait, ce qui ne sera que justice.

— Est-ce qu'il est permis de placarder sur les murs toutes sortes d'affiches?

— Non; on ne peut afficher que des imprimés munis d'un *timbre*. Tout distributeur ou afficheur d'imprimés non timbrés pourra être condamné à un emprisonnement de un à trois jours.

— Et celui qui a donné l'ordre d'afficher?

— Celui qui a fait afficher et distribuer des imprimés non timbrés sera condamné à une amende de *cent francs*. — Quant à l'imprimeur, il sera puni d'une amende de *cinq cents francs*.

RÉSUMÉ

ENLÈVEMENT OU DÉCHIRAGE D'AFFICHES APPOSÉES PAR L'ADMINISTRATION.

Peine : Amende de onze à quinze francs.
Circonstances atténuantes : Admises.
Récidive : Emprisonnement obligatoire de cinq jours au plus.
Texte de la loi : Art. 479, n° 9, du Code pénal, lois des 28 avril, 4 mai 1816, et du 29 juillet 1881.

LXe CAUSERIE

Un charivari.

— Dis donc, Bernard, et toi, Fernand, voulez-vous en être? demanda un jour Léon Larcher aux deux amis.

— Être de quoi? répliqua Bernard.

— Du *charivari* qu'on va donner à M. Pierron.

— D'abord, qu'est-ce que c'est qu'un charivari?

— Oh! c'est très drôle. On prend, l'un un cor de chasse, l'autre un violon, une trompette, un tambour, tous les intruments de musique qu'on peut se procurer; ceux qui n'en ont pas se servent de chaudrons, de casseroles, sur lesquels ils frappent avec des pelles, des pincettes, la première chose qui vous tombe sous la main, pourvu que cela fasse du bruit.

— Et puis?

— Et puis, au beau milieu de la nuit, on s'en va sous la fenêtre de celui auquel on veut donner le charivari, et alors on joue du cor, du violon, de la trompette, du tambour; on tape sur les casseroles et les chaudrons; on crie, on chante, on fait enfin tout le tapage possible et on s'amuse bien.

— C'est possible que ceux qui font le charivari s'amusent; mais celui à qui on le fait?

— Oh! celui-là est vexé! C'est justement ce qui rend la la chose plus plaisante. D'abord, il a soin de se tenir enfermé; il se cache; le bruit redouble. Il espère en se montrant faire cesser le tapage. Il ouvre sa fenêtre; il risque le bout de son nez; alors on le siffle; on le hue, on se moque de lui. Il crie, il tempête; on frappe et on hurle de plus belle. Notre homme est forcé de se retirer, et tout le monde de rire.

— Est-ce que tu as déjà vu un charivari?

— Non; mais Piolet m'a raconté comment cela se passait.

— Et à quelle heure cette jolie fête?

— A onze heures du soir.

— Mais à onze heures nous dormons.

— Moi aussi; mais je saurai bien m'esquiver.

— Et pourquoi veut-on donner un charivari à M. Pierron?

— Je ne sais pas trop, dit Léon avec insouciance. Je crois que c'est parce qu'il va se marier; et comme il est très laid, on veut se moquer de lui.

— Qu'est-ce que cela te fait qu'il soit beau ou laid; qu'il se marie ou non!

— Oh! cela m'est bien égal, c'est vrai, fit l'enfant en haussant les épaules. Ce qui me plaît, c'est de faire du bruit. Ce doit être bien amusant!

— Est-ce que tu aimerais à être réveillé comme cela, au moment où tu viens de t'endormir?

— Pas trop.

— Eh bien, alors, pourquoi veux-tu faire aux autres ce que tu ne voudrais pas qu'on te fît?

— Parce que... parce que.

— Parce que cela t'amuse; mais est-ce que c'est bien de s'amuser aux dépens des autres.

— Je ne dis pas.

— D'ailleurs, j'ai bonne idée que ce doit être défendu de donner un charivari et qu'en se mêlant d'un divertissement de ce genre, on court risque de le voir mal finir pour soi.

— Alors, tu ne veux pas en être?

— Non; et je voudrais te décider à ne pas t'en mêler non plus.

— Est-ce que, vraiment, tu trouves que c'est mal? dit Léon avec hésitation et en levant les yeux sur Bernard, car ce dernier, par sa raison et son droit jugement, avait beaucoup d'influence sur la plupart de ses camarades.

— Mais dame! je ne peux pas trouver qu'il soit bien d'aller réveiller une personne au milieu de la nuit pour l'insulter.

— Si je pensais que ce fût défendu...

— Fais comme si ce l'était ; c'est plus sûr. D'abord, pour t'échapper de la maison de tes parents, il faudrait les tromper, et ce serait déjà une faute.

— Et toi, Fernand, tu n'y vas pas? demanda Léon au plus jeune des deux amis.

— Non, puisque Bernard n'y va pas.

— Eh bien alors, dit le petit Larcher, j'ai bien envie de vous imiter et de laisser Piolet faire comme il voudra.

Le vacarme redoubla.

— Et je crois que ce sera plus prudent. J'ai quelque idée que ce vilain amusement se terminera mal.

Bernard avait eu raison dans ses prévisions, et les choses tournèrent même plus tragiquement qu'il n'aurait pu le supposer. Le charivari avait eu lieu à l'heure annoncée. Pierron dormait sur les deux oreilles ; mais le bruit l'eut bientôt réveillé. Il ne s'en inquiéta pas d'abord autrement et se tint coi, espérant que, de guerre lasse, les tapageurs se retireraient. Il se trompait : le vacarme redoubla. La rue où demeurait Pierron était assez retirée, presque déserte ; cependant quelques voisins se mirent à la fenêtre pour tâcher de faire cesser le tumulte ; mais leur voix fut couverte par des huées, des sifflets et des hurlements. Pas un n'eut l'idée de s'habiller et d'aller chercher la gendarmerie, ce qui était le meilleur moyen de faire rentrer les choses dans l'ordre. Le charivari dura plus d'une heure. Pierron enrageait de plus en plus sous ses couvertures, car les tapageurs ne se contentaient pas de souffler dans leurs instruments ou de frapper dessus, ils chantaient des couplets dans lesquels le pauvre futur était raillé, bafoué, tourné en ridicule de toutes les manières. A la fin, il ne put plus y tenir ; furieux, exaspéré, hors de lui-même, il se leva et, s'armant d'un pistolet tout chargé qui était dans le tiroir de son bureau, il ouvrit la fenêtre et fit feu.

Par bonheur, la balle alla d'abord frapper le fond d'une poêle que tenait Piolet. La poêle fut percée et traversée, mais sa force de projection était considérablement amortie, et quand elle atteignit le garçon boucher elle ne lui fit à l'épaule qu'une blessure sans gravité.

Ce coup de feu, on le pense bien, fit cesser aussitôt le divertissement, la foule s'éparpilla en un clin d'œil ; pas assez vite cependant pour que les gendarmes, qu'on était enfin aller prévenir, ne missent la main sur quelques-uns des fugitifs.

Quant à Piolet, il rejoignit la maison de ses parents. Quelque légère que fût sa blessure, il est à croire cependant qu'elle lui fournit une leçon suffisante pour que dorénavant il se dispensât de prendre part à une manifestation du même genre.

Il est superflu de dire que, le lendemain, cet événement fut commenté chez M. Leduc, qui confirma Bernard dans la supposition qu'il avait énoncée la veille.

— Tout bruit, dit-il, ou tout *tapage nocturne*, de nature

16.

à troubler le repos des habitants, est défendu par la loi, et c'est justice, car le sommeil est nécessaire après une journée de travail et on ne doit pas permettre qu'il soit troublé. Aussi la loi défend-elle, après le *coucher du soleil*, tout bruit causé par des instruments sonores, tels que des cors de chasse ; elle défend en outre les huées, sifflements, cris, chants injurieux ; de même qu'elle défend les coups frappés, la nuit, aux portes ou aux fenêtres des maisons, sur des meubles même. Les querelles bruyantes, qu'elles aient lieu *sur la voie publique* ou dans *l'intérieur des maisons*, sont également interdites. La loi condamne avec sévérité, non seulement les auteurs du tapage, mais encore leurs complices, ceux qui les ont laissés faire. Le cabaretier, par exemple, qui laisse les personnes attablées chez lui se quereller ; le propriétaire d'un parc dans lequel on aurait sonné du cor pendant la nuit ; le propriétaire, d'une maison qui ne s'est pas opposé à un charivari, et enfin toute personne qui a fait partie d'une manifestation de ce genre, quand même elle n'y aurait joué aucun rôle.

C'est pour des raisons semblables qu'il n'est pas permis pendant la nuit de faire hurler un chien en lui infligeant une correction.

— Mais s'il hurle sans sujet ?

— Alors c'est différent ; on ne peut pas en rendre le propriétaire responsable.

— Il y a des métiers bien bruyants, dit Larcher. Est-ce qu'il est permis de les exercer pendant la nuit ?

— Non pas ; le maire a le droit de prendre des arrêtés pour l'empêcher.

— Et peut-on jouer du piano ?

— Oui ; la loi n'y met pas d'empêchement. On peut de même donner un bal, un concert sans que les voisins puissent s'y opposer.

— Pourtant ce n'est pas amusant. L'année dernière, quand je suis allé voir ma sœur à Revel, il y avait une voisine qui pianotait au-dessus de ma chambre ; je n'ai pas pu fermer l'œil.

— On se fait au bruit du piano comme on se fait à celui des voitures. Dans tous les cas, je vous le répète, il n'est pas défendu d'en jouer le soir ; en voici la preuve.

Une dame avait cinq filles, qui toutes apprenaient la musique, de sorte que les études commençaient d'assez bonne heure et se prolongeaient assez tard. Un monsieur, qui comme vous avait peu de goût pour ce divertissement, imagina d'exercer à son tour la patience de la dame. Il fit emplette d'un tambour et se mit à en jouer, lui aussi, non seulement toute la journée, mais encore le soir. La dame cita le monsieur devant le juge de paix ; le monsieur riposta en assignant la dame. Celle-ci fut acquittée, tandis que le monsieur était condamné pour tapage nocturne.

RÉSUMÉ

BRUITS OU TAPAGES INJURIEUX OU NOCTURNES TROUBLANT LA TRANQUILLITÉ DES HABITANTS.

Peine : Amende de onze à quinze francs. Emprisonnement facultatif de un à cinq jours.

Circonstances atténuantes : Admises.

Récidive : Emprisonnement obligatoire de cinq jours au plus.

Texte de la loi : Art. 479, n° 8, du Code pénal.

LXIᵉ CAUSERIE

Un coup de poing.

En dépit de ce qui s'était passé, quelques mois auparavant, entre Mathias et François, et de la condamnation encourue par ce dernier au sujet des propos diffamatoires qu'il avait tenus sur son camarade, tous deux continuaient à fréquenter le cabaret du Soleil d'or et à s'y rencontrer; mais la moindre occasion faisait naître entre eux des rixes, souvent accompagnées de coups, qui, plus d'une fois déjà, leur avaient attiré les sévérités de la justice, mais sans parvenir à les corriger.

Un jour, la rixe devint plus sérieuse. Mathias avait

Mathias avait reçu de son adversaire un coup de poing en plein visage.

reçu de son adversaire un coup de poing en plein visage, lancé avec tant de violence que le médecin, appelé pour panser le blessé, avait annoncé qu'il serait plus de quinze jours sans pouvoir travailler.

Comme de coutume, on parla de cet événement chez M. Leduc.

— Oh! mais, dit l'ancien juge de paix lorsqu'on lui eut conté ce qui s'était passé, il ne s'agit plus ici de violences légères, et ce n'est pas devant le tribunal de simple police que sera traduit François, mais bien devant le tribunal de police correctionnelle, car lorsqu'une rixe amène des violences graves, la loi la considère comme un délit. Le coupable, dans ce cas, est puni d'un emprisonnement de *six jours* à *deux ans* et d'une amende de *seize francs* à deux cents francs, ou de l'une de ces deux peines seulement, lorsque les *violences* n'ont occasionné aucune maladie ou incapacité de travail.

— Et s'il y a incapacité de travail?

— S'il résulte de ces violences une maladie ou incapacité de travail personnel pendant plus de *vingt jours*, le coupable sera puni d'un emprisonnement de *deux à cinq ans* et d'une amende de *seize francs* à *deux cents francs*. Voyez, mes amis, combien il est sage d'éviter toute espèce de querelle.

— Qu'appelle-t-on au juste *violences graves* et *violences légères*, monsieur? demanda Bernard.

— On commet une *violence légère*, par exemple, quand on pousse une personne pour la faire tomber, quand on la tire par ses vêtements, qu'on la prend par le collet de son habit et qu'on la secoue rudement; quand on lui applique sur la tête un coup sans gravité, ou qu'on lui fait subir des traitements analogues.

On donne aussi aux violences légères ou graves le nom de *voies de fait*.

Lorsque les coups donnés dans la rixe n'ont point causé de blessures, qu'ils n'ont point laissé de traces, qu'ils n'ont entraîné ni pansements, ni médicaments, ni incapacité ou interruption dans le travail, ce sont des violences légères; le contrevenant est puni seulement d'une à trois journées de travail ou bien d'un emprisonnement d'un à trois jours.

— Mais quand la rixe amène des *violences graves*, reprit M. Leduc, c'est-à-dire des coups occasionnant des blessures ou une maladie, la peine, je viens de vous le faire observer, est beaucoup plus forte. Elle est graduée suivant le nombre de jours pendant lesquels la personne atteinte n'a pu se livrer à aucune occupation.

— Un soufflet, demanda Fernand, est-ce une injure grave?

— Oui, la loi la considère ainsi, de même que le coup de pied, l'action de cracher au visage, de tirer quelqu'un par les cheveux; mais dans la pratique on met le plus souvent ces actes au rang des violences légères, et on les considère comme de simples contraventions.

— Cependant, quand on est frappé, reprit le jeune garçon, il faut bien se défendre.

— Sans doute; mais on doit le faire avec modération et repousser la personne qui vous attaque en restant autant que possible *sur la défensive;* car la loi ne permet pas de répondre à des violences par d'autres violences, et la *réciprocité* des coups n'efface point la contravention.

Ayez donc soin, à l'école, de ne pas laisser dégénérer en querelles violentes les discussions avec vos camarades; on peut ainsi pocher l'œil de l'un d'eux, lui casser des dents, lui enfoncer une côte, lui faire enfin beaucoup plus de mal qu'on ne le voudrait. Puis, on prend l'habitude d'en venir aux mains pour le plus léger motif. Quand vous avez tort, mes amis, sachez le reconnaître, et ne donnez pas à la force brutale le droit de décider de toutes les questions. En la mettant ainsi au-dessus de tout, vous ressembleriez aux animaux, pour qui la raison du plus fort est toujours la meilleure et chez lesquels « la force prime le droit ». Quand votre adversaire ne veut pas entendre raison, abandonnez la partie, laissez-le batailler dans le vide, et ne prolongez pas une querelle qui peut avoir les conséquences les plus fâcheuses, puisque la loi punit même les violences légères et très sévèrement les violences graves

RÉSUMÉ

Peine : Amende de une à trois journées de travail, ou emprisonnement de un à trois jours.
Circonstances atténuantes : Admises.
Récidive : Renvoi devant le tribunal correctionnel.
Texte de la loi : Code du 3 brumaire an IV. Articles 600, 605. Voir les articles 309, 311 du Code pénal.

LXII° CAUSERIE.

La première sommation.

A une lieue environ de Lergy était une petite commune appelée Moisieux, à laquelle une exploitation houillère donnait une certaine importance. Les ouvriers mineurs avaient demandé à leurs patrons une augmentation à laquelle ceux-ci n'avaient pas consenti; alors ils s'étaient mis en grève, déclarant qu'ils ne reprendraient pas l'ouvrage tant qu'on n'aurait pas acquiescé à leurs conditions. Depuis ce moment, tout travail était suspendu. Les ouvriers erraient inoccupés dans les rues, y formant des attroupements tumultueux dans lesquels on discutait avec passion les rapports entre les patrons et les ouvriers, et que la force armée avait dû dissiper plusieurs fois.

Le récit de ce qui se passait à Moisieux intéressait vivement les habitants de Lergy; toutes les conversations roulaient sur ce sujet; on s'animait, on s'emportait même sur le fait de savoir lesquels, des travailleurs ou des patrons, avaient le bon droit pour eux.

Ces propos enflammaient si bien l'imagination des jeunes gens, et même des enfants, que Fernand et Léon accueil-

lirent avec une grande joie la proposition que leur fit un
jeudi Guillot, un de leurs camarades, un peu plus âgé
qu'eux, de l'accompagner à Moisieux, où, disait-il, il avait
une commission à faire pour sa mère.

Quand ils y arrivèrent, les têtes étaient plus échauffées
que jamais. Quelques personnes raisonnables avaient fait
des tentatives de conciliation qui étaient restées sans effet.
Elles n'avaient eu d'autre résultat que de donner naissance
à des espérances qui, en se dissipant, avaient fait place
à des dispositions encore plus hostiles.

Fernand s'était d'abord mêlé, avec ses camarades, à un des
groupes les plus animés ; puis, voyant qu'on criait, qu'on s'a-
gitait, qu'on proférait des menaces et des paroles de colère,
il déclara qu'il voulait se retirer et chercha à entraîner Léon ;
mais ce n'était pas l'affaire de celui-ci. Il avait persisté à
demeurer au milieu des agitateurs pendant que Fernand
quittait l'attroupement pour l'attendre à quelque distance.

Léon était tellement occupé à écouter les discours qui
se tenaient autour de lui, qu'il ne s'aperçut pas que le rassemblement, grossissant derrière lui, prenait des propor-
tions considérables, et lui fermait le passage dans le cas
où il aurait voulu faire retraite.

Tout à coup un roulement de tambour se fit entendre,
accompagné d'un cliquetis d'armes et de la voix d'officiers
donnant des commandements. Un mouvement violent se
produisit dans la foule, sans que pourtant aucun de ceux
qui étaient là fît mine de se retirer. Léon, rudement poussé
et bousculé, se trouva porté presque en dehors de l'attroupement et précisément en face d'un personnage vêtu
en bourgeois, la taille entourée d'une écharpe tricolore,
qui occupait le milieu d'un côté vide de la place. A deux
pas de lui se tenaient deux tambours. Plus loin, derrière,
on apercevait les pantalons rouges de la troupe de ligne,
dont les fusils brillaient au soleil.

Cette vue, on le pense bien, terrifia le pauvre Léon. En jetant autour de lui un regard, il aperçut, au coin d'une rue transversale, Fernand qui lui faisait signe de venir le trouver. Le jeune garçon n'aurait pas demandé mieux que d'obéir à cette invitation, mais ses jambes lui refusaient tout service.

Les tambours s'étaient tus, un profond silence s'établit. Alors le personnage à l'écharpe tricolore s'avança.

Léon entendit murmurer autour de lui :

— C'est le sous-préfet.

C'était lui, en effet.

Au nom de la loi, dit-il, je vous somme de vous dissoudre et de vous retirer!

Il y eut un nouveau mouvement dans le groupe ; Léon, qui venait de reprendre un peu de sang-froid, ou, pour mieux dire, sur lequel ces paroles *au nom de la loi* avaient produit une vive impression, saisit le moment. En deux bonds, il eut rejoint Fernand. Tous deux restèrent encore un instant à la même place pour attendre Guillot, puis, ne le voyant pas venir, ils reprirent à toutes jambes le chemin de Lergy. Un second roulement de tambour, dont le retentissement parvint à leurs oreilles, contribua encore à leur faire précipiter leur course.

A peu de distance du village ils rencontrèrent M. Leduc et Bernard. Celui-ci avait cherché son ami pour l'emmener à la pêche aux écrevisses. Ayant entendu dire qu'on l'avait vu prendre le chemin de Moisieux avec Léon et Guillot, il était venu au-devant d'eux sur la route, et là il avait trouvé M. Leduc, qui faisait sa promenade accoutumée.

— Eh! mon Dieu! qu'as-tu donc? dit celui-ci en remarquant l'altération des traits de Léon, qui en outre était tout essoufflé de sa course, aussi bien que Fernand. Pourquoi avez-vous couru ainsi? Est ce que vous avez rencontré un chien enragé?

Léon commença une réponse sans suite.

— Parle, toi, dit M. Leduc à Fernand, qui es plus calme
que ton camarade.

Le jeune garçon fit le récit de ce qui était arrivé

— Si Guillot est allé à Moisieux sans nécessité, répondit
M. Leduc, ce que je suis disposé à croire, il a mal agi, et il
a agi encore plus mal en vous emmenant, lui qui, étant plus
âgé que vous, aurait dû se montrer plus sage; mais vous

Au nom de la loi, je vous somme de vous retirer.

avez eu tort vous-mêmes de le suivre à l'insu de vos parents,
car ils ne l'auraient certainement pas permis. De plus, toi,
Léon, en te mêlant aux groupes, tu as fait preuve d'étourderie et d'imprudence. Il est fort heureux que tu aies réussi à t'échapper, car tu aurais fort bien pu être arrêté et
mis en prison.

— Mais, je vous assure, Monsieur Leduc, que je n'ai rien
dit ni rien fait.

— Je le crois sans peine; mais ce n'est pas une raison. Tu faisais partie d'un attroupement et cela suffisait pour que tu fusses en faute, car les attroupements sont défendus par la loi. Ceux qui se joignent aux agitateurs, et ils sont nombreux, s'imaginent qu'ils ne sont pas coupables parce qu'ils ne disent ni ne font rien; ils se trompent; ils augmentent le rassemblement et contribuent à lui donner une importance qu'il n'aurait pas sans eux. Que n'imitais-tu Fernand et que ne t'en éloignais-tu? Il est heureux, dans tous les cas, que tu te sois retiré après la première sommation.

— Qu'entendez-vous monsieur par ce mot *sommation?* demanda Bernard.

—C'est l'acte par lequel le représentant de l'autorité ordonne aux citoyens assemblés de se dissoudre et de se retirer. La loi veut qu'une sommation soit toujours précédée d'un roulement de tambour, destiné à attirer l'attention. Elle veut aussi que l'autorité ne puisse employer la force pour dissiper les attroupements qu'après *trois sommations,* donnant ainsi une grande preuve de modération.

— Et c'est le sous-préfet qui fait ces sommations?

— Pas toujours. Elles peuvent l'être par le préfet, le maire, le commissaire de police, enfin par tous les magistrats chargés de la police en général, excepté pourtant par le garde champêtre et le garde forestier. Le magistrat dans cette occasion, comme dans toutes celles où il remplit un devoir public, doit toujours porter *l'écharpe tricolore.*

— Et à quoi est-on condamné si on n'obéit pas aux sommations? demanda encore Bernard.

— Si l'attroupement se dissipe après *la première sommation,* ceux qui en ont fait partie n'encourent aucune peine. S'ils attendent *la seconde* pour se disperser, ils sont arrêtés et traduits immédiatement devant le juge de paix, qui peut les condamner à une amende de un à quinze francs et à un emprisonnement de un à cinq jours.

— Et s'ils ne se retirent qu'après la troisième sommation ?

— Ils sont alors poursuivis devant le Tribunal correctionnel, car ce qui n'était d'abord qu'une contravention devient un délit. Ils sont condamnés à un emprisonnement de quinze jours à six mois.

Enfin poursuivit M. Leduc, s'ils ne se dispersent pas après la troisième sommation, la peine pourra être élevée jusqu'à à un an d'emprisonnement. Et encore je ne parle là que des *attroupements non armés*, comme celui des ouvriers mineurs de Moisieux. Les attroupements armés sont bien plus sévèrement châtiés.

Par exemple si *l'attroupement armé* s'est dispersé après la première sommation et *sans avoir fait usage de ses armes*, la peine sera d'un mois à un an d'emprisonnement. Cependant il ne sera prononcé aucune peine contre ceux qui, ayant fait partie de l'attroupement, sans être eux-mêmes personnellement armés, se seront retirés à la première sommation de l'autorité.

Mais si l'attroupement ne s'est dissipé qu'après la *deuxième sommation*, toujours *sans avoir fait usage de ses armes*, et avant d'y avoir été contraint par la force, la peine sera de un à trois mois d'emprisonnement et même davantage si l'attroupement a eu lieu *pendant la nuit*.

— Et si ceux qui le composent ont *fait usage de leurs armes*?

— Oh! ceci est extrêmement grave. Ils subiront alors une condamnation de cinq à dix ans de réclusion. Si, sans se servir de leurs armes, ils ne se sont néanmoins dispersés que devant la force, la condamnation sera de cinq à dix ans de détention. Si l'attroupement s'est formé pendant la nuit, la peine sera de cinq à dix ans de réclusion.

Vous voyez, mes amis, continua M. Leduc, qu'on a le plus grand tort de se mêler aux rassemblements séditieux. En vain on allèguerait pour prétexte qu'on en ignore le but, qu'on n'a rien fait, rien dit. On est en faute par le seul fait de sa présence. Dans tous les cas, on doit se hâter d'obéir à la première sommation de l'autorité, qui a pour mission de faire régner l'ordre et respecter les lois. Je pense que vous voilà guéris pour longtemps de la curiosité qui vous a poussés tantôt à Moisieux. Quant à Guillot j'aime à croire que lui aussi sera parvenu à se tirer d'affaire et que cet événement sera pour lui, comme pour vous, une leçon salutaire.

RÉSUMÉ

RÉSISTANCE A LA 1ʳᵉ SOMMATION DE L'AUTORITÉ, ATTROUPEMENTS.

Peine : Amende de un à quinze francs ou emprisonnement de un à cinq jours.
Circonstances atténuantes : Non admises.
Récidive : Non prévue.
Texte de la loi : Lois du 10 avril 1831 et du 7 juin 1848.

LXIIIᵉ ET DERNIÈRE CAUSERIE

L'audience.

Comme au jour où nous avons présenté pour la première fois nos personnages au lecteur, M. Leduc était assis à la fenêtre de la salle à manger et Grimaud ainsi qu'Allard, accompagnés de leurs enfants, tous vêtus de leurs habits du dimanche, causaient avec lui.

— Eh bien ! demanda l'ancien juge de paix, comment cela s'est-il passé ?

— Bien pour nous, mais pas aussi bien pour François ni même pour le père Nivert.

— Le père Nivert? Est-ce qu'il était prévenu.

— Non. mais il était là en curieux et il a trouvé moyen de se faire empoigner par les gendarmes.

— Il aura troublé l'ordre et peut-être insulté les magistrats.

— Justement; mais je vais vous conter tout au long comment les choses se sont passées.

— Nous avions donc été cités il y a quelques jours, Allard et moi, à l'effet de paraître aujourd'hui devant le Tribunal correctionnel, pour avoir à déposer comme témoins dans l'affaire de Mathias et de François.

— Oui, interrompit Allard, car quoi que ce ne soit guère notre habitude d'aller au cabaret, nous nous trouvions précisément dans l'établissement de Mallon quand ils ont échangé des coups.

— Nous avions emmené avec nous à l'audience Bernard et Fernand ; pensez-vous que nous ayons mal fait, M. Leduc?

— Au contraire, mon ami. Ils peuvent être plus tard appelés à comparaître en justice, soit comme témoins ainsi que vous-même l'avez été ce matin, soit pour faire valoir leurs droits dans un procès comme parties civiles, soit pour avoir à s'expliquer au sujet d'une contravention ou d'un délit. Il est bon qu'ils apprennent comment on doit se comporter dans ces circonstances et avec quelle modération et quelle convenance on doit déposer.

— Nous étions donc partis de bon matin, afin d'arriver à l'audience un peu avant l'heure indiquée.

— C'était prudent, car si vous aviez été en retard vous vous exposiez à une amende.

— L'huissier, au moment où les juges sont entrés, a sommé les assistants de se découvrir, et c'est vrai que c'est plus convenable et plus respectueux. Quand mon nom a été appelé j'ai été un peu ému.

— Ma foi! moi aussi, dit Allard.

— Pourtant, poursuivit Grimaud, je me suis bien vite remis et quand le président m'a ordonné de prêter serment, de dire la vérité, toute la vérité, rien que la vérité, j'ai fait ce qu'il m'a dit et j'ai raconté, aussi clairement qu'il m'a été possible, ce que j'avais vu et entendu. Alors François, qui était au banc des prévenus, s'est mis à m'invectiver, à m'appeler menteur, faux témoin, et à dire que Mathias m'avait payé pour parler comme je le faisais etc., etc.

— Il est expressément défendu d'insulter un témoin.

— Je ne lui ai rien répondu, quoique la langue me démangeât bien un peu, et le gendarme qui était à côté de lui a eu toutes les peines du monde à le faire taire. Je vous assure, M. Leduc, que j'avais parlé en honnête homme. Je ne pouvais pourtant pas dire que c'était Mathias qui avait commencé alors que c'était François! J'avais bien réfléchi et j'avais tâché de me remémorer la scène de mon mieux. Il ne s'agit pas dans ces cas-là de parler à la légère; je crois avoir répondu en conscience à toutes les questions qu'on m'a posées. Du reste, Allard a fait à peu près la même déposition que moi.

— C'est vrai, dit Allard, et je me suis même, comme Grimaud, attiré des injures de la part de François, ajouta-t-il en riant.

— Après moi, c'était le tour de Pichaud, le faïencier, qui avait aussi assisté à la querelle. Il n'était pas venu; mais je n'ai pas été étonné : je lui avais entendu dire, l'autre jour, qu'on ne le verrait pas à l'audience.

— Et pour quelle raison?

— Il disait que la justice pouvait bien se passer de lui, qu'il n'a pas besoin de se déranger pour elle! Est-ce que je sais?

— Alors il a été condamné à l'amende? car on n'a pas le droit de désobéir aux ordres de la justice.

— En effet, séance tenante, on a prononcé contre lui une amende de cent francs.

— Vous conviendrez pourtant, M. Leduc, dit un nouveau venu, que ce n'est guère amusant de quitter son ouvrage pour aller déposer devant le tribunal, sans compter que cela peut vous attirer des désagréments. Quand on a contribué à faire condamner un individu, il est rare qu'il ne vous en garde pas rancune.

— D'abord, mon ami, répliqua l'ancien magistrat, vous admettez bien qu'il faut que celui qui a mal fait soit puni, autrement les honnêtes gens ne jouiraient d'aucun repos et d'aucune sécurité, tant dans leurs personnes que dans leurs biens. Il n'y aurait plus de société possible.

— Je ne dis pas.

— Eh bien ! comment voulez-vous que les juges démêlent la vérité, si ceux qui ont vu comment les faits se sont passés ne les y aident pas ? Ne serait-on pas exposé alors à punir l'innocent au lieu du coupable, ou bien à acquitter celui qui a commis une mauvaise action. C'est donc le devoir d'un honnête homme et d'un bon citoyen d'éclairer la justice. Que ce devoir soit quelquefois désagréable, pénible, peut-être même périlleux à accomplir, je n'en disconviens pas ; mais ce n'est pas une raison pour s'en dispenser et celui qui le fait est un lâche, un mauvais citoyen ; il ménage les méchants au préjudice des bons, et se rend ainsi, jusqu'à un certain point, complice des délits et des crimes que ceux-là pourront commettre à l'avenir, puisqu'il empêche les juges de les châtier au nom de la loi, comme ils le méritent, et de les mettre hors d'état de nuire à autrui. Celui qui refuse de porter témoignage devant les tribunaux est donc très répréhensible et il est juste qu'il soit puni. Mais, continuez Grimaud.

— Quand tous les témoins ont été entendus, le Substitut du Procureur de la République a exposé les faits, ré-

sumé nos dépositions et a demandé l'application de
la loi. Ensuite, les avocats de Mathias et celui de François ont parlé l'un après l'autre ; puis, le Président
a échangé quelques paroles à voix basse, avec deux
autres juges qui étaient à côté de lui sur l'estrade, et
enfin il a prononcé le jugement qui rend la liberté à Mathias et condamne Francois à deux mois de prison et à
cent francs d'amende. Alors François s'est levé de nouveau de son banc et s'est emporté contre les juges, les
appelant canailles, misérables, coquins, et disant qu'il se
vengerait. Le président aussitôt, avec beaucoup de calme
et de fermeté, l'a rappelé au respect de la Justice et sur
la réquisition du substitut du Procureur de la République,
le tribunal, séance tenante, a condamné encore Francois à
une année de prison.

— C'était fort bien fait, car les juges ont droit au respect
le plus profond. La loi punit de deux à cinq ans de prison
ceux qui s'oublient jusqu'à les outrager sur leur siège. Il
n'est pas vrai que les condamnés aient vingt-quatre heures
pour maudir hautement et publiquement leurs juges.

— Ce n'est pas tout, monsieur Leduc. Voilà que pendant que
le Substitut demandait la sévère application de la loi, à l'occasion des injures qu'avait proférées François contre le
tribunal, du bout de la salle un autre individu pousse un
cri étrange. C'était le père Nivert, qui a été condamné je ne
sais combien de fois pour rixes au cabaret. Le Président
le rappela d'abord aux convenances et le somma de se retirer ; mais il ne tint aucun compte de cet avertissement
et continua à ricaner tout bas ; il fut alors saisi par un
gendarme, amené devant le tribunal, et condamné à dix
francs d'amende. En quittant le prétoire le père Nivert se
mit à siffler ; pour cette marque de grossière inconvenance
il fut sur-le-champ condamné encore à vingt-quatre
heures de prison.

—C'est fort bien encore. La loi est d'ailleurs formelle à cet égard si on interrompt le silence, si on donne même des signes d'approbation, si on cause du tumulte de quelque manière que ce soit, et devant n'importe quel tribunal, et si, après avertissement, les perturbateurs ne rentrent pas dans l'ordre sur-le-champ, le juge doit ordonner à ceux-ci de se retirer et ceux qui refusent d'obéir peuvent être saisis et déposés, à l'instant, dans la maison d'arrêt pour vingt-quatre heures.

— J'ai assisté une fois, dit Allard, à une séance de Cour d'assises ; il y a eu une scène du même genre mais c'était pour une cause toute différente. On jugeait un assassin qui avait tué sa femme, avec un raffinement de cruauté tel que le public était exaspéré contre lui. Quand il a été interrogé, il a répondu avec une impudence révoltante, il a poussé le cynisme jusqu'à se vanter de ce qu'il avait fait ; tant et si bien que les assistants n'ont pu s'empêcher de manifester leur indignation. — Oh ! l'affreux gredin, disaient tout haut mes voisins, si je le tenais ! — S'il n'avait pas été si bien gardé on l'aurait écharpé, et, malgré les avertissements des huissiers, les cris ont recommencé à plusieurs reprises. Aussi lorsque l'Avocat général, en terminant, a requis toute la sévérité de la loi, les bravos ont éclaté de toutes parts, accompagnés de trépignements. Le Président des assises a réclamé alors le silence, a blâmé les marques d'approbation et a menacé de faire saisir tous ceux qui se livreraient à une manifestation quelconque, ajoutant qu'ils seraient condamnés à la prison, séance tenante. — Pourtant ceux-là, M. Leduc n'avaient pas insulté le juge, bien au contraire.

— Tant qu'on est dans l'enceinte du tribunal, d'un prétoire quelconque, aussi bien dans celui d'une justice de paix que dans celui d'une cour d'assises, il n'est pas plus permis de manifester son approbation que son improba tion. L'action de la justice doit être parfaitement libre et dégagée de toute pression extérieure ; les assistants doivent donc observer le plus parfait silence.

J'espère, mes enfants, ajouta M. Leduc en s'adressant à Bernard, à Fernand, ainsi qu'à Léon, qui étaient venus rejoindre le groupe formé devant la fenêtre de l'ancien juge de paix, que si vous êtes parfois appelés en justice, vous vous conduirez comme vos pères l'ont fait ; sans crainte aucune, sans passion, vous direz toute la vérité, et rien que la vérité, comme des hommes qui savent remplir tous leurs devoirs doivent le faire. Si même, ce que je ne suppose pas, vous aviez à répondre devant le tribunal d'un léger délit, fût-il involontaire, résignez-vous à subir, sans murmure, la peine qui vous sera appliquée. Considérez-la comme une juste expiation d'un moment de négligence, d'oubli, si ce n'est de faiblesse ; mais ne vous irritez pas contre les magistrats qui l'ont prononcée. Ils ne condamnent jamais sans preuves. Ils jugent selon les lois et leur conscience. Gardez-vous donc de croire qu'ils aient aucun intérêt ou aucune satisfaction à se montrer sévères avec les coupables. Sachez même qu'il est bien rare qu'ils n'usent pas envers ceux qui ne sont pas des criminels endurcis de toute l'indulgence que la loi permet de déployer. Plus d'une fois on a vu un juge, après avoir, pour obéir à la loi, condamné à la prison un malheureux que la misère avait poussé au vol, donner des secours à sa famille pour qu'il ne soit pas tenté de recommencer. Présentez-vous donc devant le tribunal avec respect, comme devant une assemblée investie des pouvoirs les plus élevés. Rappelez-vous que ceux qui la composent ont pour mission de maintenir l'ordre public et d'assurer à tous la jouissance des biens les plus précieux, la sécurité individuelle, la propriété, la liberté, l'honneur, la vie elle-même. Dites vous bien, mes amis, que si les tribunaux n'existaient pas.

la société serait à la merci de gens animés des passions les plus violentes et les plus désordonnées; que l'honnête homme serait la victime des méchants et que l'on verrait sans cesse le triomphe du mal sur le bien, du vice sur la vertu.

RÉSUMÉ

DÉLITS D'AUDIENCE

Peine : Amende de dix francs, affichage du jugement. Emprisonnement de trois jours au plus.

Circonstances atténuantes : Admises.

Texte de la loi : Art. 10, 11, 88, 89 du Code de procédure civile. Art. 80, 157 du Code d'Instruction criminelle. Art. 222 à 223 du Code pénal.

FIN

TABLE DES MATIÈRES

			Pages.
1re	CAUSERIE.	Incendiaire sans le vouloir	1
2e	—	Notions générales. — Crimes. — Délits. — Contraventions. — Ce que c'est que le Code	8
2e	—	*Suite*	13
3e	—	Le voyageur blessé	17
4e	—	Comment on éloigne les maladies épidémiques.	21
5e	—	Un accident	25
6e	—	Ce que c'est qu'un arrêté municipal	31
7e	—	Le baigneur obstiné	36
8e	—	Voirie	39
9e	—	A travers champs	44
10e	—	Une douche par la fenêtre	49
11e	—	L'occasion fait le larron	52
12e	—	Au cabaret	57
13e	—	A l'abreuvoir	63
14e	—	Le ban des vendanges	66
15e	—	Pas de lanterne !	69
16e	—	A quoi servent les plaques	73
17e	—	La police des routes	76
18e	—	Le tour de France	80
19e	—	Le passeport des ouvriers	83
20e	—	Il y a fagot et fagot	86
21e	—	Une des richesses de la France	90
22e	—	Ce que produisent encore les forêts	95
23e	—	Droits usagers au pâturage et au passage où glandage	98
24e	—	Le cimetière de Lergy	101
25e	—	Le jardin de M. Leduc	107
26e	—	Le pigeon est-il gibier ?	112
27e	—	La bouteille de pétrole	115

28°	—	Un régiment de passage	123
29°	—	L'ivresse	129
30°	—	Le pain de six livres	135
31°	—	Le fabricant de cartouches	141
32°	—	Les établissements dangereux ou insalubres	145
33°	—	Le registre de M. Jeanson, l'aubergiste	150
34°	—	Les mottes de gazon	154
35°	—	Une partie interrompue	158
36°	—	Les enfants en nourrice	163
37°	—	L'épicier voleur	167
38°	—	Le nid de pinsons	174
39°	—	La charrette de moellons	177
40°	—	La société protectrice des animaux	180
41°	—	Un sentier séduisant	184
42°	—	Les maraudeurs	189
43°	—	La diligence de St-Julia	195
43°	—	*Suite*	199
44°	—	Les épis coupés	203
45°	—	Je tondis de ce pré la largeur de ma langue	207
46°	—	Un divertissement qui finit mal	213
47°	—	La part des pauvres	219
48°	—	La mort de Loulou	223
49°	—	Une prédiction	229
50°	—	Le sorcier	234
51°	—	Une tache d'encre	238
51°	—	*Suite*	241.
52°	—	Une piqûre de mouche	245
53°	—	Le taureau échappé	249
54°	—	Le paletot d'occasion	256
55°	—	On doit prêter main-forte à la loi	260
56°	—	Le colporteur	265
57°	—	La canne-épée	269
58°	—	Cinq centimes valent un sou	271
59°	—	L'affiche déchirée	274
60°	—	Un charivari	277
61°	—	Un coup de poing	283
62°	—	La première sommation	287
63° et dernier.		L'audience	293

TABLE ALPHABÉTIQUE

A

Abandon d'instruments ou d'armes. 55
Abandon de volailles. 211, 212
Abreuvoir (conduite de chevaux à l'). 64, 65
Actes publics — authentiques. 169
Actes sous seing privé. 169
Affiches (lacération d'). 133, 276
Affiches non timbrées. 277
Agriculture (voitures d'). 71
Alignement. 39, 40
Animaux domestiques (mauvais traitements). 179 et s.
Animaux domestiques (mort, blessures). 226 et s.
Animaux malfaisants. 251
Animaux non malfaisants. 254
Animaux morts (enfouissements d'). 246
Arbres (classe des). 92
Arbres (coupe, enlèvement des). 92, 93
Arbres (mutilation des). 92, 93
Armes (abandon d'). 55
Armes à feu. 218
Armes prohibées. 269
Arrêté préfectoral. 33

Arrêté municipal. 32, 38
Artifices (pièces d'). 217
Attroupements. 292
Auberges. 19, 20, 21
Aubergistes (responsabilité des). 151, 152
Audience (délits d'). 297 et s.

B

Baigner (défense de se). 38
Bal. 282
Balayage des rues. 22
Balcon. 42
Bancs. 42
Ban de vendanges. 67
Barres et bêches. 55, 56
Berger. 92
Bestiaux revenant de la foire. 209
Bestiaux sur un terrain avant l'enlèvement de la récolte. 207
Bestiaux dans un enclos rural. 209
Bestiaux dans les prairies vignes, etc. 210
Bêtes de trait (courses des). 201
Billets de banque. 271
Blé en vert (destruction du). 206
Bois (voir forêts). 89

— voitures dans les bois et forêts. 91
Bois, bestiaux. 91
— semis et plantations. 94
— communaux. 94
— domaniaux. 94
— produits : pierre, sable , minerai, gazon, bruyères, genets, glands, etc. 96
Bois mort. 87, 89
Boissons alcooliques. 131
Bouchers. 138
Boue. 22
Boulangers. 138
Brebis dans le champ d'autrui. 90
Brocanteurs. 257
Bruits injurieux ou nocturnes. 282
Bruyères (enlèvement de). 96
Bureau de placement. 82

C

Cabaretiers. 131, 133
Cabarets (fermeture des). 133
Cafés. 20, 21
Cafetier. 131, 159
Cailloux (enlèvement des). 155
Cartes. 159
Cartouches (fabrication de). 145
Casier judiciaire. 62
Catalogue. 267
Champs clos et déclos. 222, 48
Chargement de voitures publiques et autres. 72
Charivari. 280
Charlatan. 230
Charpentier. 42, 269
Chasseur. 45
Chat. 227
Chaumage. 220
Chefs d'établissement. 82, 84
Chemins publics (voir routes). 155, 156
Chemins, détérioration. 157
— enclave. 46

— impraticabilité. 46
— travaux publics. 46
— usurpation. 157
Cheminée 3 et s.
Chenilles. 108, 109
Chèvres dans les bois ou champ d'autrui. 90, 91
Chien. 225-253
Chiens (excitation des). 253
Choses nuisibles (jet et exposition de). 51
Cimetière. 101
Circonstances atténuantes. 14
Clochettes (troupeaux). 98
Clous à tête de diamant. 79
Cocher. 199, 200
Code civil — de Procédure civile — de Commerce — d'Instruction Criminelle, — Pénale. 11
Cognée. 90
Collier (largeur). 79
Colombier (fermeture des). 112, 113
Colporteur. 265
Commissaire de police. 15-262
Communaux. 155
Communes (responsabilité des). 48
Communes usagères. 98
Concert. 282
Conduite de voitures. 77
Conseil municipal. 32
Conseil de préfecture. 42
Contraventions. 9, 14
Convoi (voitures en). 78
Coups (réciprocité des). 286
Cour d'Assises. 10
Courses de chevaux. 201
Crime. 10

D

Débitant de boissons. 130
Dégats aux propriétés mobilières. 225
Dégradation (chemin public). 157
Délit. 10

Dépôt nécessaire de maté-
riaux. 29
Devin. 235
Diffamation. 59
Diligences. 198
Distribution de livres, jour-
naux, etc. 266
Divagation de fous et furieux. 254
Dommages et intérêts. 46
Droits d'usage. 89
Droite non prise (voitures). 72

E

Eaux ménagères, de teintu-
res ou autres. 51
Eaux sales. 24
Echarpe. 264, 292
Echelles. 55, 56
Echenillage. 108, 109
Eclairage des auberges. 19, 20
Eclairage des voitures. 71
Ecolier. 12
Edifice menaçant ruine. 43, 44
Embarras de la voie publi-
que. 26, 28
Enclave. 46
Enfant au-dessous de seize
ans (cafés). 131
Enfants en nourrice et se-
vrage. 164
Enlèvement des neiges et
immondices. 22
Entrepreneur de travaux. 42
Entrepreneur de voitures
publiques. 198 et s.
Epidémie. 246
Epizootie. 247
Essence inflammable. 120
Essence minérale. 123
Essieux (longueur). 79
Etablissements dangereux,
insalubres et incommo-
des. 146, 148
Excavations (défaut d'éclai-
rage des). 29
Excitation des chiens. 252
Excuses. 14

Exhumations. 103
Exposition de choses nuisibles. 51

F

Faux poids, fausses mesures. 168
Ferrement. 90
Feu d'artifice. 217
Feux allumés dans les
champs et jardins. 111, 206
Foires (animaux rentrant
des). 209
Fonctionnaires (outrages
contre les). 61
Force majeure. 14
Forêts (voir Bois). 89, 91, 94, 96
Forêts de l'Etat. 94
Fossés (cimetière). 102, 103
Four. 3 et s.
Fourches. 56
Fous. 254
Fraises. 97
Fripiers. 257
Fruits cueillis sur l'arbre
ou au-dessous. 191
Fumier. 24, 155
Fusil. 270

G

Garde champêtre. 16
Garde forestier. 16
Gazon (enlèvement de). 96, 155
Gendarmerie. 16
Genêts (enlèvement de). 96
Glanage. 219
Glandée. 98
Glands (enlèvement de). 96
Grammont (loi). 181
Grapillage. 219
Guides en main (voitures. 77

H

Hache. 90
Halles. 28
Herbages des forêts. 96
Huiles (essences minérales). 115

I

Immeubles. 225
Immondices. 22, 51
Impraticabilité des chemins, 46
Incendie. 217-3 et s.
Industrie agricole — manu-
  facturière — commerciale. 147
Inhumation. 102, 103
Injures. 59
Inondation du champ d'au-
  trui. 206
Inscription sur une tombe. 106
Instruments (abandon d'). 55
Insultes aux magistrats. 297
Intention de nuire. 14
Interprète de songes. 237
Ivresse publique. 131

J

Jet de corps durs contre
  les édifices. 242
Jet d'immondices. 51, 242
Jeux de hasard. 158
Journée de travail. 47
Juges. 300

L

Lacération d'affiches. 133, 276
Lampe à pétrole. 122
Lanternes (voitures) 71
Législateur. 13
Linge lavé à l'abreuvoir. 65
Livret d'ouvrier, 83 et s.
Logement militaire (refus
  de). 125 et s.
Loi. 11 et s.
Loterie. 162

M

Maçon. 42
Magnétiseur. 235
Main-forte. 261
Maire. 15, 32
Maisons garnies (loueurs de. 152
Maîtres (responsabilité des). 211
Maîtres d'hotel. 150, 152
Maîtres de poste. 65

Maladies épidémiques. 23
Malle-poste. 75
Maraudage 191
Marchand ambulant. 173
Marne (enlèvement de). 155
Matériaux (dépôt de). 29
Matériaux non éclairés. 29
Matières détonantes et ful-
  minantes. 146
Mauvais traitements envers
  les animaux. 179, 180, 181, 183
Médecin-inspecteur. 165
Mesures anciennes et léga-
  les. 170 et s.
Métiers bruyants. 281
Minerais (enlèvement de). 96
Monnaies étrangères. 272
Monnaies nationales (refus
  de). 271
Moutons dans le champ
  d'autrui. 90
Municipalité. 32
Murs (constructions lon-
  geant la voie publique). 40, 41

N

Nettoyage des rues. 22
Nombre de chevaux à atte-
  ler. 79
Nourrices. 164

O

Officier de police judiciaire. 15
Oiseaux. 175
Ordonnances de police. 31
Ordures. 31
Ouvriers. 42, 82, 84

P

Pain de fantaisie. 138
Panage. 98
Passage à pied sur terrain
  chargé de grains en tuyaux 188
Passage sur terrain préparé,
  — ensemencé, — prairies,
  — vignes, — sentiers. 45
Passage de bestiaux sur

terrain chargé de récoltes. 188
Passage sur un terrain avant l'enlèvement de la récolte. 207
Pâtre. 99
Patron. 82
Pâturage (droit d'usage au). 98
Peines de simple police. 9
Perron. 42
Permis d'inhumer. 104
Pesage du pain. 137
Peste. 23
Pétrole. 115 et s.
Piano. 282
Pierres (enlèvement de). 155
Pigeons. 112
Placement (bureau de). 82
Plan d'alignement. 42
Plantation. 94
Plaque de voiture. 73, 74
Poids et mesures. 168 et s.
Police. 16
Police du roulage. 71 et s.
Ponts supendus. 201
Porcs. 98, 99
Postillons. 199, 200
Préfet. 33
Prévenu. 14, 15
Procès-verbal 19
Pronostiqueurs. 235
Propreté. 24, 25
Propriétés mobilières et immobilières. 225
Puits. 103

R

Rage. 253
Raisins de table. 68
Ramonage des cheminées. 3 et s.
Ratelage. 219 et s.
Récidive. 15
Récoltes (soustractions de). 205
Réflecteurs. 71
Registre des aubergistes. 151, 152
Registre des voitures publiques. 201

Règle. 12
Réquisition. 261, 262
Responsabilité des maîtres. 211
Réverbère. 29
Rixe. 285
Roulage. 71 et s.
Routes (voïr chemins).
— enlèvement du gazon, des pierres, cailloux, terre, boue, sable. 155
Rues (défaut d'entretien des). 22

S

Sable. 96
Scie. 90
Semis. 94
Sentier. 45, 188, 207
Serpe. 89
Sevrage (enfants en). 164
Société protectrice des animaux. 181
Soldats. 124 et s.
Sommation. 289, 291
Somnambulisme. 235
Songes (explication des). 237
Sorcière. 235
Sous. 272
Soustraction de récoltes. 205
Stationnement illicite. 77
Substances dangereuses. 119-146
Syndic. 238

T

Tapage injurieux ou nocturne. 282
Taxe. 138, 139
Témoins. 296
Terrain clos. 46
Terrain ensemencé — préparé. 45
Terrain non dépouillé de sa récolte. 188, 207
Terre (enlèvement de). 155
Travaux publics. 46
Tribunal correctionnel. 10
Tribunal de simple police. 9

Troupeaux mélangés. 99
Troupeaux non marqués. 99

U

Usagers. 99
Usines (défaut d'entretien des). 3 et s.
Usurpation sur les chemins. 157

V

Valeurs mobilières et immobilières. 225
Vérificateur des poids et mesures. 169, 172
Viande. 129

Vignes closes et non closes. 67
Violences légères et graves. 285, 286
Voies publiques. 40
Voies de fait. 285
Voirie. 41
Voitures et voituriers. 71 et s.
Voitures d'agriculteurs — d'artillerie — de maîtres. 71, 74, 76
Voitures publiques (entrepreneur de). 198 et s.
Volailles (abandon de). 211, 212
Volailles (dégâts par les). 227
Voyageur (à l'hôtel). 134
Voyageurs (passage, enclave). 48

aris. — Imp. P. Mouillot. 13-15, quai Voltaire. — 36918.

LA MÊME LIBRAIRIE

COURS COMPLET DE LECTURE COURANTE

I. — PREMIÈRES LECTURES DES PETITS ENFANTS, syllabées et suivies de *Leçons d'après la méthode Frœbel*, par E. F. DUPUIS, 1 vol. in-12, avec vignettes, cart............... » fr. 65 c.

II. — PREMIÈRES LEÇONS DE CHOSES USUELLES, à l'usage des enfants 7 à 9 ans, par E. DUPUIS, 1 vol. in-12, avec 120 figures explicatives, cart...................... » fr. 80 c.

III. — LECTURES COURANTES DES ÉCOLIERS FRANÇAIS, à l'usage des Écoles des deux sexes.
(La **Famille** — la **Maison** : *habitation, alimentation, vêtement;* — le **Village** — notre **Pays**.)
Par CAUMONT.

Livre de l'Élève avec lexique. Exercices variés de Grammaire, d'Histoire et Géographie, etc., d'invention et de réflexion, sujet de devoirs, etc. 1 vol. in-12, orné de nombreuses vignettes, cart. 1 fr. 50 c.

Livre du Maître, contenant toutes les matières du Livre de l'Élève, et, de plus, les corrigés des Exercices de Grammaire, Histoire, etc., les développements des Exercices d'invention et de réflexion, des Conseils pédagogiques, des Notes explicatives, etc. 1 vol. in-12, avec vignettes, cart.................... 2 fr. 60 c.

Nous avons publié une *édition spéciale* des Lectures courantes des Écoliers français pour les **départements** suivants :

Aïn.	Côtes-du-Nord.	Lot-et-Garonne.	Saône-et-Loire.
Aisne.	Creuse.	Manche.	Savoie.
Algérie.	Doubs.	Marne.	Seine.
Allier.	Drôme.	Marne (Haute-).	Seine-Inférieure.
Alpes (Hautes-).	Eure-et-Loir.	Meurthe-et-Moselle.	Seine-et-Marne.
Ardennes.	Finistère.	Meuse.	Somme.
Aude.	Garonne (Haute-).	Morbihan.	Tarn.
Aveyron.	Gironde.	Nord.	Tarn-et-Garonne.
Belfort.	Ille-et-Vilaine.	Oise.	Var.
Bouches-du-Rhône.	Indre.	Pas-de-Calais.	Vaucluse.
Calvados.	Landes.	Puy-de-Dôme.	Vendée.
Charente.	Loir-et-Cher.	Pyrénées (Hautes-).	Vienne.
Charente-Inférieure	Loire.	Pyrénées-Orientales	Vosges.
Cher.	Loiret.	Rhône.	
Corse.	Lot.	Saône (Haute-).	

PARIS. — IMP. P. MOUILLOT, 13-15, QUAI VOLTAIRE. — 33058